新高地军旅文学丛书

傅逸尘 主编

抵抗日

孙允亭 著

花城出版社

中国·广州

图书在版编目（CIP）数据

抵抗日 / 孙允亭著. -- 广州：花城出版社，2023.5
（新高地军旅文学丛书 / 傅逸尘主编）
ISBN 978-7-5360-9888-6

Ⅰ. ①抵… Ⅱ. ①孙… Ⅲ. ①长篇小说－中国－当代 Ⅳ. ①I247.5

中国版本图书馆CIP数据核字(2022)第255020号

出 版 人：张 懿
丛书主编：傅逸尘
责任编辑：蔡 安
责任校对：李道学
技术编辑：凌春梅
封面设计：宋开阳

书　　名	抵抗日
	DIKANG RI
出版发行	花城出版社
	（广州市环市东路水荫路11号）
经　　销	全国新华书店
印　　刷	佛山市浩文彩色印刷有限公司
	（广东省佛山市南海区狮山科技工业园A区）
开　　本	787毫米×1092毫米　16开
印　　张	15.25　1插页
字　　数	180,000字
版　　次	2023年5月第1版　2023年5月第1次印刷
定　　价	45.00元

如发现印装质量问题，请直接与印刷厂联系调换。
购书热线：020-37604658　37602954
花城出版社网站：http://www.fcph.com.cn

"历史化"大叙事背影里的"个人化"想象

——"新高地军旅文学丛书"总序

傅逸尘　程士庆

一

因为战争本身的极端性与复杂性，以及对政治集团、民族国家甚至人类的生存发展走向起决定性影响，军事题材一直为文学叙事所青睐并不让人惊讶。但在世界文学的谱系里，军事题材始终是一个充满矛盾与魅惑的存在。战争本身可以说是冲突爆发的极端形式，敌对双方的立场与利益几乎无法调和，其目的往往也指向明确；但文学所关注的，或者说要表现的却是极其复杂丰富的存在与形态，它往往超越了战争本身二元对立的政治性诉求，在更为幽微的人性与哲学的向度上进行深入独特的探索与剖析。因此，军事题材文学经典连绵不绝，既为不同时代的读者所钟爱，亦成为文学史不可或缺的重要一域。

中华人民共和国成立后七十余年的当代文学史中，军旅文学始终是一个巨大的存在，在不同的社会历史阶段或不同的文学思潮中从未缺席，甚至可以说一直引领时代精神之先与文学思潮之头，亦不为过。从长篇小说的角度论，中国当代军旅文学有两个比较重要的时期，共同建构起当代长篇小说重镇之形象。第一个重要时期便是二十世纪五六十年代的革命历史小说，即"红色经典"中的军事题材作品。这些小说大都以抗日战争和解放战争为背景，以中国共产党领导下的革命武装为主体，书写的是艰苦卓绝、可歌可泣的战斗历程与流血牺牲的英雄人物，直接回应了新中国成立的合法性历史诉求，成为二十世纪五六十年代的

"主旋律"。

然而近年来,学术界尤其是文学史家的质疑和批判之声不绝于耳,"英雄主义模式的限制,使这类创作只是在数量与篇幅上得以增长,却没有造成艺术上多样化的局面"(陈思和语)。在我看来,"红色经典"中的"红色"并非当下学界对其诟病的根本症结,更重要的问题在于"十七年"的军旅长篇小说始终笼罩着一层深重的"现代性焦虑",围绕着组织一个现代民族国家的政治诉求而展开的集体想象与国家认同,导致其"非文学"的因素过多:缺乏活跃的感官世界("身体"的缺席和情爱叙事的稀薄),缺乏超越性的精神维度(二元对立的思维方式及日常道德宣教),缺乏丰满立体的人物形象(概念化、脸谱化的人物塑造方式),缺乏日常生活经验(极端化的生存状态简化了生命的内在矛盾)等。因此,"红色经典"的一枝独秀在创造了一个繁荣神话的同时,也暗伏了随后的文学危机(尤其是近年来,在高校教师主导编写的多种当代文学史中,"红色经典"中的军事题材作品乃至整个中国当代军旅文学的作家作品都被删除殆尽)。

第二个重要时期开启自二十世纪九十年代,"新历史主义"思潮影响下的"新历史小说"。"新历史小说"颠覆并解构了"红色经典"所描写的正统的、单向度的革命历史,以及二元对立的意识形态立场,对战争情境中人性的复杂性与历史的偶然性等因素进行了探索性的开掘,为以往单向度的革命历史增添了某种暧昧与不无吊诡的意味——已经"历史化"了的革命历史遭遇了来自文学的重构或曰重新阐释。随着商品经济大潮席卷中国社会,世俗化、娱乐化成为文化主流,失去了政治的"荫庇",军旅文学不但逐渐退出了主流意识形态话语体系的核心,在文学领域也一再被边缘化。"农家军歌"无疑是二十世纪九十年代军旅文学的亮点,也可以说是"新写实小说"的军营别调,长期以来被宏大叙事所遮蔽的个体军人的现实生活与命运遭际开始被作家冷静客观地揭开。

进入二十一世纪,军旅文学没能沿着上述两个时期所建构的"文学传统"继续前行,而是堕入了世俗化与后现代主义混搭的,甚至是无厘头的欲望化叙事的泥淖。首先是"红色经典"在影视剧改编与重拍中"梅开二度",随后而起的是抗战题材长篇小说热与抗战"神剧"热,这种热潮进而逐渐走向了迎合民族主义情绪与娱乐化消费心理的反智主义的极端。这些作品往往置常识于不顾,将英雄传奇妖魔化、反智化、戏谑化,严重损害和扭曲了革命历史小说的叙事本质与政治合法性诉求。消费时代的来临和大众文化的崛起，早已从根本上改变了当下文学的言说机制，自然也包括军旅文学创作。事实上，军旅影视剧的热播并不能表明军旅文学，尤其是军旅长篇小说的真正繁荣。二十一世纪的第二个十年，"新生代"军旅作家群开始整体崛起，以其独特的审美体验与视角，观照当代军人的生存境遇与情感状态，为和平时期的军旅文学写作开拓了新的空间与向度。然而遗憾的是，这批以中短篇小说出道且成绩优异的"70后"作家，在长篇小说领域还缺乏重量级、有代表性的力作，其社会影响力与前述两个时期的作品尚无法比肩。

在这样的历史坐标系和文学史背景下，军旅文学新的表现方式与叙事空间在哪里？这是一个极其迫切且无法回避的问题，也困扰着许多作家和批评家。花城出版社敏锐地发现了这一现象，并试图改变这一态势，以期重建中国当代军旅文学，尤其是长篇小说的文学观念、叙事向度、话语方式以及美学风格。事实上，早在2006年，花城出版社就曾策划推出过"木棉红长篇小说丛书"，囊括了原广州军区十二位专业作家的十二部军旅长篇小说。当年这套丛书，或以军营生活为中心，再现历史事件，记录时代风云，展示军人的精神世界；或以乡村都市为主题，描摹世道人情，绘写人生百态，凸显对民间的冷暖关怀，显示出一个创作集体自觉的使命感和审美追求，在军内外产生了广泛影响。十五个年头倏忽而逝，现如今，曾经的部队专业文艺创作室已不复存在，军旅专业作家群体也已经风吹云散。改革强军的进程中，军旅文学正在经历低潮和阵痛，期待着换羽重生，重整旗鼓。在这样的情势和背景下，花城出版社又一次站了出来，以一种老牌文艺出版社所特有的使命感和敏感性，策划推出"新高地军旅文学丛书"，试图以此为中国当代军旅文学赋能，进而掀起一轮以长篇文体为标识的文学潮动。花城出版社这一雄心勃勃的想法得到了军队和地方诸多作家的积极响应，并在各自的新作中进行了独特的探索与尝试。"新高地"这个丛书名，寄寓了编者和作者之于新时代军旅文学的新观念与新方法，希冀着新时代军旅文学创作能坚守住这块承载着光荣传统的重要阵地，进而呈现一片新的文学风景，攀上新的文学高度。

二

检视当下的军旅长篇小说创作,无论从数量还是质量上看,战争历史题材仍然占据主流。对此,一个通行的说法是,这与长篇小说的文体特征有关,对生活的认知与经验的积累往往会导致创作的相对滞后。从小说叙述的角度论,包括正在发生的现实也已经成为历史,长篇小说从本质上讲就是历史叙事。在这样的逻辑前提下,当下的军旅长篇小说叙述或言说的就是历史本身,作家首先面对的是要对"历史化"进行一番祛魅。因为"历史化"是意识形态窄化的结果,换言之,是秉持某一意识形态立场与观念对历史认知进行的理性建构。也即,历史是由这一观念认知主体所描述和建构出来的,它并不与本真的历史存在严格对应,其间存在着诸多断裂与缝隙。这些断裂与缝隙恰恰为那些试图探寻历史本相的严肃作家提供了打捞历史丰富存在、发挥"个人化"想象的叙事空间。

历史当然不限于遗迹与文献等自然状态,在很大程度上依赖言说或话语的操纵者,它是现实的折射,即克罗齐所谓"一切历史都是当代史"。福柯的"知识考古学"理论就不相信存在一个外在于历史的客观标准。福柯认为,历史的言说或话语是"权力"运作的结果。由于标准的不同,价值判断常常会变成立场与信仰的选择。批评家陈晓明认为,中国现代以来的文学获得了"历史化"的强大逻辑,革命历史叙事则是这样历史化的最高体制。问题是,时间往往会消解"历史化"的意识形态,当意识形态的政治空间被打开时,历史便以我们不曾见过的姿态或面貌重新显现在人们的面前。所以,杰姆逊也试图用第三世界理论去解释中国现代文学的"民族寓言",个人的力比多终究被"民族寓言"所压抑,而政治显然是这种文学中最活跃的、起决定性的因素。回过头再来看"红色经典"中的军事题材长篇小说,由于作家大都是所叙战争的亲历者,尤其是他们此前都不是专业作家,因而作品所反映的历史还是真实可信的。然而,小说叙事和人物塑造的单向度,以及缺乏对战争复杂存在的形而上哲学思辨等问题,无疑影响了作品的文学性价值,这一点在与世界战争文学名著的比较中是显而易见的。

历史叙事当属宏大叙事,尤其是当代中国革命历史叙事,有如一股巨大的洪流,裹挟着那些最为原初和本真的涓涓细流与砂砾,一路高歌而去。最终留下的是冷硬骨感的巨石，而那些富于生命温度和生活情态的水流与砂砾，则早已消弭无迹。从文学的角度论，宏大叙事当然是历史叙事的主体或主流，主导着社会思想和时代精神，并产生过许多经典的史诗性巨著，如《战争与和平》《静静的顿河》《生存与命运》等。不过，当我们仔细阅读这些名著的时候会发现，它们之所以成为经典，恰恰是因为作品没有忽略那些普通人的个体生命存在，以细节的形式保留了大量战争中的日常生活经验，这使得宏阔诡谲的历史叙事有了可触摸、可感知的血肉。而"红色经典"中的军事题材长篇小说，何以至今仍为广大读者所青睐，也是因为作品中大量真实的生活细节。这些细节是历史的源头，丰富而真实；是积土与跬步，后来的高山与千里都来源于它们。也就是说，那些水流与砂砾可能更接近历史本相，或者说就是历史不可或缺的一部分。

中国革命历史尚未成为巨大的洪流时，或者已经成为巨大的洪流时，人的复杂性与历史的偶然性在革命历史的整体中都应该是巨大的存在，构成了革命历史的最初底色，也在某种程度上影响着革命历史的进程与走向。鉴于宏大叙事的某种缺失，"个人化"叙事，或叙事中的"个人化"想象，就尤其需要强调，不是反拨，而是丰富与拓展当下军旅长篇小说的叙事空间。这种"个人化"想象，不同于二十世纪九十年代的"私人化"叙事，强调的是以往英雄与传奇话语的背面，即更多地还原和展现"历史化"大叙事阴影下个体生命的生活与命运。

历史强调的是结果，即便有过程，也是概括性的。小说正相反，它要弥补的恰恰是历史所遗漏或遮蔽的那些更为鲜活的细节。他们往往是被革命历史大潮裹挟着，或者随波逐流，或者搏击潮头，是多面的人生与故事。他们依照自身的逻辑在"革命"中翻滚，历史的不确定性，以及个体命运遭际的偶然性，构成了"革命历史"讲述中的"革命英雄传奇"的阴影部分，有如一枚硬币的背面。如果我们认可"所有的文学都是作家的自叙传"这句名言，那么"个人化"叙事，或叙事中的"个人化"想象，在小说的历史叙事中就具有无可争议的逻辑合法性。

历史与文学在中国文化传统中是截然不同的两个领域，有时甚至是对立的。历史是真实的存在，而文学则是虚构的文本。也因此，历史学家对作家写作的所谓历史小说常常是不屑的，他们诟病作家的时候也是义正而词严，似一种居高临下的审问与批判。后结构主义历史学家海登·怀特认为：历史事件虽然真实存在，不过它属于过去，对我们来说无法亲历，因此它只能以"经过语言凝聚、置换、象征，以及与文本生成有关的两度修改的历史描述"的面目出现。同样的历史事件，通过不同的情节编排，完全可能具有截然不同甚至相反的意义。虽然标榜"客观真实"的历史话语渴望与"科学"联姻，一再拒绝承认它和文学间的亲缘关系，然而在进行叙述建构时，它采用的却是以"虚构"为特征的文学创作中随处可见的"悲剧""喜剧""浪漫""讽刺"这些情节类型；在进行历史解释时，它使用的却是传统诗歌常见的"隐喻""换喻""提喻""反讽"这类语言表述模式。在海登·怀特的分析下，历史话语的文学性昭然若揭，历史和文学之间的界墙轰然倒塌。

鲁迅说《史记》是"史家之绝唱，无韵之离骚"，而且像《左传》等诸多历史著作都有大量精彩的文学描写，有的干脆就是小说的虚构笔法。从这个角度论，当年关于余秋雨历史文化散文中小说化叙事过多的批评，似乎也陷入了历史与文学、真实与虚构的对立或暧昧之中了。就文学的本质而言，把真实作为标准，或将真实作为"现实主义"的同义词，显然是虚伪的，批评家没完没了地讨论、争辩作品的"真实性"或许也是虚妄的。进言之，当真实成为小说存在的前提的时候，文学性的意义就是无皮之毛了。

三

站在当今时代的立场，重建虚构叙事与战争历史的关系既是重要的，也是艰难的。事实上，对历史叙事真实性的强调已经在相当大的程度上转化为小说这一虚构文体中的纪实色彩，并在历史叙事中带动了跨文体写作时尚或风潮的兴起。毋庸置疑，在虚构叙事中增强纪实性的确是还原历史真实的一种简单直接且有力有效的手段。在这里，真实感与文学性似乎已成为某种难以超越的悖论。

由此想到了《保卫延安》和《红日》，这两部小说都选取了解放战争时期的著名战役，事件的真实性自不必说，其中的主要人物也都是真实的，但它们都没有受史实的束缚。作家充分发挥了小说的虚构性本质，展开文学性想象，既成功地还原了那两场著名战役，还塑造出诸多令人印象深刻的历史与文学人物形象。还有姚雪垠的历史巨著《李自成》，那不是在读历史，而纯粹是在看小说。人物形象与心理、细节、环境等文学性元素充盈在小说的所有空间,历史的进展似乎不再重要,重要的是人物的成长、命运的跌宕,以至于生命的毁灭。不是说姚雪垠不重视史料,恰恰相反,姚雪垠在明史及清史史料的搜集与研究上是下了大气力的,为了增强写作时对环境描写的真实感,他甚至亲自考察了李自成率起义军与明、清官军征战的主要战场。但作者以"深入历史与跳出历史"的原则,成功地刻画了李自成、崇祯皇帝等一系列人物形象,使小说的文学性远远高于历史真实本身。而莫言的《红高粱家族》与"新历史主义"也不是一回事,多少受了点"寻根文学"的影响恐怕是事实。那是关于高密东北乡的一段尘封的历史记忆,莫言以其非凡的文学胆识与艺术想象力将其再现了出来。文学与艺术的本质就是虚构,真实并不是判断其水平高下的唯一标准,文学毕竟不可与历史画等号。真实性是某种前提,是基础,但绝非文学进行历史叙事的全部。不要说《史记》,连"二十四史"在多大程度上记录或曰复现了历史的真相都颇值得怀疑,何况一部以虚构为文体特性的长篇小说?也就是说,小说家首先应当沉入历史现场,最终又必须以文学性和想象力超越历史语法的束缚。在复现与超越这二重叙事伦理中间,文学的超越当然是小说家无须犹疑的唯一选择,亦是衡量战争历史叙事的终极标准。

从这个意义上,展开对新时代军旅长篇小说的某种瞻望与想象,或许包含如下关键词:现代性伦理、人生体验、独一无二的表现方法、一个不寻常的事情正在发生的幻觉、特别的尖锐性或目的论。理解这些关键词并不难,难的是创作主体对散落在"历史化"阴影中的历史碎片进行充分发掘、有效提炼与整体概括;难的是超越线性的历史观,让不同政治阵营中的人物在战争的极端情境和冲突中经受肉体、生活方式、价值判断、思想精神的互见与试炼;难的是创作主体基于现代性的写作伦理传递对历史更加全面的理解和更为深切的体认,进而呈现出新的文学趣味和气象;难的是在虚构叙事与现实真实的混沌关联中,用更加深刻、精准且有力的形而上思考建构起有意味的文学经验,最终以文学的方式超越历史的偏见和局限。

战争历史从来不是泾渭分明、光滑如镜,而是乱世求生、紊乱繁复的欲望之海。我们往往习惯于关注奔流到海的大河,而选择性地忽视了如毛细血管般从各个来路汇入大河的支流。人心和人性永远是看似平静的水面之下那汹涌起伏的暗流。一个复杂、立体且有深度的人物形象，既可能是力抗历史洪流的自由灵魂，是觉醒的自由人，不断追寻未知的未来，也可能是命运之神所掌控的玩偶。作家们要想象和探寻的正是这种极具魅惑感的可能性。在这种探寻之下，历史本身的"实感"或许不再是叙事的重点，意识形态的藩篱也是需要突破和重新审视的对象。以"现代性"的、个人化的立场重新反思、阐释和建构错综复杂的历史，历史的可能性和人的存在感都将得到极大的释放。

将个人经验、日常生活与大的时代变局交织缠绕在一起，使读者感到历史既是经由人对外在世界变化的自发反应而展开的，又是在一连串重大、公开的事件中呈现出来的。如此，历史将不再被局限于彼时彼地的特定时空，而成为一种可以被当下通约和共享的情境，承载着作家对战争、对历史、对人的省察与思辨。军旅长篇小说对战争历史的虚构将不再单纯强调"逼真"的幻觉和认知的功能，而人的命运和生命存在的诸种可能性会越发受到正视和尊重，进而生成另一重历史的意义。于是乎，军旅长篇小说便不再是单向度的叙事，"个人"将从历史中被拯救、解放出来，重构与"民族国家"的关联也便成为可能。

"'现代性'不是一个肯定的概念，但也不是一个否定的概念，它是一个反思的概念。"（李杨语）事实上，对于军旅文学而言，无论是大历史还是个人化，终究可以归结为精神的胜利；而政治的、阶级的、党派的差别和裂隙终将被灵魂、信仰、理想、情感的意义消融、弥合、超越，完成"现代性"意义上的对战争历史的反思与重构，进而达到英雄叙事的存在与理想之境。

2021年5月

目 录

楔　子	不祥之雪	001
第一章	不速之客	008
第二章	初见乍惊欢	033
第三章	菊次郎的夏天	054
第四章	夏天结束了	081
第五章	满目荒凉谁可语	110
第六章	烟花不堪剪	143
第七章	时无英雄	150
第八章	竖子成名	163
第九章	君向潇湘我向秦	184
第十章	风卷江湖雨暗村	199
尾　声	相逢一笑	229

楔子　不祥之雪

一九三六年（日本昭和十一年）二月二十六日，星期三，凌晨。

东京。

雪岑寂地下着，自大正改元昭和以来，这是东京第一次笼罩在一片银装素裹之下。

上杉家族书房外的庭院为"枯山水"，以山石和沙砾模仿自然界山河湖海，不施草木，所以名"枯"。石沙模仿的是中国北宋王希孟的《千里江山图》，遍地的白沙为江，堆叠的石块为山。大雪扑簌，寂然弥漫江山。

上杉重光坐于室外环廊，身下铺了一张竹席，因受了风雪，更添凉意。他一袭月下白和服，手边一杯清茶热气氤氲，以手指轻叩杯沿，细微的丁零声几不可闻，他安然看雪。

望月葵望着眼前的一碗拉面，感慨万千。这应该是札幌"竹家食堂"餐厅的中国厨师李宏业、李绘堂兄弟的手艺，以酱油为基础汤味，面汤之上加以猪肉切片、干笋片、葱丝，风味别具一格。比起东京浅草公园"来来轩"面馆的"野菜面"更加有了一丝中华味道。回到日本，吃中国的拉面，让他想起许多往事。望月葵小心地吸了一根面条，细细品味，悄无声息。

"怎么，味道不好吗？"

隔着一扇纸门，上杉重光淡淡地问。

望月葵一愣，方想起在日本吃面是要吃出"呲呲"的嘬嘴声，以表示极为好吃，而在中国，这却是非常失礼的事。在中国待得久了，不觉中已入了乡俗。

望月葵："失礼了。"随后努力地嘬出一声，上杉重光满意一笑。

因为上杉重光的父亲，这个一直在中国东北蛰伏的军人回到了日本，五年前在中国一手制造震惊世界的九一八事变，让望月葵直抵军人生涯的巅峰。在那场连日本天皇都下诏令禁止妄动的惊天事变之前，他几乎完美预测了苏联、美国以及蒋介石国民政府的袖手旁观，唯一的误判是他高估了张学良麾下的东北军。三十万众，却丝毫未予抵抗便退出关外，将白山黑水的龙兴之地拱手让出。关东军可谓兵不血刃般"不战而屈人之兵"，望月葵却宣称这是自己算无遗策，早就看透了风流少帅会"不抵抗"。一时间美誉滔天，他站在了日本军部的浪尖之上。

世人都爱听故事，越是离奇，越具吸引力。

从那时起，望月葵觉得，如果自己不当军人，或许会像近松门左卫门那样去当一个写"净琉璃"脚本的作家吧。念及至此，望月葵的思绪忽然飘远，那部自己在少年时代痴迷万分的《国姓爷合战》的剧情刹那间在脑中逡巡闪烁……横扫中原，定都南京，恭迎天皇，入主天下！多么瑰丽的梦想啊，望月葵竟然眼眶潮湿了。少年的梦，总是难忘，不管尘封多久，都会在某一个时刻，偶然绽放。但于他而言，却成了执念，他要梦境成为现实。自丰臣秀吉以降，三百余年未完成的梦，希望在他手中完成——入主天下！

"雪已经很大了。"上杉重光在门的另一边说，"你相信吗？这竟然是我人生中第一次看到雪。"

上杉的话，惊扰了神游的望月葵。

"是第一次见吗？"望月葵愕然，但他倏然忆起，自己虽曾目睹过雪，却不是在日本，而是在中国。

"在我过往的记忆中，东京从未下过雪。我以前只在诗歌里、音乐里听说过雪，没想到第一次见，是这样的美不胜收。"上杉重光完全沐浴在皑皑之中，他一直没动，任由雪在自己身上安稳，连手边的茶杯都覆了一层薄霜。

院落里已是一片白茫茫。

上杉重光："此情此景，不正是'孤舟蓑笠翁，独钓寒江雪'吗？"

望月葵附和："重光君果然能看到不一样的东西。"

上杉重光一笑："你吃饱了吗？"

望月葵不答话，端起碗来将面汤一气送入腹中，满意地说："承蒙关照。"

上杉重光此时起身，披一身雪白，步入室内。望月葵望着上杉重光的脸，仔细地看，片刻已是惊讶——肤色苍白而无血色，眼波温柔中藏匿着冷峻，这清冷的气质还真是与今夜这场雪相配。

"这就是传说中的'麒麟少年'啊。"望月葵心中闪念。

麒麟乃传说中的神物，日本民众素来崇拜少年天才。早在中国东北时，望月葵已经听说过上杉家族出了一位不世出的围棋天才叫上杉重光。取名重光，乃是其父对少年给予厚望——重振家族荣光。

"麒麟少年，名不虚传。"望月葵是真心的，而非恭维的，脱口而出。

上杉重光仍然一笑:"过了今夜,便入而立,不再是少年了。"

望月葵:"少年乃是一种心性,而非年龄。"

上杉重光颔首,表示认可,说道:"对于一个国家,似乎也可以少年喻之。中国的梁任公曾说,'少年独立则国独立,少年自由则国自由'。可少年,也容易冲动和犯错。人犯了错,犹可改正;国家犯了错呢?"

望月葵略一沉吟,淡然作答:"覆巢之下,焉有完卵?"

上杉重光看着望月葵:"我有一个问题想请教望月君。"

望月葵:"请讲。"

上杉重光:"日本的未来,将何去何从?"

望月葵闻言浑身一震,不由得猛地挺起脖子,恢复他军人的力度,铿锵而答:"新文明世界!"

上杉重光一怔,神情变得严肃:"愿闻其详。"

望月葵内心如映射一缕神光。

自九一八事变之后,他在巅峰之上只驻足了片刻,便仿佛一脚踏入泥沼,越是挣扎越是下沉。他的思想、他的见解、他的战略,统统被视为离经叛道,他就像璀璨的流星般闪耀一瞬之后,迅速陨落。他在关东军被边缘化,东条英机取而代之。也曾在军校背负"天才"之名的望月葵,点燃挑战的怒火,却屡屡被东条英机扑灭,直至彻底压制。"违逆天皇"与"以下克上",成了他两条最大的罪状。没有被直接踢出军部,已是法外之恩。以至于许多年来,他总怀疑自己被天皇遗弃。不会——望月葵无数次以这两个字安慰自己。两周之前,他接到曾是自己日本陆军大学恩师、皇道派重臣上杉忠信的密电,邀请他立即返回日本"筹划大事"。他没有迟疑,他明白自己翻身的机会稍纵即逝,就算再凶险,他也必须紧紧握住。

望月葵郑重地说道:"东方是王道文明,西方是霸道文明,二者必有一争。世界会有三场大战,其一,是日俄之战,以日本的胜利确立为东方的代表;其二,是欧美之战,胜出者将成为西方的代表;其三,是东西方代表之间的'最终之战',而日本必胜!之后,世界将重获和平,并诞生统一的新文明!"

上杉重光一欠身,问道:"那又为何与中国开战?"

望月葵:"那是因为中国幅员辽阔、资源丰富,应物尽其用,成为日本的生命补给线,为击溃西方做准备。但我始终认为,中国之大,不宜鲸吞,只可蚕食。强攻直取,乃为下策!"

上杉重光闻言,有神往之色,深吸一口气,对望月葵说道:"难怪,我父亲说望月君是日本第一清醒的军人。"

望月葵闻言动容,颔首:"上杉先生谬赞,学生惭愧。"

"可有时候,越是清醒,越是痛苦。"

上杉重光声线轻柔,但每一个字,在烛火掩映与纷飞雪夜中,如寒山旅人,轻叩寺门,回荡山野。

望月葵听闻与上杉重光对弈,很容易便被他摄取心魂,元神不定,遂败北。不料,对话也是一样。想着,额头已有了微凉的汗。

上杉重光望着窗外的大雪,悠然地说:"我并不关心政治,也对战争毫无兴趣。我只爱围棋,只爱音乐,只爱自然的一切。我之所以问你,是因为我生在军人世家,很多时候无法置身事外。你刚才说我能看到不一样的东西,确实如此,比如此刻……"

"此刻?"望月葵明知故问,冷汗更冷。

"此刻!"上杉重光加重了语调,眼神骤然变得如一泓碧潭般寒澈深沉,"你想杀我吧?"

望月葵把头压得更低了,上杉重光是顶尖的棋手,其身上亦有凌厉的杀气,此刻望月葵被上杉重光迸发出的凛冽杀气压制了。被看穿的感觉,令望月葵五内如焚,那是一种异常清晰难受的煎熬,甚至比刀刺穿身体更加痛苦。

刀？长光在进门前已经放在了玄关外，以示恭敬。

其实，上杉重光只说对了一半。望月葵眼中含泪了，他颤抖着说："葵如果存了这样的心思，那么如何对得起恩师教诲之恩？"

上杉重光："是吗？可是自你踏入这间屋子以来，我便始终觉得你身上隐隐透露着杀气，难道是我过于敏感了吗？"

好强烈的直觉！这便是顶级棋手的实力吗？望月葵忍不住抬起头看着上杉重光，那样一个纤弱的公子，即便没有刀，自己也应该有把握将其控制住。但不知为何，望月葵始终没敢轻举妄动。上杉重光看着他问道："你有什么最难过的事吗？"

最难过的事？望月葵不解何意，反问："有很多不如意，但要说最难过的一时也想不到。你有吗？"

上杉重光忽然沉吟了许久，才幽幽地说道："或许是我辜负了多么好的一个人吧。"

说完，他抬头看了星空，月光清冷，他的眼角闪烁着一点光芒。

此时，突然一阵急促的电话铃声响起，上杉重光轻轻抬手拭去眼角的泪滴，去接了电话。然而电话那头传来的急促而惨烈的声音，震动了上杉重光——

"统制派攻陷了警视厅，内政院也快守不住了！请少爷尽快离开，他们的人马上就要杀到了！务必离开！"

然而，上杉重光不知道的是，此时的东京城内已经一片血腥狼藉，这场由皇道派发起的兵变，正在以一种诡谲的方式发生着逆转。尽管打着"清君侧"的名字，但由于行动是突发行为，令天皇感到震怒，转而支持了统制派，这令形势急转直下，皇道派迅速被压制，统制派反客为主全力诛杀皇道派成员，一时间东京城内腥风血雨弥漫。

上杉重光还在握着听筒愣怔失神，并未察觉身后的望月葵已经站起身来。他走近上杉重光,目光变得犀利而阴鸷,他压低声音,希望给眼前这个天才施加压迫感,却又仿佛怕是惊动了他。

望月葵:"为了避免不必要的伤害,请您务必不要阻拦我。"

上杉重光恢复了贵族的姿态,他冷眼扫向望月葵,淡淡地说:"你想做什么?"

第一章　不速之客

一九三七年七月七日，星期三，小暑。

北平。

那一天，皇历上写着：诸事不宜。

还有一句批语：回风归来路，恐有殃伏起。

可惜，叶鸿漪并没有看到。

十天前，叶鸿漪从马来乘船出发，昨日从天津港下船，一路辗转，今日终于进了北平城，仰望高大的前门城楼，叶鸿漪放缓了脚步，有些许近乡情更怯之意。

北平的初夏已有些闷热，连风都是氤氲的。阳光映照着街市与建筑一片明晃晃的亮，盯得略久便会刺目。叶鸿漪加快脚步匆促地赶路，重重心事挂在脸上，双瞳倒也无暇旁视。忽地眼前暗淡，他下意识地停住，以为是什么挡住了自己去路，环顾左右却并无阻碍，于是忐忑地抬头。见一团巨大的白云悬浮于空中，不偏不倚地将他笼在阴影里，如陷囹圄。

白云之上，一架飞机正穿云而过，飞入北平。

从飞机里向下望——百代风云，万千英豪过身；一朝皇阙，三两鸿雁拂掠。明清两代廿四帝王宅，燕云六百年，大明、大清也都烟消云散。煊赫史册的北京城，如今却随着帝国的消亡，改叫了北平。

"古往今来，还从没有一位帝王从云端看过这座伟大的城市吧？至少在这一点上，我比帝王幸运。"飞机舷窗边，一位面容清冷的年轻男子这样想着，伸手掏出怀表低头看了一下时间，上午八点十八分。嗯，快了，最多半个小时之后，他就将踏上这座曾经只能出现在梦中的城市。计划，不，应该说是梦想，就要展开了。他的眼中，迸射出紧张又兴奋的光芒。

这位年轻男子便是"麒麟少年"上杉重光，他此行来到中国，是要完成自己的梦想。

飞机的轰鸣声从头顶划过，叶鸿漪不由得轻轻呼出一口气，抬手搭个凉棚，盯着云看了须臾。除了云，还有飞机飞过时留下的一条尾迹云，尾迹云渐渐消散。叶鸿漪却仿似得了什么加持，抬脚踏出云影而去，卷起一阵喧嚣的风尘。

不一会儿，叶鸿漪来到一座恢宏的宅院门前，即便清室已经让天下近三十年，但昔日的气场仿佛依然盘旋在这座宅院的四周，仿佛一个施了咒语的结界，令靠近者心生敬畏。

门子看了拜帖，只让叶鸿漪稍候了片刻便引他穿过步廊，穿过汀步，来到中堂。只有要紧的客人，才会被主人在中堂接见，叶鸿漪懂规矩，心里却不免紧张起来。

很快，一位精神矍铄的老者在仆人的簇拥下来到中堂，正是当年敦亲王的长孙承袭了贝勒爵位的载澂。叶鸿漪见是贝勒爷到了，急忙起来躬身行礼。

叶鸿漪："见过贝勒爷，我是……"

载澂一摆手，打断了叶鸿漪的自我介绍，他往太师椅里一坐，说:"鸿漪,好多年没见你了,还是以前的模样,没变。你父亲说你出国读书去了,这些年一个人在外头,可好啊?"

叶鸿漪局促地坐了,但却只用屁股沾了椅子的一角,格外谨慎地回话:"回您话儿,挺好的。"

载澂接过仆人递过来的六安瓜片,抿了一口,说道:"今时不如往昔,民国都二十多年了,可怎么样呢?比我们大清那会儿好得了多少呢?"

叶鸿漪一时不知该怎么接话,额头些许冒汗。

载澂看了他一眼,示意下人上茶:"放心,再怎么着,你爹也是我府里的家生子,你的事儿我管了。不就是谋个差事吗?你在国外读过几年书?"

叶鸿漪恭敬地说:"回贝勒爷,我在南洋念过三年书。"

载澂:"嚯,南洋?不错,比去东洋和西洋好!学的啥?"

叶鸿漪:"学的医。"

载澂沉吟一番:"嗯,要不你去银行得了。"

叶鸿漪一愣,自己一个医学生,去银行干吗?只是心里这般想着,却又不敢直接问。他今晨刚到北平,还没落脚就奔着王爷府来了,这是父亲一早给他安排好的,若是出了岔子,回家没法交代。

载澂说道:"中央银行的行长姜昱淳跟我关系匪浅,前阵子听他提起说缺个助理,你是读过洋墨水的,不如去他那儿吧。"

三言两语,定了前程。恭敬不如从命,何况叶鸿漪早就认了命。世道维艰,先活下来吧。再三谢过贝勒,临走竟还得了一块银圆——叶鸿漪不由得苦笑,贝勒这是真以为自己窘迫到快要饭了,掂量着手里的银圆,又想起了刚才载澂打电话的情形。

载澂拿起电话筒,语气不是商量,而是像命令似的说:"我门下的一个子弟,南洋留学回来的,你不是缺人吗?我让他去你那儿了。"

也许在贝勒眼里,无人不是奴才吧。嗯,不管怎样,有了差使,也有了饭辙,老爹应该不会再唠叨了。想着,心里忽然舒坦了许多,走出贝勒府,站在胡同里,迎着刺目的阳光,狠狠地伸了一个懒腰,浑身通透。

王爷府中叠石假山,翠竹碧水,曲静幽台。

程梨笙穿着一身灰绿色的长衫,三经绞织的苏罗料子上、竹叶的暗纹随着光影若隐若现。别襟处挂着一枚羊脂玉的无事牌,牌头青竹装点,程梨笙身形颀长,周身透着淡淡雅气。

远远地,只见一年轻人走出中堂准备出府,正是刚被安排了工作的叶鸿漪,程梨笙觉得这小生丰神俊朗,透着些许青涩,应该是读过书的。

像这样的年轻人,程梨笙在王爷府里见过不少,都是来寻贝勒爷讨口好饭吃。大清虽已消亡,可是民国政府并未没收贵族的家财,贵族们虽不及昔日荣光,可余威犹在,依旧是许多平头百姓眼里的主子。

只是能从中堂走出来的年轻人,程梨笙还是第一次见,想必与贝勒爷关系匪浅,程梨笙不由得多看了几眼。

二人迎着面,微微颔首,擦肩而过。

载澈正端着茶碗,见了程梨笙,满脸笑意,连忙将茶碗放下:"梨笙来了。"

程梨笙微微躬身:"贝勒爷安好。"

载澈是程梨笙的戏迷,也是伯乐。程梨笙幼年时被卖到戏班子里,见惯了人情世故、拜高踩低,他只想出人头地当名角,而且得是京城第一名角。三年前,他与当时名满京城梨园的娄忠堂唱对台戏,两边戏班同时上演《霸王别姬》,哪边捧场的人多,哪边就算赢。

戏台开唱,初出茅庐的程梨笙功力虽不输老戏骨,却在名气上落了下风,只见那娄忠堂的台下熙熙攘攘,自己这里戏迷不过三三两两,就在他以为要败北时,贝勒爷载澈竟然带着家人来他的戏院捧场。

世人都慕强附势,抑或是本着看热闹的心态,娄忠堂的看客一听说隔壁来了位贝勒爷,纷纷赶过去看新鲜,程梨笙的戏园子里一时人满为患。

一曲锣鼓起风云,经此一战,程梨笙在京城内声名大噪。

载澈招了招手:"你心心念念的宝贝到了,来。"

二人七弯八绕,穿过长廊来到书房,廊下挂着几只鸟笼,啼鸣声婉转清脆。

进入书房,屏风前挂着的一件黄底绣金蟒纹的戏服映入眼帘。

程梨笙平日在外一向是仪态沉稳、八风不动,喜怒不形于色是名角必须有的范儿,即便已习惯端着那股劲,此刻也已按捺不住地激动。他伸出手细细摩挲戏服上的刺绣,织线细密,走线灵动,蟒身波光粼粼,明明是蚕丝的绣线,却透着螺钿的华彩,蟒身仿佛在碧落天外游走,呼之欲出。

程梨笙不禁感慨:"栩栩如生,巧夺天工,梨笙从未见过这等珍宝。"

载澈哈哈一笑:"你是识货的,我特地找宫里的绣娘给你绣的,苏州来的绣娘,之前在绣房里是一把手。"

人靠衣装,想成为京城第一名角,不但戏要最好,身上这身行头也不能落下,在台上,色彩旖旎的戏服最吸引看客的眼球,戏服越是精美,越能体现名角儿的地位。能进宫廷绣房当差的绣娘都是出类拔萃的顶尖人物,唱戏的毕竟是下九流,若能得到宫里的东西,那才是无上荣耀，即便在当下，也是难得的殊荣。

以程梨笙的财力，请位苏州绣娘不难，可是能用钱买来的东西不稀罕，他能有，旁人也能有，怎么能体现出他作为名角儿的特殊之处呢？于是程梨笙想到了贝勒爷，果然，载澈不负他所望，真给他找来了宫里的绣娘。

程梨笙连忙作揖鞠躬："多谢贝勒爷抬爱，梨笙感激不已。"

一阵感恩寒暄之后，载澈留程梨笙吃盏茶："今天送来了玉泉山的泉水，你得留下来陪我喝上一盏。"

王府的茶室落在一处庭院旁，绿荫如盖，茶室中清幽阴凉。

青釉茶具通体盈透，君山毛尖清澈鲜醇，饮之如一酣清梦初醒，回味薄甜。

"上次跟你唱对台戏那个，是叫娄忠堂吧？"载澈问道。

程梨笙："回贝勒爷，是。"

载澈："他的事，你肯定听说了？"

程梨笙："听说了。"

载澈："没禁住诱惑，跑去给日本人唱了台戏，没承想，回来一看，戏台子都被人给砸了。"

程梨笙："他害怕，日本兵三天两头去找他，他挨不住。"

载澈："我听说，也找过你？"

程梨笙无奈点头："是，来找过几次，我没答应。"

载澈："你可别犯糊涂，你说这娄忠堂，好不容易挣来的名声，一夜之间就没了，以后也上不了台了。"

程梨笙："您放心，我决然不会去的。"

载澈："他们要是找你麻烦，你就来找我，城里的司令官都得给我面子。"

程梨笙心里微微一沉。东北已沦陷多年，日军不断南下屯兵，已经逼近到了北平城郊外,狼子野心昭然若揭。只是瞧着贝勒爷淡然自若的样子,似乎是对北平的实力很有信心。

程梨笙忍不住问道:"若日本人真打进来了,您觉得他们能守住吗?"

载澈笑着摇摇头:"日本兵都在城外待了好久了,不也没敢打进来吗?他们在东北搞个满洲国,却不敢让天皇做主子,还是得尊我们大清皇帝为主。"

程梨笙:"或许只是篡位的前兆。"

载澈:"你这是杞人忧天。见过虎豹吃兔子的,你见过兔子吃虎豹的吗?不过一个弹丸小国,能管得了我们这么大片土地?他们不过就是想要点好处,都能谈判解决的。"

程梨笙吃完茶,再次表达对贝勒爷的感谢,便吩咐门外等候的大衣箱将戏服叠衣装箱抬走。出府的路上,程梨笙想起载澈的话,心中依旧不安,刺目的阳光也驱散不了沉在心底的阴霾。

东交民巷,芝麻胡同,沿街有许多小摊小贩,磨剪子抢菜刀,摸骨相算八字,吃的有羊肉烧饼、热豆腐,喝的有凉茶、豆汁,最多的是果农,篮筐里装了各种瓜果,西瓜瓤红多汁,香瓜晶莹剔透,有些篮子里装着樱桃,挂了红,甚是好看,叶鸿漪看着樱桃只觉舌根下一酸,生出许多津液,馋得不行,便买了一小捧,用绵纸包着吃。

又见一门脸上挂着"熟水冰碗""卫生冰棍"的字样,冰碗是叶鸿漪夏日里最爱吃的,碗里装着冰碴儿,垒成小山,淋上牛奶糖浆,最后再点缀上水果块、果脯碎,酸甜可口。

夏季取冰不易,北平城里百姓用的冰块大都是在河里采的,冬季运入冰窖储藏,夏季取用。叶鸿漪摸了摸兜,又端起一碗西瓜酥山吃起来。

左看看卖蒲扇的小贩，右看看画糖人的小摊，叶鸿漪磨磨蹭蹭，就是不肯回家，抬头一看天光已经快过了晌午，想起下午要去银行报到，这才略微加快脚步。

走到一处灰色宅门旁，叶鸿漪停了脚，他耳朵凑近门缝听了听动静，隐约听到锅铲子划拉铁锅的声音，抬头看看宅院上空，冒着烟，仔细一闻，是炒肉，酱香里伴着辛辣。他知道，是父亲叶茂才正在家里做饭。

叶鸿漪抬起手想敲门，又放下了。

他之所以去南洋留学，完全是因为跟父亲赌气。现在回到家，他不知道该如何敲开这扇门。

正踌躇时，门突然开了，叶茂才的脸突然出现，把叶鸿漪吓了一跳，打着结巴喊了句："爸……爸。"

叶茂才上下打量着他，脸上没什么表情，嗓门却比平日里大了三分："赶紧进屋。"

五年没见儿子，说不想念是不可能的，可叶鸿漪这臭小子去南洋留学是跟他赌气出去的，五年也没回一封信，直到前些日子才发来电报，说自己要回国。

叶茂才想着现在体面的工作不好找，便提着肉酒烟茶去王爷府开口求载澈给儿子找份工作，他那点东西王爷府也看不上，但那是他的心意，是他能拿出来的最好的东西，能为儿子做的，他都尽量做了。

"你磨磨蹭蹭的干啥？不认识自个儿家了？赶紧放了东西吃饭。"叶茂才见叶鸿漪傻站在门口，不悦道。

叶鸿漪在心里翻了个白眼，过了五年，还是老样子。

家里跟五年前没有太大区别，小巧别致，干净整洁。

叶茂才是王爷府的家生子，打小在王府里干活，和年幼的载澈一起长大。在叶茂才的心里，载澈就是他的"发小"，可等他长大后叶茂才终于明白，载澈是主子，自己只是个下人，主仆有别；可在载澈心里，叶茂才就是他最好的玩伴。

载澈安排叶茂才在府上当了账房；给他张罗婚事，娶了金氏为妻；又给他张罗了这处三间厢房的小宅院，成家立业全给他置办好了，叶茂才将这份恩情铭记于心。

婚后，叶茂才与金氏十分恩爱，金氏很快便怀孕生产。

一九一一年（清宣统三年）十二月八日，大雪。

屋外飘着雪，叶茂才在院中来回踱步，焦急地等着金氏生产的动静，听到屋内传出哇哇的哭啼声，叶茂才欣喜地往屋里冲去，不承想产婆出来拦下他，说金氏怀的是双胞胎，大的已经顺利生出来了，可小的那个胎位不正，金氏危险，保大还是保小？

叶茂才没有犹豫，保大。他扑通一下跪在雪地里，求产婆务必保住金氏，孩子没了可以再生，爱人若没了天就塌了。

那一夜，格外漫长，叶茂才人生第一次感受到了无助，他望着天空，黑压压一片，只有飞雪不断落在他的脸上，屋内，金氏的呻吟声不断衰弱。

叶茂才不信鬼神，只是在这一刻，他希望神明真的存在，能够听到他的祈求。

然而许久之后，屋内传出了第二个孩子的啼哭声，产婆告诉他，她已经尽力了，大的实在保不住，只能保了小的。

不知是跪得久了，还是受了太大打击，叶茂才起身时膝盖一软，整个人扑在了雪地里，他站不起来，几乎是爬着进了屋。金氏大出血，脸色惨白，已经力竭昏迷，慢慢没了气，至死也没能睁开眼看看丈夫和孩子。

叶茂才看着襁褓中的小儿子，一时不知是该怜，还是该恨。怜这孩子生下来就没了亲娘，恨这孩子夺去了自己爱妻的性命。

叶茂才大病了一场，接下来的大半年里，他都跟丢了魂一般，行尸走肉。载澈见他失魂落魄的，想给他再张罗续个弦，叶茂才婉拒了。

许是心里惦记着金氏之死，叶茂才看自己的小儿子多少有些不顺眼。大儿子叶凤城沉稳懂事，很得叶茂才喜欢；小儿子叶鸿漪起先是乖巧的，可叶茂才明显对哥哥更好，这让叶鸿漪心里逐渐不平，总想弄些鸡飞狗跳的事情引起叶茂才的注意。他今天偷隔壁院里的枣，明天爬了街口的树，后天把王府池塘里的金鱼抓了烤着吃，惹得叶茂才成天冒火。

载澈膝下无子，想把叶家这俩小子当干儿子养，便让叶茂才送儿子来王府里读书，他亲自教。

贝勒爷亲自授课的殊荣，让叶茂才受宠若惊，可想着叶鸿漪过于顽劣，不敢让他进府坏规矩，便只送了叶凤城进王府读书。

父亲这一举动，更让叶鸿漪觉得受到了不公平待遇，他不明白为啥父亲就是看不上他，心灰意冷。

叶鸿漪心中不服，他一边打工攒钱一边自学，几经辗转，终于在洋人开办的出版社里站稳了脚跟，从一个洋字不通最后到能说一口流利的洋文，叶鸿漪终于为自己争取到了去南洋留学的机会，义无反顾地离开了这个家。

此次回来，叶鸿漪心中十分忐忑，他不知道父亲对自己会是什么态度，跟他算离家出走的旧账，还是依旧不待见他？

饭桌上，一碟青椒炒肉，一碟糖醋排骨，一碟葱烧木耳，另有半挂烤鸭片皮配面饼，是从烤鸭店里点的菜，一瓶老白干，两只酒杯。

父子二人默默吃菜，相顾无言。

叶茂才率先打破了沉默,他在两只小杯里倒上老白干,递了一杯给叶鸿漪。

"我下午还要去银行报到。"叶鸿漪说道。

叶茂才也没多言,将杯子收回自己喝了,两杯下肚,肠胃里一股热浪涌起,毛孔里瞬间渗出细汗,舒爽。

"那你赶紧吃,别误了时间。"叶茂才用筷尖点了点盘子。

炒肉酱浓辛辣,木耳鲜脆咸香,排骨酥软酸甜,还是父亲的老手艺吃得惯,南洋唐人街的那些馆子,味道不及这十分之一。

"贝勒爷给你安排的啥活计?"叶茂才问道。

叶鸿漪将嘴里的骨头吐进骨碟里:"给中央银行行长姜昱淳当助理。"

叶茂才眼神微微一亮,一直板着的脸露出了三分喜色:"看来贝勒爷很器重你啊。"

叶鸿漪也是难得从叶茂才脸上看到赞许他的神情,忍不住多看了几眼。

少年性情虽是倔强,可又何尝不想得到认可呢?叶鸿漪忐忑的心算是放下一半。

叶鸿漪:"是,他说现任行长喜欢洋墨水。"

叶茂才:"贝勒爷对我们家恩重如山,你要记得他的恩情,要好好干,千万别给他老人家丢脸。"

叶鸿漪点点头,转而面露难色:"我是学医的,没学过经济,不知道能不能干好。"

叶茂才轻笑了笑:"你别还没上阵就犯怵,行长助理又不需要你懂经济,无非就是写写文章,接听电话,会议记录这些,你若是还想往上走,就多听多看,没有谁天生就懂经济,你爹我账房的本事也是跟着老先生的时候看着学的。"

叶茂才难得跟叶鸿漪说这么多话,叶鸿漪有些受宠若惊,连连点头。

叶茂才又抿了一口酒:"当年抓周的时候,凤城抓了一枚弹壳,你抓了一支钢笔,没想到长大后,一武一文,还真应了。"

五年前,叶鸿漪拿到南洋学校录取通知书的那天,哥哥叶凤城也收到了入伍通知书,兄弟俩一起离家,只剩叶茂才一人守着宅子,每当午夜梦回,他都会想起那个不堪回首的雪夜。

"哥哥最近回来过吗?"叶鸿漪问道,他虽然因父亲偏心而对叶凤城心怀不满,但毕竟是亲兄弟,忍不住想问两句。

叶茂才:"三个月前回过一趟,凤城的驻地就在城外,离家不远,只是不让离营。"

叶鸿漪担忧道:"我听说,日本人在城外屯兵了?"

叶茂才叹了口气:"没事,打不了。"

叶鸿漪微微诧异:"真的?可是我看南洋的报纸上,都说日本人野心勃勃,即将南下。"

叶鸿漪原本赌气要在国外不回了,想干出番事业让父亲看看,可是眼见着北平告急,他一刻也待不下去,只想速速回家。

叶茂才:"他们有东北就够了,小日本才多少人?这么大块中国他们也吞不下。我听大家都说了,不过就是要耍威风,想要点赔款,打不起来的。你放心吃你的饭,天塌了还有上头撑着呢。"

吃完饭回到卧房,叶鸿漪看到床上整整齐齐摆着一套新衬衫和西裤,一摸料子是棉麻混纺,软薄透气不易皱,床边放着一双黑色的新皮鞋,叶茂才为他置办的这身行头应该花了不少钱。

叶鸿漪换上衣裤,踩上新鞋,在镜子前来回走,直到门外传来叶茂才催他赶紧去银行报到的声音才出门。

叶鸿漪才出门，便遇上了邻居李叔，两家只隔着一堵墙，时常来往。李叔比叶茂才年轻几岁，家里二子一女，小儿子还在上学，五年没见，李叔两鬓也生出些白发。

叶鸿漪打招呼道："李叔，吃了吗您？"

小时候叶鸿漪不招亲爹待见，偶尔会以"离家出走"表达抗议，一般也不会离家太远，就是去邻居李叔家待着，李叔媳妇偶尔给他半只烤土豆吃。

李叔一见叶鸿漪愣住了，盯着他瞅了好一会儿，说道："老二？"

叶鸿漪笑了："是，是老二。"

李叔拍了拍叶鸿漪的肩膀，下手有些重，把叶鸿漪拍得身子往后退了一步："好多年没见你啦！偶尔见过你哥，你咋突然回来了？也没听你爸说这事。"

叶鸿漪："我听说北平不太平，我不放心我爸，还有我哥，就回来了。"

李叔："回来打算干啥啊？找份工作？"

叶鸿漪："都找好了。"

李叔："哟，在哪儿工作啊？"

叶鸿漪："准备去银行上班。"

李叔："哟，你这不错啊！这么快就找着了？还是你爸神通广大啊。"

叶鸿漪知道，李叔说的神通广大，是说的贝勒爷载澈，叶茂才这些年在王爷府当账房，许多事情跟贝勒爷吱个声就能办了，李叔家孩子上学也是托了这层关系。

李叔又道："正好，你帮叔个忙。"

叶鸿漪有点蒙："啥事儿？"

李叔拉着叶鸿漪就往胡同外走，叶鸿漪着急去银行上班，可是碍于李叔是从小看他长大的老邻居,不好推脱,便任由他将自己拉着走。他这刚回来,能有啥事是他能帮忙的?

刚走到胡同口,远远便见着一群学生穿着白衫子,举着横幅,挥舞拳头,喊着口号走过来。

"打倒日本帝国主义!不要对日军抱有任何幻想!"

"华北之大,已经安放不得一张平静的书桌了!"

"日本人狼子野心,中国人要团结起来!一致对外!"

"驱除日军,收复东北!"

"我们的敌人是日本人!不是中国人!"

叶鸿漪见这阵仗有些触动,学生们慷慨激昂的口号,令他升起热血沸腾之感,那是年轻蓬勃的生命力,在表达他们最赤诚的思想。

李叔死死盯着游行队伍,忽然见到队伍里有一男孩在躲闪,便冲进去把他揪了出来。男孩正是李叔的小儿子李成林,在国立北京大学读书。

李成林被李叔拽出队伍,很是不服,嚷嚷道:"爸!你干啥?"

李叔又急又气,眉眼都皱成一片了,还不敢大声宣扬,怕被人笑话,便压低声音训斥道:"昨晚你就鬼鬼祟祟的,不知道跑出去干啥了,一中午不见你回来,就知道你又去搞这些。"

李成林试图挣脱李叔:"我搞这些怎么了?中国都要亡了!"

一旁胡同口的几名小贩笑了起来。胡同口架了几间帐篷,一些吃食摊子摆在这儿招揽客人,食客们也纷纷来了兴致看热闹。

糖人摊子老板笑道:"老李头,你这孩子实在,有事爱冲第一个。"

面摊老板抻着面,笑道:"你就甭管他了,年轻人都想弄点动静出来,我家那个也一样,瞎折腾,这几天学也不上了,成天在街上乱窜。"

李叔将李成林拉到叶鸿漪身旁,李成林不耐烦地站在那儿,撇了叶鸿漪几眼，微微一愣："……叶二哥？你留学回来了？"

李叔恨铁不成钢："人家是去银行上班的，你看看你，成天不务正业。"

李叔转头又对叶鸿漪说道："你俩一般大，帮我说说他，我说不好使，就是不听。"

叶鸿漪一时语塞。他虽没有这群学生热情亢奋的精神劲，但他也并不觉得这是坏事，街边贩夫走卒们麻木的神情，叶鸿漪觉得需要一些声音去唤醒他们。

叶鸿漪尴尬地笑了笑："我……我觉得还行，我就是担心日本人打进北平才回来的，结果我爸直接给我安排了一份工作，我就只能先干着。"

李成林一听这话，知道叶鸿漪是站自己这边的，连忙道："听到没？叶二哥都这么说了，人家是从国外回来的，喝过洋墨水，有见识，能看懂形势，比你们懂得多。"

叶鸿漪一听这顿捧杀吓得连连摆手："我也不懂啥，只是担心父兄罢了。"

李叔愁眉苦脸："哎哟老二，我叫你来帮忙是想你帮我劝劝他，你还给他帮腔来了？"

叶鸿漪："李叔，这我可真帮不了您，我也担心日本人打进来。"

李叔："打什么呀？打不进来，咱自己有军队。"

李成林："爸，国家都危急存亡关头了，您咋还抱着侥幸心理呢？"

一旁看热闹的油条摊主开口道："年轻人都担心些啥啊？打不进来的，打进来又咋？这么多老百姓呢，照样得穿衣吃饭，总不能把人都杀了，留座空城吧？"

一旁看热闹的食客也纷纷附和道:"就是,打不进来。""打进来了也得吃饭过日子,操啥心呢?"

李成林一听这话急眼了,驳斥道:"你们这是甘当亡国奴的思想!中国决不能亡国!"

李成林似乎想用自己怒吼的声音唤醒所有人的感知,谁知他的言语反倒惹来众人的哄笑。

"嘿,就一小孩,啥也不懂,瞎凑热闹。"

"天塌不下来,塌下来还有二十九军顶着呢。"

"就是,中国这么大,还能让小日本给吞喽?"

"老李,你就甭管了,这些孩子啊,闹着累了就散了。"

眼瞅着众人的反应,李成林脸涨得通红,说话都不利索了:"你们怎么!怎么如此麻木!"

眼看着李成林还要骂几句,李叔连忙拦住他:"你还没完没了了!都是街坊,你想干什么?才读了多点书?就觉得自己是号人物了?"

"跟你说不明白!"李成林一把挣脱李叔,撒丫子就去追赶游行队伍去了。

"你!"李叔急得直跺脚,叶鸿漪连忙上前劝慰:"李叔,您就由他去吧,反正都没上课,怕啥?"

李叔看着李成林的背影,又看着叶鸿漪,满脸担忧:"我怕他闹出事!"

叶鸿漪安慰道:"成林都那么大的人了,没事儿。"

李叔:"那万一被警察抓了咋办?"

叶鸿漪抬眉一笑:"您还怕这?咱警察局有人。"

李叔这才稍微放心下来,想着万一有啥好歹,贝勒爷肯定能把人给捞出来,便也不多话了。叶鸿漪与他寒暄了两句,匆匆赶去银行。

两个大衣箱抬着戏服进了梨园，婢女沈丹鹤见状迎上，见到程梨笙问道："是什么新戏服还值得你亲自跑一趟？"

程梨笙："贝勒爷帮忙置办的，请的宫里的绣娘。"

沈丹鹤闻言，露出惊讶之色："那岂不是全京城都没有比这更好的了？"

程梨笙一踏进后院，没了旁人，也不在沈丹鹤面前端着了，满脸抑制不住的喜色，带着三分得意："可不是？再没比这更好的了，那绣的，跟活的似的，此物可用珍宝来比。"

沈丹鹤好奇道："到底有多美？我也想看。"

沈丹鹤不过十五六岁，面不施粉而白，眉不着黛而黑，一双杏眼灵动含情，如春水凌波，或许是听到好消息有些兴奋，她的脸颊泛起薄红，程梨笙一时看痴了。

沈丹鹤见程梨笙痴痴瞧着她，连忙低下头去，回避他的目光，程梨笙这才回过神，察觉自己有些失态。

程梨笙柔声道："好，一会儿就带你去看。"

程梨笙走进里屋在桌旁坐下，沈丹鹤见他满头细汗，拿了条帕子过来，正想伸手给他擦拭，手上动作却顿了顿，转而将帕子递到程梨笙手里。

沈丹鹤："你擦擦汗吧。对了，今天顾三出门买了些冰回来，我放地窖里了，你要不要吃点？"

程梨笙接过帕子轻轻擦拭额头和脖颈："不吃了，万一吃坏嗓子，晚上怎么唱？"

程梨笙的脖子修长白皙，沾上细汗后竟有剔透的光泽，沈丹鹤站在他身侧，忍不住多看了一眼，又惊觉窥视主人不妥，连忙将眼神瞥向别处。

沈丹鹤："那我给你端些凉茶来？"

程梨笙："好。"

程梨笙看着沈丹鹤离开，不由得紧了紧手里的帕子。

这小婢女是他收养的，在身边养了十年，说是婢女，却更像是亲人。程梨笙心里很喜欢她，但沈丹鹤却与他之间有种疏离感，明明小时候天天黏着他的，现在却开始处处避讳，许是姑娘大了，知道羞了。只是程梨笙不知道沈丹鹤是怎么看他的，主子？兄长？还是……养父？

虽世间总有娶养女的事，但程梨笙耻于做出违背伦理纲常之行为，除非沈丹鹤也喜欢他。

想到这里，程梨笙有些心烦意乱，突然察觉半晌也没等到凉茶，便起身出屋，想看看沈丹鹤怎么了。

还没出后院，便听到院外传来沈丹鹤的声音：

"青花小姐，我跟你说了，我们家爷不见你，你何必赖着不走？"

"程老板可没当我面这么说过，要不你把他请出来，我亲自问问？"

"你别费心思了，谁不知道你在给日本人当走狗，游说京城里的名角儿给日本人唱戏？也不知道你是得了多少好处，想祸害到我们爷头上来。"沈丹鹤越说越气，整个脸蛋涨得通红。

程梨笙忍不住偷笑，这丫头在他面前乖巧温顺，没想到在外头这么凶。青花是妓院里的头牌，不是简单人物，沈丹鹤居然也敢冲上去啐她两句。

沈丹鹤气势汹汹地拦着青花。

青花是京城里的一朵名花，上到富商政要，下到平民走卒，无人不拜倒在她的裙下，更有痴儿为她自挂东南枝。此事不但没有影响她的人气，反而让她声名大噪，成了老百姓茶余饭后的谈资。

姿色出众的窑姐通常都会有金主养着，青花偏不吃这一套，放话说任何男人都别想困住她，她看上谁就要谁，号称没有她拿不下的男人。这番话，更是让名流趋之若鹜。

然而就是这样一位情场杀手，却在程梨笙这里落了坑。

青花在梨园里听了程梨笙一出戏，从此沉迷无法自拔，成天找着由头来寻他，时间久了程梨笙也烦，来十次有九次半要把她打发走。

沈丹鹤瞪着眼前的青花。这妖姬本就生得明艳动人、身姿曼妙，今天还穿了身云香纱的旗袍，暗纹处的纱料薄透，肉体若隐若现，沈丹鹤隐约能看到她穿的红色内衣裤，侧边衩都快开到屁股上了。

穿成这样，不是明摆着来勾引自家爷吗？沈丹鹤生出莫名的醋意，看青花左右都是不顺眼。

青花往左踏一步沈丹鹤就往右踏一步，青花往右踏一步沈丹鹤就往左踏一步，拦在院门口就是不让进。

"你是程梨笙捡回家的狗儿吗？这么会摇尾巴？"青花终于被惹怒了，阴阳怪气道。

沈丹鹤不知该如何回敬，心里有百八千条罪名却说不出口，气得两眼泪花打转，她把眼睛睁得老大，生怕眼泪落下来丢人。

"青花小姐慎言，她是我的家人。"程梨笙的声音幽幽传来，清朗却低沉，带着几分薄怒。言外之意，骂她就是骂我。

青花见程梨笙现身，总算是松了口气，连忙用手轻轻拍了一下自己的嘴，赔笑道："是我嘴不好，梨笙，你莫怪。"她又看向沈丹鹤道："不好意思啊，你大人不记小人过。"

"青花小姐，我与你并不熟，还是称呼我程老板，或者程先生为好。"程梨笙冷冷道，他走上前抚了抚沈丹鹤的头安慰她。

沈丹鹤瞪了青花一眼，转身跑了，再不跑，她的泪花子就要流出来了。

程梨笙见到青花也没好气:"如果青花小姐是为了游说我给日本人唱戏,那就免谈了。"

青花笑道:"我都还没开口,你怎知我要说什么?"

"不是为了日本人的事?"

"就是想找你喝口茶。"

程梨笙冷笑了笑:"若是没有正事,青花小姐请回吧。"

青花:"我大老远过来找你,你连一杯茶都不留吗?"

程梨笙:"灶下无柴,壶中无水。"

青花:"程梨笙,能让我青花主动找上门还拒我于门外的,你是第一个,多少有些不知好歹了。"

程梨笙:"程某无福消受青花小姐的好意。"

青花也不是第一次被拒了,转身正要走,却又回过身来:"你讨厌我也好,瞧不上我也罢,我只是想告诉你,日本人就要打进来了。你心高气傲想做那孤傲高鸣的鹤,我随波逐流甘当凡尘脚下的泥,可乱世之中,你我皆是浮萍,万事不由己,我请你去给他们唱戏,只是想保全你。"

程梨笙沉默了,他何尝不知这个道理?日本司令官田代皖一郎点名要听他的戏,他却三番五次拒绝,一旦日军占领北平,他就成了案板上的鱼肉,任人欺凌。一介戏子,如何与残暴的魔鬼抗衡?

半响,程梨笙说道:"都是下九流,哪有高低贵贱之分?青花小姐不必妄自菲薄。谢谢你的好意,请回吧。"

一口白烟从红唇中缓缓吐出,在空中形成一圈圈云环,缓缓消散开。

洋房大门上挂着"上林仙馆"的牌匾,二楼的房间里,充斥着浓郁的月季香水味，混着淡淡的烟气、酒气。香云纱的旗袍搭在座椅的靠背上，一双丝袜悬在一旁，电风扇吹过，丝袜被吹得漾起。

七月晌午有些燥热，青花脱了旗袍，只穿了一身红色蕾丝内衣，横躺在床边抽烟，白皙丰满的胸脯上歪着一只鸽血红的坠子。

青花看人先看眼，那些男人眼神里透着什么心思，她瞥一眼就知道，或仰慕，或爱怜，或带着侵略性，或不怀好意。

而程梨笙就像根死木头一样。戏台上他眸光如炬，眼波流转；台下看到青花却双眼无神，像只死鱼眼般不聚光——青花便知道，程梨笙对她无情。

青花一度怀疑程梨笙是不是有龙阳之癖，才会对她毫不动心，可是左右打听，也没听说程梨笙有过男金主或者男伴侣，身边只有一个小婢女沈丹鹤天天围着他转悠。程梨笙好歹是京城名角儿，总不至于喜欢一个身无二两肉的土丫头吧？或许，这人就是个孤寡和尚命。

窗外传来停车声，青花翻了个白眼，那仙鹤没能在她的鱼塘边驻足，最讨厌的癞蛤蟆却爬过来了。

洋楼外，一辆暗红色雪铁龙上面下来三个人，为首的男人叫詹勋，透过墨镜能看到他眉尖两道疤，脸上生着横肉，穿着红衬衫、红裤子，打着红领带，连脚上的鳄鱼皮鞋都是红的。

身旁的跟班叫解宝，蔫儿瘦，像根豆芽菜，穿着一身黑；还有负责开车的小喽啰李四，身着黑西装，人模狗样。

詹勋一下车就嚷嚷："青花！老子给你送礼物来了！"

无人应，詹勋不知道她在不在家，又不敢贸然上去，只好等在楼下。

刺眼的夏日阳光照着三人，詹勋难免抱怨："这大热天的，真他妈晕了菜了。"

解宝在一旁撇撇嘴："勋哥，本来天就热，你还非要穿一身红的，看着更热。"

"你以为老子喜欢穿？穿得跟他妈卖年画的似的，还不是楼上那娘们喜欢！红的红的，天天唠叨红的，老子上次送她一枚祖母绿，挨了她一顿臭骂。"

青花这个女人，听说是因为本命年，犯太岁，一心想着辟邪。听说连她的肚兜都是红色，腰上系着红结，手腕上缠着红线，脚腕上也绑着红绳，连脚指甲上也涂着蔻丹，发髻里插的是红宝石的簪子，戒指也是红宝石的，总之从里到外，从头到脚，就是一个字：红！一如她在胭脂胡同的名号。

解宝："你送她祖母红她也没收啊……再说了，我看梨园那个小白脸天天穿绿的，她不还是天天往那儿跑？"

詹勋一想到程梨笙那个小白脸居然得到青花的青睐，气不打一处来，他原本想找程梨笙的麻烦，可是偏偏程梨笙背后有贝勒爷罩着，贝勒爷在京城里有不少人脉，詹勋带着帮派在此处混迹，难免要给三分面子，因而无从下手。

詹勋正要啐解宝两句，忽然空气中弥漫来一股污秽熏天的臭气，令人胃里翻江倒海。这是詹勋熟悉的味道——粪车。

粪车上挂着一圈栀子花，行人纷纷避让，一旁的小喽啰李四忍受不了这臭气，连忙抬起胳膊捂住口鼻。

詹勋斜眼瞥着李四，李四的脸已经拧成了干枸杞，满是嫌恶之色。

詹勋一个大耳刮子拍李四脸上，把他扇出去半米远。

这帮派里，詹勋的过往只有解宝一人知道。

詹勋是个孤儿，从小混迹在北平的街头巷口，吃饱穿暖是詹勋打小的愿望，为了这个愿望詹勋什么都想干却什么也干不成，一心想混道上却连道的边都摸不着，没人愿意收这么个来历不明的孩子。

就在詹勋要冻死街头的时候，遇上了一位好心的大姐，送给他一些棉衣吃食和钱，嘱咐他把自己洗干净后，穿着干净衣服去找份工作养活自己。

詹勋以为一切都会变得美好时，几个年纪比他大些的小混混抢走了他的东西。那是詹勋的救命稻草，失去棉衣和钱，他一定熬不过这个冬天。

詹勋决定为自己搏一把，天既生我，我命由我。

詹勋找到那几个小混混日常藏身的桥洞，又从菜场的鱼市摸了一把刀，趁着夜黑风高，他摸到桥洞下将那几个小混混一刀一个全部割了喉，将棉衣和剩下的钱拿了回来。

第一次杀人给詹勋开了另一扇门，惊恐害怕甚至连呕带吐，数天发烧后，詹勋终于想到在能吃饱穿暖之后自己要干什么，詹勋明白了当掌握绝对权力时的那种快感，而这种绝对权力就是能够掌握他人生死，詹勋下定了决心要混黑道。

詹勋的脸上永远堆砌着假笑，一双三角小眼，永远眯着看人，你以为他是跟你客气，其实他正在盘算怎么杀了你！曾经一个差点冻死街头的孤儿，摇身成了天桥里的地痞，有一身力气，痞气冲天，在北平横行街坊。

初入江湖虽然没混到几个钱，可酒色财气詹勋一样没落下，一上赌桌分文不剩，烟花柳巷也没少驻足，但他唯独喜爱一个女人，便是胭脂胡同的青花。为了一亲美人芳泽，詹勋甚至成了青花的跟班，只为了能和她共枕一夜。

青花如何看不出他那点心思？只是自己时常出入各种风月场所，总是需要些打手随身，既然这癞蛤蟆做事也算尽心尽力，青花便也留着他了，只是一点，不许身边任何人赌钱嗑药。

詹勋戒了赌，在青花身边当了许久跟班，攒了一些钱，他终于觉得自己可以开荤了，便拿着钱去找青花求欢，不承想，被青花一大耳刮子给扇了出去。

青花让人把詹勋扔出仙馆，站在二楼窗台上指着他破口大骂："你这点破钱都是姑娘我给的，赚姑娘的钱，还想睡姑娘的人？合着是姑娘拿自己的钱让你睡？癞蛤蟆想吃天鹅肉，亏你想得出来，滚！"

詹勋因此大受打击，受尽奚落的他离开了青花，下定决心要出人头地，拉起了解宝等十几个弟兄，全都是叫花子要饭和鸡鸣狗盗之流，想在北平混出点地位。

他要当大哥，却被真正的大哥给欺负狠了。他忍辱喝了尿才得到一个运送大粪的差事，成了老大的一条狗。老大讥笑他，他也跟着笑，他忍了。可就是这样一个拿尊严换来的生意却被日本人给毁了，不但烧了粪车，打了人，还逼他和弟兄们吃大粪。

詹勋气不过，决意带着解宝一起去报复。解宝善使双刀，道上人称"双尾蝎"。两人找到那几个日本人，手起刀落如切瓜一样杀了，最后还给塞进了粪车里。

虽然今时不同往日，詹勋已经是北平街头一霸，但拖粪车是詹勋最不愿意提及的往事，当着詹勋的面嫌粪车臭，这不是直接触他的逆鳞吗？

这李四踉跄了几步，还没闹明白詹勋为什么突然揍他，就被詹勋看到了他脚踝露出的绿袜子。

"你大爷的！"詹勋一想到梨园那个总穿绿竹衫子的小白脸，正愁没地方撒气，过去啪啪又给了两下，"让你穿绿的，让你穿绿的，你是不是巴不得老子被绿？"詹勋还要上拳头时，听到身后传来关玻璃窗的声音，回头一看，正好看到青花关窗户，想是被臭气熏到了。

原来美人儿在家啊！

"青花！老子来看你了！"

"滚！"

第二章 初见乍惊欢

中央银行坐落在西交民巷，民国十五年（1926年）由孙中山先生亲手创办，大楼有两层楼高，外墙由花岗岩砌成，入口为半圆形的外廊，装饰着罗马柱。

叶鸿漪推开高大的木门进入其中，抬头便是椭圆形的藻顶，叶鸿漪张望着周遭环境，一时失神，撞到了人。

叶鸿漪连连后退几步，定睛一看是位小姐，女孩一袭长裙，亭亭玉立，脚上穿着一双红色皮鞋，身姿挺拔，眸光清澈却带着三分疏离，一看便是位富家千金。

叶鸿漪瞬间红了脸，他的心脏停滞了一秒，随即扑通了一下，恢复跳动。

叶鸿漪局促不安，连忙道歉："对不起，是我没看到，没有撞坏您吧？"

女孩生了一双丹凤眼，眼波流转间将叶鸿漪上下打量了一番，看到了叶鸿漪手中的文件袋。

"第一次来？"女孩声如天籁。

"嗯，第一次。"

叶鸿漪绷着神经，尽量不让自己在女孩面前露怯，殊不知，他拿着文件袋的手正在轻微抖动，女孩已经将这一切尽收眼底，忍不住笑了。

"你要找谁？"女孩又问道。

"行长姜昱淳。"

女孩瞥了眼二楼："二楼最里头那间。"

叶鸿漪连忙道谢："谢谢！谢谢！"

"快去吧，愣着做什么？"女孩看叶鸿漪的神情，像是在看一个呆子。

叶鸿漪回过神来，连忙向二楼跑去，刚跑了几步，他急忙又回头。

这是叶鸿漪见过最好看的姑娘，他知道此时若不回头，可能今生就再也见不到这么好看的人了。

少年人的爱慕不掺杂任何情欲，只是单纯对美好的向往。只是这一回头，已经不见女孩身影。

失落感袭上心头，叶鸿漪顾不得多想，速速赶往行长办公室。

姜昱淳看着叶鸿漪的档案，又抬头看了看这个立正站直的年轻人，叶鸿漪的眼神纯真倔强，就凭这一点，姜昱淳心里已经对他暗暗加了分。原以为通过王府介绍来的会是个趋炎附势的油条，不料是个愣头青。

"坐吧，别拘着。"姜昱淳指了指桌旁的座椅。

叶鸿漪笔直坐好，开始悄悄打量姜昱淳的办公室，见他身后的书柜里，摆了满满当当的书，经济政治，文集月刊，无所不包。

档案上写着：

姓名：叶鸿漪

性别：男

生日：一九一一年十二月八日，辛亥年十月十八

籍贯：北平

年龄：二十六岁

婚姻：未婚

住处：东交民巷芝麻胡同38号

家庭状况：父叶茂才、兄叶凤城

本人学历：京师公立第二十三国民学校、崇德学堂、爱德华七世国王医学院

工作履历：槟城港安医院 医师助手

姜昱淳看完档案问道："你为何要去南洋读书啊？"

叶鸿漪："想见见世面，想有一番作为。"

姜昱淳："噢？那你觉得什么才算是一番作为？"

叶鸿漪："没想明白过，具体说，是还没来得及想明白，我就回来了。"

姜昱淳："为何突然回来？"

叶鸿漪："我感觉北平不安全，担心家中父兄，便回来了。"

姜昱淳沉了口气，问道："你对日本人屯兵一事怎么看？"

叶鸿漪："日本人狼子野心，南下是迟早的事。"

姜昱淳："可北平城的老百姓都觉得不会打仗。"

叶鸿漪摇摇头："我觉得他们不是真的认为不会打仗，而是在自我麻痹，逃避现实，把希冀当成判断，这会让人失去该有的理智。"

姜昱淳："若是战争不可避免，你有何打算？"

叶鸿漪微微一愣，有些不知所措，这算是闲聊，还是面试？今天他是来报到的，如果说错话，自己的工作是不是没了？回家又该如何跟父亲交代？

姜昱淳看出了他的心思，笑道："你别紧张，就是闲聊，这档案你一会儿拿给档案室归档。"

姜昱淳这话算是给了叶鸿漪一颗定心丸。

叶鸿漪："战争啊，我没认真想过，也不愿意去想，或许我也在逃避。"

姜昱淳："你对自己有很清醒的认识。"

叶鸿漪："我很清醒地认识到自己的不清醒，因害怕而选择逃避，成了一只鸵鸟，以为把头埋进沙子里就什么也不知道，什么也不会发生了。但我却又实实在在地感到不安，不知前路几何，未来充满未知，未知即生恐惧。"

姜昱淳："你感受到了，我们正身处巨大变革之中。自清廷覆灭以来，各种思潮、势力更迭从未停息过，多少军阀、文人的立场都在反复改变。你觉得谁算是真正领导中华复兴的第一人？"

叶鸿漪略一思忖，答道："天若不生孙逸仙，中华万古如长夜。"

叶鸿漪只能判断过去，他解读不了当下局势。黑暗中若没有灯，则前路迷茫，可黑暗中若亮起许多盏灯，前路亦是迷茫。没有人知道哪一盏灯会亮到最后，叶鸿漪害怕因选择错误而距离真正的明灯越来越远。

姜昱淳的眸子微微一亮，眼前的少年之所以迷茫，是因为缺乏引导者，若他能加以正确的指导，来日必有所成就。

姜昱淳："你没想过要报名参军，保家卫国？"

叶鸿漪面露难色，战争意味着死亡，怕死就是懦夫吗？他不敢妄下定论。

叶鸿漪："我的哥哥已经参军了。"

姜昱淳明白了叶鸿漪的意思："你家中只有兄弟两人,你是担心兄弟俩一起上战场,若回不来,以后没人照顾你父亲?"

叶鸿漪点点头："我和哥哥一个从文一个从武,都能做贡献。"

叶茂才其实并不希望叶夙城去当兵,谁会希望自己儿子在战场赌命呢?五年前的北平还算太平,叶夙城要去,便也由着他了,眼下硝烟味渐浓,他虽觉得日本人不会一直南下,但心中仍有隐隐担忧,去找贝勒爷求恩典也是为了给叶鸿漪谋个文职,他怕这倔脾气的小儿子头脑一热去搞革命、搞抗日,那他两个儿子都得搭进去。

姜昱淳："你能如实回答,甚好,好过那些喊口号、起高调的,不切实际。你们兄弟俩很不错,一文一武,一忠一孝。"

"你们在聊什么?莫不是在唱《满江红》?"

门外传来一女孩的声音,她推门进入,叶鸿漪回头一看,那一眼,身体猛地僵直,竟是他刚才在楼下撞到的富家千金。

"是你啊?"叶鸿漪暗暗掐了一把大腿,确定自己没在周公处做客。

姜昱淳微微惊诧:"你们认识?"

女孩:"刚才在楼下,我见他不认路,给他指路来着。"

见女孩走近,叶鸿漪连忙站起身。

姜昱淳:"我介绍一下,这位是我的女儿——姜悦慈。"

叶鸿漪颔首:"你好。"

叶鸿漪万万没想到,自己一见倾心的女子,竟然是上司的女儿,一时间无数幻想浮上心头。不过他对自己有着清醒的认知:一个穷小子,配不上千金小姐。念及此,心中不免生出几分失落。

姜昱淳："这位是叶鸿漪，南洋留学回来的，今天来报到，是我的助理。"

姜悦慈："你好。"

姜昱淳一看叶鸿漪，这小子脸涨得通红，从耳朵尖红到脖颈，心中已明白了三分；再看姜悦慈，她正打量着叶鸿漪，一副饶有兴致的模样。

姜昱淳哈哈一笑道："悦慈，叶鸿漪留学五年才回，北平城里一些变化估计他都不知道，下班后你带他出去玩玩。"

姜悦慈："好啊，你想去哪里？"

叶鸿漪脑子嗡嗡的，一度怀疑自己是不是听错了，自己何德何能，能由行长千金陪自己游北平？莫不是祖坟燃青烟？

其实姜昱淳的目的也很简单，就是想给姜悦慈物色个踏实的好女婿，看姜悦慈对叶鸿漪似乎有点兴趣，可他也知道这愣头小子是不敢开口会佳人的，不如由他做主，找个机会让二人互相相看一番，即便不成，也都不失面子。

姜悦慈见叶鸿漪又呆住了，问道："怎么，你不想和我出去玩？"

叶鸿漪连忙摇头，磕磕巴巴说道："不，我，我想，我不知道有什么玩的，你来定。"

姜昱淳在心里默默点头，不错，这小子还知道把主动权交到悦慈手中，以后必定是个妻管严。

姜悦慈浅浅一笑，道："那去听戏吧？京城新出一名角，他的戏园子三年前才开的，你肯定没去过。"

姜昱淳嘴角微微一抽："都是年轻人，你怎么带人去那么老气的地方？电影院不好吗？"

姜悦慈微一挑眉看着姜昱淳："不是你们让我定的吗？"

姜昱淳："好好好，你定。"

姜悦慈又看向叶鸿漪。

叶鸿漪连忙点头："听姜小姐的。"

姜悦慈对他们的回答很是满意，莞尔一笑道："好，那就这么定了。"

看着姜悦慈离开，叶鸿漪还觉得像是在做梦。

在银行的这一下午，叶鸿漪都觉得脚下软软的，仿佛在云端走着，他第一次体会到什么叫度日如年。

一辆黑色福特车缓缓驶至戏园门口，从车上下来的是叶鸿漪和姜悦慈。票头看到姜悦慈手中的票，将人一路引入二楼正对戏台的包间贵宾座。

桌上已经摆好了食盒碟碗：剥皮的山核桃仁、裹了蜂蜜的腰果、盐焗的瓜子仁、五颜六色的果脯，还有一盘去核的红樱桃淋了糖浆，另有两碗冰酪、两碟红豆奶卷。

叶鸿漪以前在茶馆吃过茶点，却没见过这么精致的。普通茶馆里的核桃，都是整颗夹成两半上桌，核桃肉都得自己从壳里掏出来；瓜子也得自己嗑，费门牙。

"姜小姐来了。"

二人回头，是婢女沈丹鹤，她打量了一眼姜悦慈，看到她脚上穿的一双红皮鞋，又看了看叶鸿漪，眼生。

姜悦慈："这是我的朋友叶先生，他第一次来。"

"叶先生好，二位想喝什么茶？"沈丹鹤问道。

"我就喝普洱吧，你呢？"姜悦慈转头看向叶鸿漪。

叶鸿漪正想说"随便，什么茶都行"，却又觉得不好，他好歹也是在王爷府见过些世面的，此时不想在姜悦慈面前失了面子，让人以为自己是个什么都不懂的土包子。

叶鸿漪:"君山毛尖可有?"

沈丹鹤:"有,这是我家爷最喜欢的茶,多多备着呢。姜小姐,你想要什么普洱?新进了不少,都是云南过来的。"

姜悦慈:"都有些什么?不如我去看看。"

"请。"

姜悦慈:"我去看看茶团就回来,你先随便吃些。"

说完,姜悦慈便跟着沈丹鹤离开了。

而此时二楼角落的包间内,正坐着三个人——望月葵、胥恭岚和青花。

胥恭岚是中央银行副行长,此番受望月葵的邀请前来,看似听戏,实则议事。

青花此时已经换上了一身低调的素色旗袍,望月葵和胥恭岚则打扮成商人模样,未带随从。

叶鸿漪打量着包间陈设,又看楼下,整整齐齐摆着八仙桌、屏背椅,也都放好了食盒,只是没有楼上的精致、种类花样多。

再看戏台上,幕布上画着百花亭台,幕布前装饰着祥云牡丹、朱漆宫墙。

叶鸿漪怕失了礼数,食盒里的吃食一丁点也没动,直到姜悦慈回来,身后跟着沈丹鹤端着茶盘。

"姜小姐、叶先生,有事吩咐。"沈丹鹤放下茶水离开。

姜悦慈见叶鸿漪拘着礼,便主动招呼他喝茶吃果子。

姜悦慈:"今晚唱的是《贵妃醉酒》。欸,对了,你以前都爱去哪家戏园子?"

叶鸿漪嘴角微微一抽,答不上来,姜悦慈见他这般模样,心里也明白了。

姜悦慈："你倒是稀奇，长在这北平城里，居然没听过戏？"

叶鸿漪："小时候听过些。"

叶鸿漪对唱念做打无甚兴趣。只记得小时候见过白云观的道士们给母亲做道场，二胡拉得凄凄惨惨，笛子吹得刺啦刺啦，道士们嘴里咿咿呀呀地唱着，也不知道叽里咕噜念的啥，他只觉得自己要睡着了，却被父亲提溜起耳朵，生疼。

后来在王爷府听过几段戏。贝勒爷是个戏痴，经常会请戏班子来府里唱，每次把叶鸿漪叫到身边一块听的时候，叶鸿漪都听到睡着。在他耳朵里，唱戏跟唱经差不多，时不时还亮一嗓子高调，属实是耽误他睡觉。

姜悦慈："真是难为你了，早知道就换个地方了。"

叶鸿漪连忙道："这儿挺好的，我喜欢。"

既然姜悦慈喜欢看戏，那他就一定要来，姜悦慈看戏，他看姜悦慈。

叶鸿漪瞧着姜悦慈的侧颜正出神，台下一阵叫好声吸引了叶鸿漪的注意，锣鼓声起，这是开场了。

首先上台的是两个太监模样的丑角，叶鸿漪猜测其中一个应该是高力士，接着，一众手持宫灯仪仗的宫娥簇拥着主角登场了。

程梨笙头戴黄穗点翠珍珠凤冠，披戴石榴蝠纹流苏云肩，身着黄缎苏绣镶边女蟒仙衣，脚踏百蝶云纹金丝凤履，手持一柄玉竹骨烙画泥牡丹金扇，轻移莲步，摇曳生姿。

水袖飞舞，持扇的手如柔荑般纤细柔嫩，指尖透着微红，画扇在程梨笙的手中翻转，似繁花怒放。他身形修长，腰肢柔软，俯身仰首间已醉倒在花丛中。

"秋水为神玉为骨，芙蓉如面柳如眉。这位姑娘演得真好。"叶鸿漪忍不住赞叹道。

叶鸿漪见那台上的杨贵妃是碧水柔情秋波眼，婉转莺啼银铃声，一颦一笑中皆是风情，一步一行间皆有文章。

姜悦慈扑哧一笑："那是位先生。"

叶鸿漪震惊之余羞于自己露了怯，连忙道："是我眼拙。"

姜悦慈倒是不以为意："你把他认成女子，他该高兴才是；若你认出那是男人，岂不是他演得不像了？"

叶鸿漪感叹道："实在是妙，不知是位怎样的先生，能将女子演得如此惟妙惟肖。"

姜悦慈："他叫程梨笙，你可知捧他的伯乐是谁？"

叶鸿漪："我认识？"

姜悦慈："就是把你引荐给我父亲的那位贝勒爷。"

叶鸿漪想起早上出王府时见过的那位穿灰绿色长衫的先生，他见那人儒雅周正、面如冠玉，以为是哪个世家的公子。叶鸿漪端详台上杨贵妃的脸，虽上了妆面，但依稀能看出是那位先生的模样。

叶鸿漪低声喃喃："是他啊……程梨笙……"

仙音悦耳，叶鸿漪发现自己竟将唱词听了下去，逐渐沉迷其中。

角落的包房里，青花为望月葵、胥恭岚端上茶。

青花："这茶是白毫银针，传说是生长在龙宫旁的仙草，饮之长乐无极。"

望月葵端起茶杯，茶汤色泽清透，嗅之香气清雅，轻啜一口醇和回甘。

望月葵："好茶。"

胥恭岚："望月先生喜欢，一会儿给您送上一些。"

望月葵："不用这么客气，我请胥先生喝茶，怎么反倒让您送我礼物呢？"

胥恭岚："感谢邀请，荣幸之至。"

几番寒暄后，望月葵也不多废话，直入主题。

望月葵："在下有个问题想请教胥先生。"

胥恭岚："望月先生请讲。"

望月葵："胥先生以为，现在的北平比起清廷时期的北京，如何？"

听闻此话，胥恭岚知道望月葵要说正事了，便放下茶碗。

胥恭岚："呃……自然是民国好。"

望月葵："好在何处？"

胥恭岚："更自由、民主。"

望月葵："于老百姓呢？北平城里的百姓，与二十多年前相比，生活可有什么改变？"

胥恭岚："这倒是无甚改变，不过是换了年号，剪了辫子，皇帝改总统，学堂改学校，衙门改警署，钱庄改银行。"

二人哈哈一笑，胥恭岚虽赔着笑脸打哈哈，但他很清楚望月葵此行的目的：日本人要打北平城了。

望月葵作为日军参谋，数月来频繁与北平城里各机关要职人员来往，日方要扶植愿意簇拥天皇的人，以保证各机构在北平被日军占领后仍旧照常运转。

现任行长姜昱淳对日本人的态度十分模糊，望月葵隐约感觉到此人面上和善亲切，但实际是虚与委蛇，待他日时机成熟时，必使出杀招，反戈一击！所以，望月葵必须立刻找到一位愿意为大日本帝国效劳的新行长，取而代之。

望月葵："百姓只图穿衣吃饭，又懂什么政治呢？更无政治智慧和远见。胥先生觉得呢？"

胥恭岚曾经也是行长候选人，两年前，正当他以为自己要升任行长时，南京方面突然空降了一个姜昱淳来当行长，气得胥恭岚对着南京方向大骂有眼无珠。他正愁被姜昱淳压了一头，若想咸鱼翻身，望月葵就是送上门的机会。

胥恭岚："在下觉得有理，这平头老百姓能懂什么啊？好多的人大字都不识一个，也不过就是喜欢跟风附和，一听说某位大人物有新政策，都跟着鼓掌叫好，却也不明白其中深意，都是些愚民罢了。"

望月葵："腐朽的清廷使中国陷入万劫不复，即便由民国接管，依旧腐败落后，与西洋差距甚远，若是继续固执守旧，中国看不到未来。"

胥恭岚："为了赶上西方的脚步，从清廷到民国，已经做出了几代人的努力，开展洋务，学习洋务，却不知为何，依旧远不如西方。"

望月葵："想必胥先生应该知道匠人传承，匠人的技术只传子，不传外，胥先生以为是何缘故？"

胥恭岚："外人毕竟是外人，吃饱徒弟，饿死师父。"

望月葵："技术传承或因血亲，或因利益，国与国之间亦是如此，中国与西方非亲非故，也没有足够的钱，西方如何会将真正的先进技术给中国呢？而日本与中国比邻而居，千年前的大唐，给日本带去许多先进的技术和文化，两国友谊深厚得如同亲人。而现在，日本有先进的工业技术，可以与中国人民分享，中国有开阔的土地，也能让日本有更多的发展契机，两国利益互惠，实现共荣，不就是中国的未来吗？"

胥恭岚惊出一身冷汗，望月葵居然将侵略他国说得如此冠冕堂皇。

胥恭岚："确实，对于老百姓来说，只要能生活得更好就行。"

胥恭岚如何不知日本人的嘴脸？东北沦陷后，东北人在日方的治理下过着暗无天日的生活。

不过那又如何？老百姓过得好赖与他胥恭岚有何关系？只要日方能保证他和家人的人身安全、荣华富贵就够了。

望月葵："胥先生是明白事理的。"

胥恭岚："能与望月先生交流，受益匪浅，到时，还希望得到望月先生的支持。"

望月葵："这是自然。"

二人打着哈哈，共饮，他们身后的青花默默听着对话，脸色微沉。

正当贵妃娘娘酒过三巡时，楼下门外传来了嘈杂的嚷嚷声，众人纷纷回头，二楼的一些看客也起身张望。

詹勋带着一众小喽啰闯进戏院，嘴里骂骂咧咧，众人不知所以，瞧起热闹来。

詹勋今天就是来砸场子的，青花从楼里出来后连个正眼都没给他，就被一辆老爷车接走了，他此刻正没处撒气，想来找程梨笙的麻烦。

詹勋气势汹汹地冲到台跟前，几个票头和打杂的要拦着，被詹勋一拳头掀翻在地。

詹勋："程梨笙在哪儿？妈的，老子今天领教一下。"

台下无人应，一些怕事的见这阵势，直接离座跑了。

詹勋瞅着台上的人，一群美娇娘和两个死太监，怎么也没瞅见程梨笙。

詹勋："程梨笙呢？小白脸，老子今天要会会你，再不出来，老子就砸了这场子！"

一旁的沈丹鹤见詹勋来者不善，小脸吓得煞白。

一位老戏迷起身说道："这梨园砸场子一向都是靠本事，你会唱戏吗？砸的哪门子的场子？"

另有不怕事的戏迷起身喝道："你们都是些什么人？这台上在唱戏，你为何在此喧哗？若是有什么私人恩怨，大可私下解决，在座的都是花钱听戏的，不是听你嚷嚷的。"

詹勋："老子不缺钱，你们的戏票老子赔。"

詹勋看向台上，定睛瞅了瞅那正在耍酒疯的杨贵妃，眉头一蹙。

詹勋："我说咋没瞅见呢？这小白脸扮起女人来了？真是不嫌羞臊。"

沈丹鹤听不得有人诋毁程梨笙，忍不住冲到台前来护主："你胡说什么呢？爷唱的是旦角，你不懂就别乱说。"

沈丹鹤心里怕极了，一句话说完只觉心都提到了嗓子眼，可是若不拦着，她怕这人冲上台去伤了程梨笙。

这群吆五喝六的一看就是地痞流氓，今日也不知为何找到他们这儿来闹事，北平城里暗流涌动，不少帮派都划地盘收商户的保护费，程梨笙有贝勒爷的庇护，这些年没被人找上过，眼前这个满脸横肉的红蛤蟆莫不是新来的，不懂江湖规矩？

詹勋："死丫头片子，你找死？"

詹勋抬起拳头作势要打她，叶鸿漪腾地站起身喊了句："住手！"

而与他同时发声的，是角落包间里的青花。

青花嗓子亮，大家一听有女人出头，也纷纷望了过去。

青花不希望有人注意到她的包间，刚才一直忍着没吱声，眼看着詹勋真的要犯浑，若是伤到程梨笙怎么办？她再也坐不住了。

青花："你个臭赖皮，撒泼撒到这儿来了？"

詹勋傻了，他今儿就是见着青花是被老爷车接走的，想着她今晚有名流政要的应酬，这才来找程梨笙麻烦，他万万没想到青花也在。

青花踩着高跟鞋噔噔噔几步下了一楼，大步流星冲到詹勋面前上去就是一个大嘴巴子，把那张蛤蟆脸扇得肉颤。

众人一阵惊呼，纷纷倒吸一口凉气，闹哄哄的台下也安静了下来。

还不等众人反应，青花反手又是一巴掌，啪的一声，清脆响亮。

众人又是一阵惊呼，看傻了眼，正以为这女子大事不妙的时候，却见詹勋捂着脸，一改刚才的凶残，给青花赔起笑脸来。

詹勋："青花，我就是来听戏的。"

青花："你买票了吗？滚！"

詹勋："我现在就买。"

叶鸿漪也不知楼下演的哪出，自言自语道："这女子是谁？竟如此彪悍。"

姜悦慈："上林仙馆的头牌，青花姑娘。"

叶鸿漪："你怎会认识？"

姜悦慈："她经常陪坐一些饭局，我随父亲应酬的时候见过。"

叶鸿漪又看向青花刚才所在的包间，正好在他们斜对面，叶鸿漪只是奇怪，这二楼也没坐满，青花为啥选了角落里的座？

忽然，叶鸿漪感到了一阵寒意，是从那个包间里散发出来的。叶鸿漪定睛一看，只见那处幽暗的角落里，还坐着两个男人，阴影遮住了他们的脸，看不清什么模样，可叶鸿漪的直觉告诉他，那两个男人也正在看着他们这边。

那边是什么人？叶鸿漪心中好奇探究。

胥恭岚这才看清，中间包间坐的是姜悦慈，连忙与望月葵说道："有熟人，我先失陪了。"便匆匆离开。

而望月葵也在片刻后起身离座，隐入黑暗之中。

台上戏没停，程梨笙似是听不到台下动静一般，依旧自顾自唱着自己的戏，他仿佛醉在了戏里，无论台下什么声音，都无法打乱他的节奏。

台下，青花和詹勋正在吵闹耍赖扇耳刮；台上，贵妃正在撒泼啐人发酒疯。

看着台上台下鸡飞狗跳闹腾个不停，叶鸿漪觉得今晚的票价特别值，花了一场票钱，看了两出好戏。

姜悦慈见叶鸿漪起了兴致，问道："你觉得今晚的戏如何？"

叶鸿漪："你问的哪一场？"

姜悦慈："自然是问台上那场，你喜欢吗？我要听真话，你可别怕我不高兴就顺着我说。"

叶鸿漪略一思忖，回答道："喜欢，也不喜欢。"

姜悦慈不解，好奇道："这话怎么讲？"

叶鸿漪："喜欢是因为唱得好，演得好，看着赏心悦目。不喜欢，是因为不喜欢这个故事。"

姜悦慈："这故事如何不好了？"

叶鸿漪："杨贵妃才貌双绝，是位音乐家、舞蹈家，怎么天天就围着个男人转呢？皇帝去了梅妃处，她便伤心难过；一听说皇帝来了，又欣喜万分；得知是太监诓驾，她又生气啐人：她高兴或者不高兴，都是因为皇帝干了啥。皇帝从头到尾都没出现过，她的心绪就已尝尽了喜怒哀乐。"

姜悦慈："古代女人不都是如此吗？只因是靠男人养活，所以只能看着男人的脸色过活。"

叶鸿漪："也不全是，杨妃挚友谢阿蛮便不同。"

姜悦慈："这倒是，谢阿蛮是真正成了舞蹈艺术家。安史之乱后，杨妃死了，她倒是被召回宫中继续当舞者，一代贵妃，还不如一个舞者活得自在。"

姜悦慈歪头看着叶鸿漪："看来，你很喜欢独立自强的女性？"

"啊？"叶鸿漪脸一红，"我没想过那么多，只是可惜有才华的女性被埋没，她们不应该成为男人的附庸，她们应该走出去，绽放自己，或许只有在新时代才能实现。"

姜悦慈："这样的新时代已经来了。"

叶鸿漪："不，还不够，远远不够。"

姜悦慈："哦？那你觉得，什么才是新时代？"

姜悦慈看叶鸿漪的眼神已经发生了细微的变化，比起之前好奇的、审视的态度，此刻已多了几分欣赏和认真。

叶鸿漪："我无法想象什么是真正的新时代，但一定不是现在。我想，到那个时候，中华的土地上再也没有任何外国士兵；街上没有流氓和军痞，大家出门不用担惊受怕；人们吃得饱，穿得暖，孩子们都读过书，每个人都能有份工作养家。"

叶鸿漪边想边说，脸上不自觉露出憧憬的神情。

听闻此言，姜悦慈内心满是冲动，她很想对叶鸿漪说些什么，却终是没有开口。她看着叶鸿漪幻想未来的模样，盈盈笑了。

台下，詹勋依旧纠缠："你就为了这个小白脸，不跟我好？你就这么喜欢他？"

青花对外从来不承认自己喜欢程梨笙，怕平白污了他的名声，一听詹勋当众说出这话，急了，猛啐了他一口："呸，我不过是欣赏程先生的戏，满京城的戏迷都能来听，我怎么听不得？你这狗嘴里少胡扯淡。"

詹勋虽不敢明着违逆青花，却也不想便宜了程梨笙，只要他还站在堂里嚷嚷，就能继续干扰观众看戏，只要能给程梨笙捣乱添堵就行。

他心中正这么盘算，突然看到了一楼角落阴影里出现了一个男人，是从青花所在的包间下来的，詹勋看到那个人愣住了，望月葵？詹勋之所以能在北平立足，全因带着小弟投靠了望月葵。

詹勋心里暗骂自己愚蠢，以为青花是来找小白脸，没想到是来陪望月葵听戏的，不敢再造次，连忙带着小喽啰们退出了戏园。

北平市东南区警察署，铁门里透出昏暗的电灯光。

办公厅里摆着三两桌椅，一个负责接线的年轻警察坐在桌台后，身子歪在椅子上，在纸上画着圈圈叉叉，看上去百无聊赖。李叔正提着一布袋，在办公厅里来回踱步，叶茂才则气定神闲地坐在椅子上等候。

数小时前，李成林参与的游行队伍遇到了警察大队驱赶，学生们挨了棍棒一顿敲打，还剩些挨着棍棒也不愿走的，警察大队便抓了几个带头抗日的学生，李成林也在其中。

李叔一直等到晚上，都没见李成林回家吃饭，后来赶到学校一打听，说是中午游行的那群学生被抓了，便连忙找来叶茂才帮忙捞人。

"你甭着急，这儿署长我熟，以前祖辈都是王府上的人，怎么着也得给几分面子。"叶茂才见李叔走来走去，劝慰道。

李叔叹了口气："我中午就说不让他去，拦都拦不住，你家老二也不帮忙劝劝。"

叶茂才："老二让电话亭传消息来，说晚上出去听戏了，不然我怎么也得把他逮过来骂一顿，都是群小年轻，瞎起哄，我们这一辈吃过的盐比他们吃的米都多，啥场面没见过？那八国联军进来的时候我还在王府陪贝勒爷读书呢，那些家伙抢点东西就走了。"

李叔："就是，这群孩子懂什么啊？尽在那儿瞎凑热闹。"

李叔边说边瞥着接线的小警察，试图向他表现自己家里真不是什么反叛分子。小警察看到李叔的神情，心里也明白他的意思，说道："您甭看我，看我没用，人又不是我抓的。"

李叔："你就不能跟署长说几句好话吗？"

小警察："学生要闹事，署长不管不行啊，我能说啥？"

叶茂才："小兄弟，我跟你署长是熟人，咱两家以前啊，都是王府出来的，说起来，也算一家人。你就帮我再去催催，就说是贝勒爷府上的账房来找他，姓叶。"

小警察无奈："大爷，我说了，可是署长他真的忙，那儿抓了十几个学生呢，不得一个个问明白啊？"

叶茂才："你在这儿闲着也是没事儿干，就去再请他一回又如何？署长再忙也有时间喝杯茶不是？也不晓得是你没开口请，还是署长不想给我面子。"

叶茂才摆出了一副长辈的气派，小警察有点挂不住脸，便点点头，起身走向审讯室。

审讯室里，署长陈砺志正带着两个警员做笔录，一群学生被关在牢房里，坐在地上抱膝缩成一堆，牢里散发着霉味和酸臭味。

小警察来到陈砺志身旁耳语了几句，陈砺志冷哼了一声："没跟他说我在忙吗？"

"说了，他不走，还让我再来请，说您不给他面子。"小警察抱怨道。

陈砺志笑了："面子？呵呵。"

陈砺志心里冷笑，一个账房先生能有什么面子？不过是卖贝勒的面子，他跟贝勒爷本也没啥交情，全因祖母年轻时在府上给格格当过奶母。

这警察署署长的位置是陈砺志靠自己卖好挣来的，上懂巴结奉承，下懂结党营私，他平日工作时也没少出力，署长的位置非他莫属。

结果家里非要多事不可，去找贝勒爷给自己做推荐人，到头来大家都说是贝勒爷让他当上的署长位置，莫名其妙欠了份人情，陈砺志还觉得亏得慌。

眼下家中长辈和贝勒爷还有交情，陈砺志只能留点颜面，便问道："李成林是谁？"

牢房里，李成林探出脑袋："我。"

陈砺志："你走吧，你爹来接你了。"

李成林："其他人呢？"

陈砺志不耐烦："你管的哪门子闲事儿？赶紧走。"

陈砺志给了小警察一个眼神，几名手下打开牢门，把李成林给拖了出来。

办公厅门口，李叔将布袋里的茶叶罐递给陈砺志，千恩万谢道："陈署长，真是太谢谢您了，这是一点心意。"

陈砺志摆摆手："我不喝这些，拿走吧，多看着点孩子，回头要是被别的警署抓走了，可没我这么好说话。"

叶茂才："小陈，你就收下吧。"

陈砺志心里翻了个白眼，王爷府里出来的喜欢排辈，自己算是叶茂才的晚辈，但是一个账房先生管他一个警署署长叫"小陈"，着实是听着不悦耳。

陈砺志："您客气，都是祖辈的交情。"

另一旁，李成林还杵在那儿不愿走："我同学们呢？你们放不放啊？"

李叔急道："你还有心思管人家？我这是托了你叶叔才把你弄出来的，别不知好歹！"

李成林："不行，得把我同学都放了，我们又没犯法。"

李叔一巴掌拍李成林头上："你省省吧，我的祖宗！"

李成林："日本人要打仗了，你们还在对付中国人？"

李叔连忙给叶茂才使了个眼色，两人连拽带哄才算是把李成林给弄走了。

陈砺志哭笑不得地看着远去的三人，又瞅了眼桌上的茶叶罐，笑道："现在这些小孩，真是身在福中不知福，有书读有饭吃，还跑来折腾这些！"

小警察在一旁问道："署长，真的会打仗吗？"

陈砺志："听他们扯淡呢？打仗咋了？咱这不也有军队吗？"

小警察神色并不舒展："署长，要是真打了，你打算咋办？"

陈砺志一愣，随即道："爱咋办咋办，咱这就是个警察署，又不是啥要紧地方。"说着，便拿起茶叶罐往办公室走去。

"署长，那群学生你打算咋办？"

"吓唬他们两天就放了吧，这么多人还得管饭，浪费署里粮食。"

警署外，李叔和叶茂才正押着李成林往外走，突然，空中传来了阵阵轰鸣声，三人感到整个警署的院子都随着震动。

叶茂才看向天空："打雷了？"

第三章　菊次郎的夏天

此刻，宛平城外，一位名叫志村菊次郎的日本二等兵正站在大瓦窑的农田旁，前一天这里刚下过雨，他的脚下满是泥泞，困顿不前。

菊次郎不知道的是，一天前，有一位穿着蓑衣、戴着斗笠的老农曾来到此处，他一边用铁锹挖排水渠，一边悄悄观察着远处日军的攻城演习。老农心惊不已，速速回到军营紧急部署作战任务。这位老农的真实身份，是二十九军三营营长金振中。

菊次郎更不知道的是，自己正站在历史的岔路口上，日军现在只需要一个类似柳条湖事件的借口，就能对中国发起全面总攻。

菊次郎并不是自愿踏上这片土地的，他想起了自己的家乡，想起了儿时母亲给他唱的童谣。

> 晚霞中的红蜻蜓
> 请你告诉我
> 童年时代遇到你
> 那是哪一天

提起小篮来到山上
来到桑田里
采到桑果放进小篮
难道是梦影

晚霞中的红蜻蜓呀
你在哪里哟
停歇在那竹竿尖上

记忆中夏天的傍晚，空中满是低飞的红蜻蜓，他带着弟弟妹妹在田间玩耍，渴了便吃树上的果子，肚子空空便抓田里的小黑鱼。

村里每年夏天都会办夏日祭典，这是他最向往的日子。神社的巫女们会将糯米嚼碎吐到缸中酿酒，村里的男人们表演驱鬼以求秋季丰收，村里的女人们一起跳阿波舞，为先人制作吃食。

集市上立着一排排竿灯，将小小村镇照得灯火通明，母亲会给他一点钱，让他带着弟弟妹妹去捞金鱼，吃鲷鱼烧，买烟花棒。菊次郎最喜欢的，还是山井家做的苹果糖，苹果外裹上红色的糖浆，凝固后像一只胖胖的红娃娃。

可这一切美好的回忆，就在一年前的夏天戛然而止。日本强制征兵，征兵令落到了志村家，可菊次郎是家中唯一的壮丁，他若是走了，留下母亲和年幼的弟弟妹妹，谁能照管家里的田地？

菊次郎被军官一脚踹在地上，大骂他是懦夫，不响应征兵号召的人是大日本帝国的耻辱，不配活在天照大神的庇护下。生病的母亲也跪在地上苦苦哀求，这是家中唯一的劳动力，若这个孩子也走了，家里无法维持生计。

"能为天皇效命，是你们一家的荣幸。"士兵扔下一袋粮食后，便将菊次郎拖走了。

日军急于向中国调兵，大量新兵未经训练便被派往中国，菊次郎便是其中之一，他还没有适应军营生活，便远离了家乡。

不知道母亲和弟弟妹妹怎么样了？

菊次郎望向远方，听说那个方向是北平城，繁华的中国古都，他仿佛看到了城里的万家灯火，如自己童年记忆中的夏日一样璀璨。

他的脚步似乎不再被泥泞捆缚，他向着灯火处走去，那里是他向往的家乡，他想回家。

突然，一声震耳欲聋的炮鸣声将菊次郎惊醒。

哪有什么夏日的灯火？他正站在战场上，前方是刀山火海，身后是地狱深渊，军国主义的魔爪正将他拽入沼泽中，万劫不复！

菊次郎十分害怕，他终于看清了军营的方向，连忙跑回营地去。

他不敢当逃兵，逃兵会被枪毙，会让家人蒙羞；如果无论做什么选择最后的结果都是死，那么死在战场上至少还能为家人换些抚恤金。

卢沟桥枪林弹雨，炮声不断，金振中正率领将士们奋力反击。

刚才他收到指令：不准日军一兵一卒进入，不许放弃一尺一寸国土，彼如开枪，定予以迎头痛击。

战场上，不断有人倒下。日本人见久攻不下，再次发起了更猛烈的攻击，轰鸣声震耳欲聋，守城者见形势不妙，致电金振中问是否与日军和谈。

金振中大怒道："凡是靠近我军阵地百米以内者，格杀勿论！卢沟桥即我等之坟墓，不得后退！"

今日，卢沟桥就是他的坟墓！桥在人在，桥失人亡，绝不退让！

菊次郎的出现让中队长清水节郎瞠目结舌。

"浑蛋……你怎么回来了?"清水节郎十分诧异。

不久前,菊次郎久久没有归队,日本驻军便以志村菊次郎失踪为由,要求进入宛平城搜查,遭到中国驻军的严词拒绝。于是就在十分钟前,田代皖一郎下令对卢沟桥发起攻击。

然而现在"失踪"的当事人竟然完好无损地回来了,这可如何是好?类似的事情在三年前发生过一次。

一九三四年六月九日,在日本驻南京总领事馆的安排下,副领事藏本英明失踪了,原本日军想以此事为借口进攻南京,不料藏本英明竟被国民政府找到了,日军没有理由再武力威胁南京,且让日本政府颜面尽失,十分狼狈。

现在菊次郎也回来了,这让他如何对外交代?

虽说菊次郎的失踪为日军开战提供了一个借口,这个借口有些拙劣,甚至有些荒唐,可是那又有什么要紧呢?只要师出有名就行,可是现在这个借口随着菊次郎归队而瓦解。

菊次郎:"我出去上厕所,结果迷路了,走反了方向。"

此刻,清水节郎只有一个想法,很想把菊次郎淹死在卢沟桥下的永定河里。

清水节郎立刻将此事禀告给最高指挥官田代皖一郎,田代闻言冷笑,这人回不回来重要吗?失踪的是菊次郎还是菊太郎重要吗?他们只是要一个借口,并且不再给中国政府找人的时间。

日军正在向卢沟桥发起猛烈攻击,金振中率部下还击,死守卢沟桥。

这一刻,北平城外的炮声震耳欲聋,枪声不断,不断有人死去,鲜血染红了永定河……

而北平城内，梨园之中，曲调唱腔依旧，叫好声不断，院外，青花正在怒骂詹勋。

炮声、枪声、戏曲声、叫骂声交织成篇，此时北平城里的老百姓还不知道城外发生了什么，更不知道劫难即将开始。

贵妃落幕，因刚才有人闹事干扰了客人听戏，程梨笙又加演了一段刀马旦的打戏送客。

戏园门外，黑色福特车旁。

姜悦慈："你家在哪儿？我捎你一程。"

叶鸿漪连忙摆手："不用，我家离这儿不远，走两步正好消消食儿。"

食品过于美味，叶鸿漪确实吃得有点多，但更主要的是他想起家门口那条小巷十分狭窄，千金家的大车都开不进去，胡同口的地面上也因来往小贩弄得满是油污，叶鸿漪可不想给姜悦慈留下什么不好的印象。

姜悦慈："好，那我先走了。"

姜悦慈正要上车，转身又问道："叶鸿漪，你就没有什么话要跟我说吗？"

"啊？"叶鸿漪一愣，挠了挠头，"嗯……嗯……注意安全？"

话一出口，叶鸿漪只想抽自己嘴巴子，这说的是什么话？人家千金小姐车接车送，司机就是保镖，还需要他说注意安全吗？

"嗯，那我走了。"姜悦慈也没多话，转身上了车。

这个呆子。姜悦慈心中暗道，神情微微有些失落，甚至升起一股莫名的怒气：这人怎么就不开窍呢？还得行长千金开口吗？

福特车启动，还没走远，司机从后视镜里看到有人在追车。

司机:"姜小姐,你看车后头。"

姜悦慈回头,只见是叶鸿漪在追。

"快停车。"姜悦慈摇下车窗,待叶鸿漪跑到跟前,问道,"你做什么?"

"我……我忘了……"叶鸿漪气喘吁吁。

姜悦慈:"忘了啥?"

叶鸿漪抚了抚胸口,气息平静后问道:"姜小姐,如果我……嗯,如果我以后有戏票,我怎么请你听戏?"

姜悦慈还在为刚才叶鸿漪的呆子行为生闲气,娇嗔道:"你可以把票给我父亲,他会转交给我的。"

叶鸿漪一听话头被堵住了,一时有些慌神:"那……那如果行长没上班呢?如果是周末呢?我……我该怎么找你?"

叶鸿漪支支吾吾,脸涨得通红,终于把话问出口了,转而一想,又觉得不妥。

"我是想问,我可以找你吗?"叶鸿漪怕唐突了姜悦慈,他觉得应该先争取对方许可。

看着叶鸿漪窘迫却不失礼貌,姜悦慈总算是被他逗笑了,心口的那一丝薄怒瞬间烟消云散,她从手包中拿出纸笔,写下一串数字递给叶鸿漪。

姜悦慈:"这是我家电话,没有戏票也可以找我。"

福特车驶离,只留叶鸿漪一个人在路边傻笑,他把纸条捏在手里反复看。

"1954,1954,1954……"叶鸿漪一边看一边在嘴里反复念叨,咣当一声响,撞到了邮箱上。

叶鸿漪揉了揉额头,忽然像是听见了什么,驻足聆听。

街道上,行人渐少,繁华的北平城逐渐静谧。

叶鸿漪看向南方，那边隐约传来枪炮声。

是枪炮声吗？叶鸿漪不敢确定，那是演习，还是实战？叶鸿漪心绪不宁，加快了回家的脚步。

戏院外不远处，青花正坐在老爷车里。车外，詹勋站在望月葵面前点头哈腰。

詹勋："大佐，我不知道您也在听戏，扰了您的兴致，是我该死。"

望月葵摆了摆手："不是什么大事，不必再说了，也不许跟任何人提起我来过这里。"

詹勋忐忑点头："是，都听您的。"

望月葵拿出一张纸递到詹勋手里。

望月葵："这是我刚接到的情报，此人是名叛逃的间谍，已经逃入北平城了，据追捕的人说身上中了枪，已经逃到东边胡同去了，但是我们的人对此处地形不了解，你带人去找找，若能找到，那是件极大的功劳。"

詹勋拿起纸一看，上面是一个中年男人的照片，写着藏本英明。

望月葵："此人汉语说得极好，你的手下可不要以口音来判断人。"

詹勋："您放心，宁可抓错，不可放过，只要是碰到身上带枪伤的、流着血的，都给您抓来。"

望月葵："活要见人，死要见尸。"

詹勋："明白，大大地明白。"

老爷车里，望月葵瞥了青花一眼，语气十分不满。

望月葵："我在与人议事，你今日为何如此失态？"

青花那一嗓子，望月葵和胥恭岚的见面险些暴露。

青花强装淡定，她自然是因为程梨笙失了态，但她不能让望月葵觉得自己不可控，更不能暴露自己的喜爱。她脑子里将当时的情形飞速过了一遍，继而笑道："大佐可注意到正对戏台子的包间里，坐的是谁？"

望月葵："我注意到了，坐着一对年轻男女。"

青花："大佐可知那女孩是谁？"

望月葵："有来头？"

青花："她就是姜昱淳的女儿。"

望月葵微微一愣，难怪胥恭岚说了句有熟人便匆匆离去，原来正是他们想取代的人的女儿。

青花："姜小姐身边的年轻人想替那个婢女出头，若他们要下楼，必然会经过我们这边，若是被姜小姐看到胥副行长，就不好了。我先声夺人吸引了所有人的注意力，大家便注意不到你们了。"

这一通解释倒也说得过去，望月葵没有再追问下去。

戏园后台，沈丹鹤正在伺候程梨笙卸妆。沈丹鹤满面愁容，程梨笙却淡然自若。

程梨笙从妆奁中拿出一只白色瓷瓶，瓶身上画着牡丹蝴蝶，是他没见过的，打开一闻，花香沁脾："这是何物？"

沈丹鹤："是玫瑰露水，上次姜家小姐来看戏，我说她的香水好闻，她说那不是香水，是用花瓣做的露水，她见我喜欢，便教我做的，说是可以擦脸。"

程梨笙："所以你就给我做了一瓶？"

"嗯。"沈丹鹤点点头。

程梨笙笑道："这香气我很喜欢。"

"爷喜欢就好。"得了程梨笙的夸赞,沈丹鹤有些害羞,可是眉宇间的忧愁却挥之不去。

程梨笙见她不悦,便问道:"你怎么了?愁眉苦脸的。"

沈丹鹤想起刚才的场面,心中既后怕又气恼:"这青花真能惹事,无冤无仇的,给你招惹些祸事来,今儿险些害了你。"

程梨笙看着镜中的自己,妆已基本卸掉了,就差些边角:"这种场面每家戏园子都遇过,不是多大事儿。若是这点阵仗就怕了,退了,也不必顶什么角儿的名头了。"

沈丹鹤:"可若是今天那泼皮真的打上台来,你怎么办?"

程梨笙:"我以前也是练过武生的,自是不会让他得逞。"

沈丹鹤:"我知道你有些功夫,可就怕双拳难敌四手,他们人多,我怕你吃亏。"

程梨笙笑了笑:"你怕我吃亏?我还怕你吃亏呢,以后这种场面你躲得远些才好,那些都是不讲理的蛮子。"

沈丹鹤问道:"你看到了?你不是在台上演着戏的吗?"

沈丹鹤有些诧异,台下闹哄的时候,程梨笙一直在台上专注唱戏,他怎么知道自己替他出头呢?

程梨笙:"你真以为我是不动如山的金刚菩萨,关了六识啥也不知?"

当时的场面程梨笙也心惊不已,惊的不是詹勋闹事,而是这鹤丫头竟然冲到詹勋面前啐他,那一巴掌若真打下来,他这戏决然是演不下去了。好在当时青花将詹勋拦下,好在当时正演到贵妃耍酒疯,原本这段戏的动作就乖张,将他的慌乱掩盖了下去。

"你听我的话,下次再遇到这种事,你躲得远远的,别出头,不然他若真把你打了,我还能在台上站得住?那这戏就得停了,招牌也得砸了。"程梨笙说道。

沈丹鹤愣住，她只当程梨笙是个戏痴，一定要把戏唱完，却没想到他会说这话。

到底是因为她在他心里有什么特殊之处，还是因为她是个女的，程梨笙见不得恃强凌弱呢？

沈丹鹤咬了咬唇，又追问道："那……若是刚才青花被他打了呢？"

程梨笙笑了，似是觉得这个问题有些荒唐："她挨打关我什么事？她又不是我的什么人，台下坐了那么多老爷，会有人为她出头的。"

沈丹鹤："你想为我出头？那我算是你的什么人？"

沈丹鹤小心翼翼问道。她自知自己身份低微，不过是个婢女，程梨笙是他仰慕的高山，只可远观，不敢窥视，但她不死心，不甘心，想求一个答案。

气氛一时寂静了，静得只剩心跳，连呼吸都变得短促起来，两个人都在忐忑地等着对方的答案。

程梨笙从镜子里看到身后的沈丹鹤，见她低垂着眸子，耳朵有些红。

须臾，程梨笙轻声问道："你想是我的什么人啊？"

程梨笙的语气极尽温柔，沈丹鹤的脸蛋瞬间滚烫，她嘴里低喃道："爷，你，你说什么呢……"

沈丹鹤放下面巾转身跑开了，程梨笙从镜子里看到她转身前的羞涩笑意，心中已然明了。

人之喜事百千种，何事最喜人？那必是两情相悦。想到此，程梨笙喜不自胜，一抬手差点掀翻身旁的铜盆。

夜黑风高，叶鸿漪走进胡同，再过两个街口就能到家。此时许多人家中已经熄灯，胡同里很暗，只剩叶鸿漪的脚步声，寂静得有些瘆人。

忽然，叶鸿漪的身后传来动静，回头一看，一个黑影跌跌撞撞向他冲过来，暗巷狭窄，左右无处躲闪，叶鸿漪下意识想出手格挡。

两年前，从医学院毕业的叶鸿漪进入槟城港安医院，给外科医师当助手，恰逢槟城举办"世界格斗大会"，叶鸿漪被安排去现场的急救室待命，从而结识了出身武术世家的蔡李佛掌门陈耀墀先生。

陈耀墀欣赏叶鸿漪的纯真，教给叶鸿漪一套拳法"内帘手"防身，此拳法有五字要诀，分别是"穿、抛、挂、捎、插"，只要反复练拳到纯熟，便可一招鲜吃遍天，如遇近身战可自保。

叶鸿漪也没想过要与人对战，只当是强身健体，时常练习着。

此刻，叶鸿漪正要使出招法自卫，却听见那黑影痛苦地闷哼了一声，倒在了他脚下。

叶鸿漪低头细细一看，是名中年男子，满身是血，不由得大惊。

"这位先生，你怎么了？"叶鸿漪收起拳头问道。

中年男子撑着一口气艰难道："有人追杀……救我……"

被追杀？叶鸿漪慌了神，他可不想招惹什么黑恶势力，但出于人之本性，又多问了句："谁追杀你？"

中年男子嘴唇动了动："日本兵……"

叶鸿漪看着他身下的血，于心不忍，他虽不愿招惹是非，可也不能眼见着同胞被日本人害了。有道是：救人一命，胜造七级浮屠。前面再走几步就是自己家，于是叶鸿漪搀扶起中年男子，将他带到自家门口。

隔壁隐约传来李叔训斥儿子的声音，叶鸿漪将院门轻轻推了推，开了，是父亲给自己留的门。见父亲房里黑着灯，想来是已经睡了，遂放下心来，悄悄将男人送进柴房里。这柴房叶茂才不常进来，一时半会儿发现不了。

叶鸿漪蹑手蹑脚来到卧房，从床底拽出来一只黑色的小包，这是他在医院当助手时配备的医疗包，以备不时之需。叶鸿漪将医疗包拿到柴房，准备给中年男子包扎伤口。

一灯如豆，男人无力地靠在柴火堆上，叶鸿漪借着微弱的烛光观察男人的伤口，只见左腹处有一黑洞，伤口皮肤焦黑，是灼烧伤。

"你中枪了？"叶鸿漪犯难了，普通的刀伤他可以处理，可是枪伤得用镊子将弹片全部取出来，这柴房里没有灯，也没有麻醉剂，没这个条件取弹壳。

叶鸿漪："我送你去医院，你这伤我处理不了。"

中年男子气息奄奄："不用了……我不行了……"

叶鸿漪："我尽力试试，你忍忍痛。"

叶鸿漪将镊子在烛火上消毒，轻轻在伤口探了探，夹出两块碎片，可是继续探取时，中年男子疼得嗷嗷叫，叶鸿漪只能住手。

他从药箱里翻出一些龙骨粉撒在伤口上，用纱布堵住伤口，可鲜血依旧不断从伤口流出，将纱布染透。

中枪的位置很不好，正好打在脾脏处，看状况是脾脏大出血，叶鸿漪心里明白，即便现在送医院，也救不回来了。

中年男子："年轻人，你可不可以，帮我一件事？"

叶鸿漪："什么事？杀人越货的事我可不做。"

中年男子："我有一件东西，你帮我转交给一位先生。"

中年男子颤颤巍巍从袖口上拽下一枚纽扣。

叶鸿漪："只是一枚扣子？"

中年男子："城南宝山胡同的吉祥酒肆，我和一位先生约好的，今晚零点,在二楼东南角的雅间,他会在那儿等我。可是我去不了了,麻烦你代我去一趟,把这枚扣子交给他。"

若只是转交信物倒不难,可叶鸿漪担心会给自己惹麻烦,于是追问道:"我还不知道您叫什么?"

"藏本英明。"

"你是日本人?你、你怎么是日本人?你是做什么的?"叶鸿漪十分惊诧,而且这藏本英明的汉语说得太好了,他完全没听出是外国人。

藏本英明对叶鸿漪的反应毫不意外,他曾经是日本驻南京领事馆的副领事,汉语十分流利。

藏本英明气息渐弱:"我是……驻屯军司令部的翻译……"

叶鸿漪:"你既然是日军的人,怎么会被日本兵追杀?"

藏本英明:"因为,我要杀掉司令官!"

减弱的气息,在这一刻又强硬了起来,那是从心底里发出的怒吼。

叶鸿漪震惊:"为何?"

藏本英明:"阻止日本侵略中国。"

叶鸿漪眨了眨眼,烛光下,藏本英明的眸光渐渐黯淡,但就在刚才,眸光中又燃起一团火,他似乎对自己的目标十分坚定。

一个日本人,要暗杀日本司令官,目的是阻止日本侵略中国?

叶鸿漪不敢相信自己的耳朵,连忙问道:"那你成功了吗?"

藏本英明:"没有……我失败了,我逃出军营,一路进了城,他们便让士兵扮成商户进来搜捕。"

藏本英明意识开始模糊,说话开始断断续续,甚至颠三倒四。

"信物,交给,他……"

"他又是谁?"叶鸿漪问道。

"交给他……他没有辜负谁……只是可惜,夏天结束了……"

藏本英明开始大口地掉气,几个起伏之后,便渐渐没了气息。

"藏本先生,藏本先生?"

叶鸿漪慌了神,他很想做点什么,却什么也做不了,眼看着藏本英明在他面前断了气,便傻在当场。

这是他第一次见到大活人死在他面前,刚才还在说话的、活生生的男子,一个身形还算健硕的男子,就这么躺在了血泊里。

这就是死亡吗?既真实,又虚无。死亡的尸体是真实的,人从死亡的那一刻开始,腐败细菌会在体内生长,吞噬皮肉骨血,最后变成一抔黄土;可是生命看不见,摸不着,拽不住,任由其消失了,这便是虚无。

叶鸿漪脑中生出无数念头:这个信物代表什么?这具尸体该如何处理?如果被父亲发现该怎么办?是不是该找邻居借个板车运走?如果他去送信物,接头的路上会不会遇到追兵……

叶鸿漪脑子有些乱,也十分犹豫,他看着眼前死去的男人,不免唏嘘,一个日本人,远离家乡来到中国,竟是为了阻止侵略,就凭这份气节,叶鸿漪觉得自己至少应该帮忙把信物给送了。他看了看腕表,离约定时间还有一个小时,至于尸体,叶鸿漪决定等他一会儿回家再处理。

正准备出门赴约,叶鸿漪注意到地上断断续续有不少血迹,他用抹布打水擦了擦,仍有血印,于是从灶台下面取出一筐草木灰,将血迹盖住,连着门口的道上,也一并撒上。纱布药粉收入医疗包中,放回床底。

做完这一切,叶鸿漪偷偷推走父亲的自行车,轻轻掩上了院门,向着城南而去。

城南，宝山胡同的街巷上商铺林立，集市区还有些铺子亮着灯，面摊上还冒着热气，妓馆中传来淫靡的乐声和欢笑声。医馆上挂着"悬壶济世"，草药味扑鼻而来；而医馆隔壁就是一家卖棺材寿衣的白事店，彩纸扎的童男童女摆在店门口，尚未画眼点唇。

叶鸿漪见了有些害怕，都说夜晚见了纸人不吉利，他连忙撇开头，转而一想，今晚连死人都见到了，还有什么可害怕的？随即从自行车上跳下，停好车走进店内。

北平的夏夜并不凉爽，可叶鸿漪走进白事店里却觉得一股寒气袭来。店内十分昏暗，只亮着一盏油灯，靠墙的木柜上摆着黄白纸钱、锡纸元宝、白蜡烛、莲花灯、彩衣彩马、线香、香炉等物，木柜陈旧发黑，散发出腐朽的气息，混杂着劣质的檀香味。

叶鸿漪环视一周，突然看到角落里有一张干瘪的脸，吓了一跳，定睛一看，是位老太太，脸上的皮肤已然皱巴成了核桃壳，头发倒是梳得干净。

老太太问道："小伙子，看点啥？"

叶鸿漪不懂白事，不知该从何问起，想了一会儿，道："有个朋友去世了，他没有家人。"

老太太一听这话，眸子转了转："他有积蓄吗？"

叶鸿漪摇头。

老太太："没多少钱办后事是吧？"

叶鸿漪点头："嗯，我没什么钱。"

老太太有些诧异："你想替你朋友出这份钱？"

叶鸿漪："是。"

老太太："年纪轻轻，倒是仗义。"

叶鸿漪："我应该把他送去哪儿下葬？"

老太太："城外有处义庄，可以停棺材，也可以盖坟。"

叶鸿漪："能帮我把尸体运走吗？"

老太太："运尸匠可以上门抬走。"

叶鸿漪连忙摆手："不用上门，我可以送到城门口。"

叶鸿漪哪敢让人上门？他只能自己悄悄把尸体运出来，然后再交给义庄的人。

老太太有些狐疑，她上下打量了一下叶鸿漪："小伙子，别是什么人命官司吧？"

现在正值夏季，尸体放不了一两天就会发出尸臭。许多人家里即便是亲人，也不愿亲自抬尸，这种脏活累活只能交给运尸匠去干，正常人家里是不会拒绝的。这年轻人不让人上门，莫不是死人有啥蹊跷？

老太太经营白事店几十年，什么事儿都见过。

叶鸿漪连忙摇头："当然不是……嗯，我不是没啥钱嘛！让人上门肯定更贵些，我自己费点力气，省点钱。"

老太太眉头微微一动，又道："用不了几个钱。人家有骡子能拉车，你难道一个人拖到城门口去？不嫌累？我看你这身板，也走不了那么远的路。"

叶鸿漪不擅长撒谎，他眼神飘忽，想了一个理由又道："我那朋友在我家病死了，不想让邻居说三道四，所以……"

老太太："明白了，不碍事儿，你住哪儿？可以让人在附近接应你。"

叶鸿漪："我住东交民巷，可以晚上运吗？"

老太太："好说。"

叶鸿漪："明天晚上，嗯……豆儿胡同口？"

叶鸿漪不敢说芝麻胡同，怕被人寻着端倪。他打算明天先借好板车，晚上趁着巷子里没人，就把藏本英明的尸体运出去，交给义庄的人。

老太太："定金，一个银圆。"

叶鸿漪交了钱，转身走出了白事店，只是在他的脚踏出店门的那一刻，裤脚露出了一抹血渍。

老太太浑浊的眸子闪了闪，遂又缓缓沉了下去，脸上露出莫测的神色。

安排好藏本英明的后事，叶鸿漪心中的大石头算是勉强落地。他继续向前走着，看到了一串灯笼，隐约看到挂着的桐木招牌上面写着"吉祥酒肆"。

来到酒肆门口，借着灯笼忽明忽暗的光，叶鸿漪看了看手表，零点一刻，此时已经是七月八日了。

叶鸿漪来到二楼，瞧见东南角的雅间里，坐着一位年轻男子，窗外的月色在他轮廓上镀了一层霜，清冷坚毅。

不知怎的，叶鸿漪看到他就想起了程梨笙，这两人有点相似处，都长得很好看，周身也透着雅致，只不过眼前这人带着一股肃杀的气息，如秋夜寒风。

年轻男子看到叶鸿漪，眼神微微一滞。

叶鸿漪拿出手帕打开，里面是一颗沾血的袖扣。

年轻男子嘴唇微颤，问道："藏本先生在哪儿？"

叶鸿漪："他死了，临死前让我把这个交给你。"

叶鸿漪将手帕放在桌上，转身准备离去。

"等等。"年轻男子喊住了叶鸿漪，"你知道他因何而死吗？"

叶鸿漪没有回头："他告诉我了，但我不想探究，我只负责送信物。"

年轻男子:"那你想知道他的故事吗?"

半晌,叶鸿漪回过身说了句:"那你有酒吗?"

两杯清酒下肚,叶鸿漪感觉窝在丹田里的一口气儿终于提上来了。

昨天刚回北平,就接连遇到各种事,一时愁一时喜,一时乐一时悲,他此刻需要酒精,但不能多——浓度高的酒如热情奔放的河流,使人心潮澎湃;浓度低的酒精则如儿时睡梦前母亲的呢喃,使人酣然入梦。

叶鸿漪:"还没请教您的名字?"

年轻男子:"在下上杉重光。"

叶鸿漪:"也是日本人?"

上杉重光:"您很诧异?"

叶鸿漪:"是,你们的汉语说得很好。"

上杉重光:"您如何称呼?"

叶鸿漪:"在下姓叶,叶鸿漪。翩若惊鸿的鸿,激水不漪的漪。"

上杉重光:"鸿雁长飞枫叶落,月寒秋水起涟漪,很优美的名字。"

叶鸿漪:"您很喜欢中国文化?"

上杉重光:"当然,我和藏本君都很喜欢中国文化。"

上杉重光续了一杯酒:

"我给你讲讲他的故事。"

一九三四年六月十日深夜,南京中山陵。

四十二岁的藏本英明再次站到了紫金山头,此刻的他十分憔悴,双目失神。

就在两天前的六月八日，作为日本驻南京领事馆的副领事，他原本可以很体面地参加驻华公使有吉的欢送仪式，按照安排，领事馆所有高层要一起去车站送公使。然而其他所有人都上了车，偏偏落下他，理由竟然是车上坐不下。

这不是藏本英明第一次被领事馆排挤霸凌。几年前，他带着爱妻丽子和三个年幼的孩子来中国定居，他喜欢中国文化，希望能在这里干出一番事业，可是他一口流利的汉语，成了同僚嫉妒的起因，他柔软温暾的性子，则成了大家欺负他的缘由。

他在领事馆里每一天都过得谨小慎微，不使自己冒头，不使自己落后，遵循他所理解的中庸之道。可他身处的地方并不是儒家学堂，而是野心勃勃的虎狼之窝。日本军国主义所在之处，怎能容得下藏本英明这般怯弱之人？

藏本英明，与帝国格格不入。

于是，他想到了自杀，这个恃强凌弱的世界不适合他，不如一了百了。于是在其他人离开后，藏本英明叫了一辆黄包车，一路将他拉到了中山陵。

这里是埋葬伟人的地方，依山而建，树木郁郁葱葱，是一片美丽宁静之处，若是死在这里，或许自己的灵魂也能得到安息。

然而藏本英明在此处徘徊了两天两夜，也没有勇气去死。他想起自己的老母亲，自己的妻子，还有孩子。

怯懦如斯，连死的勇气都没有，若是被同僚知道这事，自己岂不是要蒙受更大的耻笑？

藏本英明既不敢去死，也不敢不去死，他站在山高处，痛哭流涕。

然而他不知道的是，因为他的失踪，中日两国此刻差不多走到了开战的边缘。

六月九日上午九点半，日本驻南京总领事馆突然通知南京政府：副领事藏本英明"失踪"，要求南京当局立刻交人，日本外务当局更是叫嚣，此次事件是杉山彬书记被杀以来最重大之事件，对于南京当局要求严重之措置，并绝对采取强硬态度。

日本当局一边言语恐吓，一边武力威胁，第三舰队二十七队的驱逐舰"苇"号和巡洋舰"对马"号等军舰已开赴南京下关江边，两国之战一触即发！

南京当局十分了解，"失踪找人"是日方惯用的伎俩，然而迫于舆论压力，只能出动所有警察、特务开始寻找。可是翻遍了南京城也没有找到，毕竟谁也不会想到，这位副领事居然跑去了中山陵，以地为铺，以天为盖。

此时此刻，藏本英明对城内的动静亦毫不知情，他只觉得自己饥饿难耐，快要扛不住了，可他也不知该何去何从。纠结再三，藏本英明决定先去吃点东西。

他已经三天没有进食了，此刻脚步虚浮，拖着疲惫的身体来到街市上。

南京夜晚的街市虽不及上海那般灯红酒绿，却独有一份江南的韵律，街市两旁商户林立，银楼、茶馆，热闹非凡。沿路的餐馆、食摊蒸腾着热气，这里是江南水乡，鱼、鸭、蟹等很是丰富，南京人爱吃鸭子，食摊上煮着鸭血粉丝汤、烤着鸭油烧饼，鸭肉店门口摆着盐水鸭、酱板鸭，香气四溢。

藏本英明的味蕾被这些美食不断挑动着，他动摇了，哪里还会想到自杀二字？他现在很想吃饱喝足，睡个踏实觉。

最终，藏本英明被一处茶馆吸引，茶水的香气唤醒了生活的欲望，比起饥饿，他现在更难忍受的是口干舌燥。

店里是一个老板娘招呼客人，饥渴难耐的藏本英明喝茶如牛饮，一时情难自已，难过得掩面哭起来。

这是生活，他想活着啊，可是往后的日子，他该怎么过呢？

老板娘被哭声吸引，见他面色憔悴，问道："先生，您是不是饿了？"

藏本英明点点头，老板娘又说道："我给您下碗面吃？"

藏本英明本想拒绝，可是肚子却不争气地咕咕叫唤起来，他有些羞愧："很抱歉，我没带钱。"

老板娘笑了笑："还以为是什么事儿呢，先吃饱了再说。"

藏本英明："那请给我一碗素面吧。"

不一会儿，热腾腾的面条端上了桌，那面上还多了一份火腿，想来是老板娘送他吃的。

面条软烂，骨汤浓郁香甜，藏本英明吃饱喝足，临走时将手腕上的手表解了下来，放在老板娘的柜台上。

"老板娘，我把手表抵押在这里，下次再给钱。"

老板娘见状连忙摆手："先生不必这样，既然是忘了带钱，下次来的时候再付就是了。"

藏本英明心中一沉，看不到未来的人，还有下次吗？他坚持将手表留在柜台上："下次未必还会再来了，这手表还值些钱，您先收下吧。"

说完，藏本英明便匆匆离开了。

他漫无目的地在街市上走着，直到越走越偏，越来越冷清，回头望向渐远的街市，看到万家灯火，看到人间烟火气，藏本英明百感交集，再次哭泣不已。

这是多么美好的国家，多么善良的人民，为何要他们遭受战争的苦难？若是日本决意要对中国发动战争，他还能看到这热闹的街市和温暖的人民吗？

他在领事馆工作的意义又是什么？帮助日本军国主义扩张吗？那他岂不是恶魔的帮凶？

进退两难，藏本英明选择继续逃避，他走到了明孝陵附近，后山一个小洞吸引了他的注意，这里能遮风避雨，是个适合休息的地方。在他想清楚未来之前，他只想在此独处。

叶鸿漪喝了一口酒："那后来呢？他打算在洞里待一辈子吗？"

上杉重光："后来，他被找到了，被人送去了外交部，与家人团聚。"

叶鸿漪看着桌上手帕里的血纽扣。

叶鸿漪："再后来呢？"

上杉重光："他去茶馆付了面钱，赎回了手表，他觉得这是中国人善良亲切的象征。"

叶鸿漪："再后来呢？日本撤兵了？"

上杉重光："没错，日本政府之前大造舆论，指责南京当局办事不力，甚至污蔑是南京方面杀了副领事，结果没想到，人找到了，日本政府颜面尽失，因此，他们不会允许这样的事再次发生。"

叶鸿漪："什么意思？"

上杉重光："他们不会再给中国政府找人的时间了，无论是否能找到，他们需要的，只是一个借口。"

窗外，隐约传来炮声。

叶鸿漪："那声音，我几个小时前就听到了，那是枪炮声吗？"

上杉重光："是。"

叶鸿漪："是在演习，还是在进攻？"

上杉重光："有区别吗？早打晚打，总是要打的。"

叶鸿漪："有区别，如果真的打仗了，我就带我父亲离开北平。"

上杉重光："中国危矣，你选择离开？"

此时，上杉重光的眸子里已经有了一丝鄙夷。他们几个日本人为了阻止侵略，不远万里来到异国他乡，冒着生命危险阻止魔鬼的扩张，可眼前这个年轻人，代表着中国未来的年轻人，居然想当逃兵？

叶鸿漪："有什么不对吗？每个人都有自主选择的权利。我家只有两个孩子，哥哥已经从军了，或许，他现在正在那片枪林弹雨中，照顾父亲就成了我的责任，我只想保护他的安全。"

上杉重光："天下兴亡，匹夫有责。别把孝顺当借口，国都不国了，何以有家？"

叶鸿漪沉默了。他计划带着父亲去南洋，去远离硝烟的地方，面对眼前这个日本人咄咄逼人的气势，他自知没脸说出口。

叶鸿漪："可我就是个学医的，还只是个医生助手，即便留下，我也做不了什么。"

叶鸿漪虽然学过几招内帘手，但是在热兵器面前啥也不是，他觉得自己顶多能给北平的城墙当个肉盾。

上杉重光："你可以继续藏本先生的使命。"

此话一出，叶鸿漪倒吸了一口凉气，瞪大了眼睛不可思议地看着上杉。

"你……你让我杀、杀、杀人？"叶鸿漪都给吓结巴了。

上杉重光："你怕了？战场上你死我亡，你不杀人，就会被人杀死。"

叶鸿漪呆呆地看着酒瓶，他怀疑自己是不是喝多了。

上杉重光："叶先生，总要走出这一步的。这就是战争的残酷，乱世中有好人，有坏人，但绝对没有心软懦弱之人。"

叶鸿漪："对不起，我做不到。让我杀人？不如还是把我杀了吧。"

上杉重光的眸光暗淡下来。

"所以，你还是选择拒绝我？"上杉重光想再次确定。

叶鸿漪："是。"

上杉重光："其实你没有别的选择了，从你将藏本先生扶起来的那一刻，你就已经被卷入这个事件中了。"

叶鸿漪："至少现在，我想选择离开。"

上杉重光："你想离开，我也不留你，若是你改变了想法，可以来此处找我。"

"谢谢你的酒。"叶鸿漪起身，准备离开雅间，"哦对了，他临走还留下一句话，我想那是他想对你说的。"

上杉重光一愣，眼神中有一丝忐忑与期待。

叶鸿漪："他说，你没有辜负谁，只是可惜夏天结束了。"

上杉重光闻言身子一颤，轻轻说了声："后会有期。"

叶鸿漪没再说话，匆促地一拱手，转身离去。

七月八日，星期四。

叶鸿漪凌晨回家后辗转反侧一夜，想柴房里的尸体如何处理，现在是夏天，若再多放一天，只怕尸臭就要传到院墙外了，他决定今天出门找人借个板车，搭上稻草送出胡同，再找义庄的运尸匠把尸体拖到城外埋了。

又想起上杉重光的话，让他去完成藏本英明的任务，真是莫名其妙，不过是送个信而已，他不想惹麻烦，只能踏实工作，赚钱娶媳妇，这才是他要过的一生。只是眼下战争将近，他和姜小姐还有机会接触吗?

睡不着,他索性坐起来看书,随手翻到一本鲁迅先生的文集,其中有一篇《题三义塔》。

> 奔霆飞熛歼人子,败井颓垣剩饿鸠。
> 偶值大心离火宅,终遗高塔念瀛洲。
> 精禽梦觉仍衔石,斗士诚坚共抗流。
> 度尽劫波兄弟在,相逢一笑泯恩仇。

最后这两句值得细品,就这么看了半宿书,才将将睡了会儿。

早起,叶鸿漪心事重重,餐桌上摆着的豆腐脑、小笼包看着都不香了。他想起昨晚上杉重光说的话,这仗,早晚都要打的。

叶鸿漪:"爸,我带你去南洋,怎么样?"

叶茂才:"跑南洋干啥?"

叶鸿漪:"万一打仗呢,待在这儿不安全。"

叶茂才:"我哪儿也不去,我是生长在皇城根儿下的,生是北平人,死是北平鬼。"

叶鸿漪:"没算错的话,您生是北京人儿。"

北平城自永乐元年后就改称北京,直到1928年,南京国民政府设立北平特别市,才又改叫北平。

叶茂才:"得,生是北京人,死是北京鬼。"

叶鸿漪:"现在是北平。"

叶茂才:"迟早还变成北京你信吗?这儿可是中华的龙脉。"

叶鸿漪:"我不跟你贫,你就说真打仗了,你跟不跟我走?反正我要走。"

叶茂才:"不走,你哥还在这儿呢。"

叶鸿漪沉默了，哥哥，又是哥哥，他心里只有哥哥吗？

叶鸿漪默默吃完，便出发去银行上班，今天是正式上班的第一天，他可不能迟到了。

然而刚到银行门口，突然听见远处传来几声炮响，不出意外的话，应该是出意外了，日本人开始炮轰北平了！

与此同时，叶茂才也注意到了动静，他这儿离炮轰的地方近，声音更响，叶茂才连忙跑出门去。

叶茂才："咋这么大动静？哪儿炸了？"

街上众人都看向爆炸的方向。

一街坊老先生："那不是王爷府的方向吗？"

叶茂才大惊失色，匆匆向王府赶去。

此刻的王爷府，哪里还有翠竹碧水、曲静幽台？几枚炮弹飞入北平城，有一枚正好落在了东院，炸毁了王府中大半房屋，载澈当时正在西院书房，才幸免于难。

此刻，这位精神矍铄的老者已没有了往日光彩，他呆呆地看着这些断壁残垣，只觉眼前眩晕，他扑通跪倒在地上，一旁的侍从侍女连忙去扶。

载澈原以为自己还能延续清廷的荣耀，活出贵族最后的尊严，他努力强撑着这偌大的王府，让这里跟大清国时看起来一样繁荣。可这最后的尊严被日本帝国主义的炮弹给轰碎了，在帝国的野心面前，尊严、荣耀、王府，还有贝勒爷的头衔，都是那样不堪一击。

他现在就是一块鱼肉，一旦日军进城，便会任人宰割，作为前朝贵族，会首当其冲成为日本人的目标。他若不肯屈服，会被当街行刑杀鸡儆猴；他若屈服，就成为日本人的走狗，大清国的罪人。

叶茂才匆匆赶到，载澈一见他，抱着他大哭。

"茂才，茂才，大清没了，家也没了，真的回不去了！"

"贝勒爷，您要保重啊，这府里若是住不了，咱就换一别处。不管去哪儿，茂才都跟着您。"

载澍沉重地摇摇头，吩咐道："这些人，跟了我几十年，你去账房多支些银子，让他们走吧。剩下的钱和珠宝绸缎，分给我的福晋，让她们也走吧！"

"贝勒爷，您不打算走吗？"叶茂才紧紧抓着载澍的肩膀，这是他从小一起长大的"兄弟"。

"我还能去哪儿？去难民营里，与人抢食吗？这仗是真的要打起来了，你快去办吧，一个子儿也别留给日本人。"载澍推了叶茂才一把，转身离开。

叶茂才无奈，只好带着王府里的人来账房领遣散费。

西院祠堂中，载澍步履蹒跚，亲手将十一座清朝皇帝牌位供上，点上香烛，摆上酒、茶，跪下叩头。

载澍不能让祖宗祠堂被日本人玷污，念及此，他端起一支烛台，开始点燃祠堂的窗棂、帷幔，火势很快就蹿上了屋顶，烈焰和灼热将祠堂瞬间包裹住，噼啪作响。

熊熊烈火中，载澍跪在牌位前痛哭。

"不肖子孙载澍，国既已亡，便该以死殉国，苟活至今已是不孝。列祖列宗在上，载澍今日追随祖宗于地下也！"

热浪汹涌，房梁立柱开始坍塌，曾经恢宏的宅院顷刻间土崩瓦解。

叶茂才听到"走水"的动静赶到祠堂，这里已经烧成了一片，隐约能看到载澍在火中的身影。

他知道贝勒爷清高有气节，断不会沦为日本人的棋子。既然他死志已明，那是决然救不出的，叶茂才只能跪在祠堂外痛哭，撕心裂肺。

第四章　夏天结束了

梨园，程梨笙从宝匣内找出一只银镯子，随后来到沈丹鹤的房门边轻轻叩门。这丫头昨晚跑掉后，一直都没出房门。

"谁？"屋内的声音怯怯的。

"是我。"程梨笙回道。

沈丹鹤磨蹭许久才来开门，打开门也不敢看程梨笙，只低着头。

程梨笙："我有事想跟你说，想听听你的想法。"

沈丹鹤："你说，我听着。"

程梨笙："刚才听到消息，日本人真的要打北平了，我左思右想，还是决定离开北平。"

沈丹鹤心里一沉："爷，那你这戏班子怎么办？"

程梨笙："我已经想好了：过几天我去银行把钱取了，给所有人支半年的薪水，让大家先散了；等北平太平了，若这戏园子还在，就再回来。"

沈丹鹤听到这话，以为程梨笙是要一个人离开，遣散包括她在内的所有人，难过得一口气差点没接上来。

沈丹鹤："也好，也好，只是以后，爷要多保重。"

沈丹鹤强忍着泪水，想着说点什么与程梨笙道别，不料程梨笙说道：

"我上海的朋友给我安排了月底的船票，先去天津，从天津港离开，所以，我估摸着最好月中就出发，以免路上生变，你赶紧收拾行李吧。"

沈丹鹤一愣，抬头问道："你要带我一起走？"

程梨笙笑了："傻丫头，难道你不跟我一起走？"

沈丹鹤又埋下头去："跟，爷去哪儿我都跟着。"

程梨笙："以后就别喊我什么爷、主子的了，就唤我梨笙吧。"

说着，程梨笙拿出银镯，牵起沈丹鹤的左手给她戴上。

"我娘在我四岁的时候就去世了，后来父亲续了弦，继母对我不好，时常打骂。又过几年我父亲也没了，继母就把我卖给了戏班子。父母也没给我留下什么，只有这只镯子是我母亲的。"

程梨笙将亡母遗物送给沈丹鹤，二人心里都明白是什么意思。沈丹鹤做梦都不敢相信，自己倾慕已久的主子，竟然心仪自己。

沈丹鹤抚摸着银镯："以前没听你说过这些。"

程梨笙："你想知道什么？我都说给你听。"

沈丹鹤："不着急，等离开北平，你在路上慢慢说给我听。"

程梨笙："好，以后日子还长，我慢慢和你讲。"

"嗯。"

在中央银行行长办公室的助理办公桌前，叶鸿漪一会儿转着手里的钢笔，一会儿翻动些书籍文件，时不时起身看向窗外，坐立难安。

叶鸿漪在银行的一天都心神不宁，一时想着昨晚藏本英明的事，一时想起上杉重光的话，又担心日本人会打进北平。今日姜昱淳和姜悦慈都没有来银行，他盯着桌上的文件，不知道还能做些啥，其他职员也都不熟，只能在一旁听他们议论。

办公厅里，一名身形精瘦的男业务员率先开口，他压低了声音道："我觉得日本人马上就要打进城了，你们什么打算？"

对桌的胖业务员没有抬头，说道："能有啥打算？继续上班呗。"

斜对桌的女业务员放下手里的单据也凑了过来："你还有心思上班？我都打算走了，想去上海，或者去重庆。"

男业务员不敢苟同："北平要是守不住，你去上海也是白搭，日本人肯定会打上海。"

胖业务员依旧翻着手里的企业资料，没有抬头："我觉得你们俩想太多，咱又不是没军队，这不正跟日本人打着吗？"

女业务员："你也太乐观了，你瞧瞧东北咋没的？"

胖业务员似乎对局势很有信心："国军已经退守华北，不至于守不住。"

男业务员瞥了一眼姜昱淳办公室的方向："我看行长今天都没来，没准已经走了。"

胖业务员问道："不能吧？不是刚招了个助理吗？"

女业务员回头看到了叶鸿漪："欸，是他吧？"

叶鸿漪只是拿着暖壶出来打水，顺便听了几句闲话，没想到聊到他头上来了，对上众人八卦的眼神，也只好礼貌地笑了笑。

男业务员连忙好奇问道："小叶，姜行长呢？"

叶鸿漪有些为难："我也不太清楚。"

男业务员："你是他助手，他要去哪儿应该要跟你说的。"

叶鸿漪："我刚来，还不熟悉业务，他也没啥要交代的，可能出去开会了吧。"

正说着，胥恭岚拿着一份档案袋走了过来。

众人连忙打招呼，称呼胥副行长。

叶鸿漪感觉眼前这个副行长有点眼熟，像是昨晚在戏院里看到的那位，青花姑娘身旁的两个男人之一。

他昨儿也去梨园听戏了？今天听闲话时，听行里人说过几句，姜昱淳空降成了行长，截断了胥恭岚的晋升之路，因此副行长胥恭岚和行长姜昱淳之间是面和心不和。叶鸿漪倒也不想多事，因此并不打算提及梨园之事。

胥恭岚见到叶鸿漪，愣了愣，明显是认出叶鸿漪便是昨晚坐在姜悦慈身边的年轻人，但是看叶鸿漪的样子，似乎没认出他来。

胥恭岚："你就是姜行长新招的助理？"

叶鸿漪："您好，我叫叶鸿漪，您是胥副行长？"

胥恭岚试探道："是。欸，咱俩之前是不是见过？我怎么见你有些眼熟呢？"

叶鸿漪："我前几天才回北平，应该是没见过您的。"

胥恭岚这才放下心来，笑着点点头："我这儿有份文件，想找姜行长过个目，他不在是吗？"

叶鸿漪："姜行长之前交代过，他不在的时候让我把文件整理好。"

叶鸿漪伸手想去接胥恭岚手里的文件袋，胥恭岚却将文件袋收到身侧，径直走向行长办公室。

胥恭岚进了姜昱淳的办公室，驾轻就熟地从姜昱淳的抽屉里翻出印章盒，又从文件袋里拿出印章，叶鸿漪见状愣住了，行长的印章就是执行令，副行长就这么随意地拿去用吗？

叶鸿漪："胥副行长，这是行长的印章，这……"

胥恭岚神情轻松随意："印泥呢？哦，这儿呢。我跟你们姜行长熟得很，他不在的时候，很多事情都是我来代办，他都知道。"

叶鸿漪："这是什么文件？"

胥恭岚："一家纺织厂想批贷款。"

叶鸿漪撇撇嘴：不知道这是家什么纺织厂，兵荒马乱的，还要批贷款？有些厂子听到昨夜的动静，都来申请撤销贷款，准备暂时停工。只不过叶鸿漪作为一个新人，既不懂业务，也不懂行里规矩，更不便过问副行长的事，心里想着只能等姜昱淳来了后再将此事汇报给他。

胥恭岚离开后，办公室又剩下叶鸿漪一人，他望着窗外，街道上贩夫走卒一如往常。

他想起了哥哥叶凤城，不知道叶凤城怎样了。叶鸿漪与他五年没见，不知他现在是否正在战场上。

叶鸿漪趁着午休去市场上借了辆板车，他昨晚已经托白事店联系了义庄的运尸匠，下过定金，约今晚在豆儿胡同抬尸。

卢沟桥畔，从凌晨起，日军发起三次攻击，二十九军坚守抵抗，日军未能攻下卢沟桥，眼下战火才刚刚停下。

二十九军军长宋哲元致电蒋介石，告知他卢沟桥的真相，等待蒋介石的指示。

叶凤城正拖着一辆板车运送尸体，三次奋战，战友们死伤无数。叶凤城脸上全是灰，炮弹炸飞的碎片飞到头上割出几道血印子，泥灰混着血，凝固在脸颊两旁。

板车上躺着的是他同宿舍的邓应，二人在大学时就是同学，二人志同道合，一起参军想要报效国家。认识了七年的好友，就在一个钟头前被一颗子弹爆了头。当时叶凤城只觉得耳边呼啸过子弹的声音，子弹高速旋转与空气发生摩擦，发出嗖的震动声，紧接着砰一声闷响，叶凤城的余光看到身旁的人倒下了。

死亡来得如此猝不及防，然而持续的炮击和枪声让叶凤城没有时间去想邓应的死，直到日军的进攻彻底停止。

叶凤城将邓应的尸体抬上了板车，身旁全是尸体，战场没有眼泪。直到他拖着板车走到尸坑时，眼泪才不争气地流下来。

战友啊，我再也见不到你了。

叶凤城看着尸坑，心想着下一次或许就会轮到自己。他想起疼爱自己的父亲叶茂才，还有五年未见的弟弟叶鸿漪，不知此生是否还能再见到他们？

残破的王府，叶茂才与王府下人收敛了载澈的骨灰，准备待明日寻满族耆老商议埋葬之事。

叶茂才哭了半日，忙了半日，已精疲力竭，准备回家休息。

到了芝麻胡同，叶茂才走着，觉得有些怪异，却又说不上来哪里奇怪。他仔细看看，感觉路上好像多了几个地痞。

这些年北平城里不太平，闹事的、催债的、强抢妇女的比比皆是，也不知这胡同里是哪家又去赌钱了，或是沾了鸦片、欠了高利贷，竟引来这些乱七八糟的人。

叶茂才正想着，一推开家门，傻了眼，只见院子里乌泱泱站着一堆地痞，为首的那个穿得像只红蛤蟆似的，旁边还跟着个穿黑衣的豆芽菜。

叶茂才下意识想跑，刚退后几步，身后几个地痞也围了上来。

叶茂才："你们要干什么？光天化日，朗朗乾坤。"

詹勋上下打量了一眼叶茂才，穿着一件长衫，像个迂腐文人。

詹勋："欸，老头儿，你昨晚都干啥了？"

叶茂才："我没干啥啊，我告诉你们，我不欠人钱，你们要是敢讹我，我就叫警察。"

詹勋："还跟我装糊涂呢？"

叶茂才："你到底要干什么啊？"

詹勋："解宝，带老先生去看看。"

解宝和李四拽着叶茂才来到柴房里，叶茂才一见藏本英明的尸体吓了一跳。

叶茂才震惊："这是谁？怎么会在我家？"

詹勋："跟我装，接着装。"

突如其来的变故，让叶茂才瞠目结舌："这、这、这，这肯定是他自己蹿到我家里来的，我又不认识他。"

詹勋："你不开门，他怎么上你家来了？"

叶茂才："我记性不好，有时候忘了给门上闩子，他就摸进来了呗。"

詹勋："是吗？那他身上的伤是谁给他包扎的？难不成，纱布是他从你家里翻出来的？你家房门钥匙他也都有，还知道放哪儿？"

叶茂才傻了眼：纱布，包扎，台面上还摆着半根蜡烛的烛台，叶茂才心下瞬间明白了，这一定是叶鸿漪带回来的人，这孩子在搞什么？

叶茂才："这……这人谁啊？我也不认识，他……他……他倒在我家门口了，我也不知道咋回事，就给他包扎了一下，让他天亮了赶紧走，谁知道他死这儿了，我还嫌晦气呢！"

詹勋："你不认识？"

叶茂才："真不认识，我对天发誓。"

詹勋："你不认识，你还知道遮盖血迹，他妈的，害老子找了一晚上！"

詹勋气急败坏地揪起叶茂才的领子，把他拽到门外，用鞋跟蹭了一脚沾在地上的草木灰，下面的血迹显露出来。

詹勋："你挺会啊，怕被人找着，就把血迹盖起来了？他妈的，要不是刚才老子被这破玩意儿滑了一下，老子怕是没法交差了。"

詹勋昨夜在梨园吃了瘪，本就心情不好，又受望月葵之命去寻找一个叫藏本英明的刺客。半夜摸黑找了几十个胡同，早上又巡了一趟西城，连个鬼影都没找到。后来无奈，便通过警察署发出悬赏告示，称有一男性杀人凶手逃逸，附了藏本英明的照片，告示称但凡能提供有效线索者，重重有赏。

果然，重赏之下必有线索，南城有个开白事店的老太太告诉警察，虽然没有见过告示上的人，但是昨晚见过一个可疑的年轻男子，住在豆儿胡同附近。詹勋得到消息便带着人来到豆儿胡同附近寻找。

豆儿胡同离芝麻胡同不远，没在豆儿胡同找到线索的詹勋很快便来到了芝麻胡同附近，可是由于叶鸿漪用草木灰遮盖过血迹，詹勋一开始并没有寻到线索。直到他暴跳如雷开始揍手下这群废物时，脚下一滑，一屁股狠狠栽在地上，摔得裤裆开裂，不得不找间茅房换裤子。

李四的裤子被詹勋扒拉下来，李四就不得不穿上詹勋的破裤子。然而就在上腿时，李四发现裤子上蹭到的草木灰里掺着一块暗色，他原本以为是詹勋踩到了狗屎驴粪，却闻到了淡淡的血腥味。

"老大，这……这是不是血？"李四胆战心惊，怕说错了话又挨打，但一想起悬赏令，只能硬着头皮问出口，毕竟若是能立功，自己也能得些好处。

詹勋原本没打算正眼瞧李四，可是一旁的解宝却注意到了。

"是血。"

"啥？"詹勋一听解宝发话了，连忙扯过来一看一闻，还真是血。

一众人赶到刚才詹勋摔倒的地方，解宝俯身查看："有人用草木灰将血盖住了。"

解宝起身看道路上其他地方，果然看到了草木灰的痕迹，走上前用脚扫开草木灰，地面上暗红色的血迹露出。沿着这些血迹，众人来到了叶家门口。

敲门无人应，詹勋一脚踹开了大门，无须仔细搜索，便在柴房看到了一具尸体，对比照片、检查有枪伤，确认是藏本英明无误。

找到此人令詹勋惊喜不已，但是一想到自己这一天一夜的辛苦困顿便来火，芝麻胡同昨晚他们就找过两轮，若不是这血迹被草木灰盖住，或许早就找到了，哪至于又在城里乱抓瞎了这么久？

叶茂才脸都白了，自己这小儿子到底在搞什么？该不会是在搞革命吧？才回来就搞革命？这臭小子五年不回来，该不会就是为了搞革命才回的吧？

叶茂才："这……这搞得地上脏死了，我盖一下怎么了？搞这么多血在门口，多不吉利？"

詹勋："老头儿，你别敬酒不吃吃罚酒。"

叶茂才："我说的都是真的，要不你告诉我，那是个什么人？我还纳闷呢，三更半夜跑我家来，算我倒霉。"

詹勋："行，我就当你是真的不认识他，那他都跟你说什么了？"

叶茂才："……啥也没说啊，人都快死了。"

詹勋："还跟老子装？你信不信我抽你？"

叶茂才："各位，我就一小老百姓，摊上这事谁乐意啊？我既不知道他是什么人，也不知道他跟你们什么怨。你们要是跟他有仇，就把人抬走，我正愁没法处理呢！这要是警察来了，我还说不清。"

叶茂才极力辩解。他不知道儿子在做什么，但他必须保儿子，于是将所有事全部揽在自己身上。可詹勋哪里会信他这些鬼话？

詹勋："既然跟你无关，那你为啥一早不报警啊？"

叶茂才一愣，一时语塞答不上来，他又不常去柴房，哪里知道家里还躺着个死人哪？刚才进院子才知道的。

詹勋捕捉到叶茂才慌神的表情，以为是他知道藏本的底细、故意隐瞒什么，心中怒火顿生。

詹勋："老头儿，我听你街坊说你是贝勒爷家的人，你这么嘴硬，是不是仗着有他撑腰呢？哎呀，可我刚才听说他死了，被炸死的，死得好啊，省得我行事还得顾忌他。你给老子听清楚了，以后，这北平，没这号人罩着你们了，以后要在这北平待下去，都他妈给我认清楚谁才是爷！"

叶茂才刚从载澈之死中抽出，现下听到这话，气不打一处来。

叶茂才咬牙切齿道："你也配提贝勒爷？贝勒爷时常救济灾民，捐赠军需，你个欺压百姓的地痞流氓，算个什么东西？"

短短几句话，击破了流氓心理防线。

詹勋最恨人瞧不起他，抡起一拳朝着叶茂才的太阳穴打去，叶茂才闷哼一声，被打倒在地。

"我操你大爷！"

詹勋骑在叶茂才身上，朝着他的头部猛捶了几拳，叶茂才的身体开始抽搐，解宝见状赶紧上前把詹勋拉起来："行了勋哥，消消气，跟一老头儿计较什么？你若打死了他，怎么跟上头交代？"

詹勋不解气，对着叶茂才猛踹了几脚："交代他妈的啥？上头只要那尸体，这老东西算个啥？老子……"

詹勋正想把叶茂才再拽起来揍两拳，却见叶茂才已经没动静了。

解宝连忙蹲下身摸了摸叶茂才的脖颈，又探了探鼻息。

解宝："没了。"

詹勋有点慌神，他也不是第一次杀人了，但是这老头儿可是个良民，王爷府的账房，即便拿现在说也是有一点身份的人，就这么被他几拳打死了，这怎么交代才好？

他看了眼院门外，除了堵门的小喽啰，也有些街坊邻居看着呢。

"狗日的，老东西真是不经揍，把他带走，让大佐亲自审审！"

詹勋给了左右一个眼色，解宝李四瞬间明白了，这是要甩锅呢，只要把老头儿带去审讯，就说他突然发病死在牢里就行了。

于是一行人抬着叶茂才和藏本英明的尸体匆匆离去。

叶鸿漪总算是熬到了下班时间，准备去市场取板车，他刚走出银行大厅，却见李成林匆匆赶来。

叶鸿漪有些诧异："成林，你怎么来了？"

李成林一把抓住叶鸿漪："叶二哥，你爹出事了，我爸让我赶紧来找你。"

叶鸿漪一惊："出啥事？"

李成林："一群地痞流氓昨晚上就在咱们那一片转悠，好像是在找人，刚才你爹回来，那些地痞已经在你家里等着了，还从你家找出一具尸体。我和我爹在隔壁大概听了下动静，说是昨儿夜里有个人受了伤，不知怎么跑你家去了。你爹说他不认识此人，只是见他受伤了帮忙包扎一下，其余的啥也不知道。可那些人不信，偏要你爹交代，你爹说不出来，就挨了打，现在已经被带走了。"

叶鸿漪脸色瞬间白了："他们去哪儿了？"

李成林："我也不知道，我爸说那群流氓好像是为日本人做事的。"

叶鸿漪："我去找他！"

李成林:"你要去哪儿找啊?"

叶鸿漪:"……我去找警察!让警察帮我找人!"

叶鸿漪发疯似的跑开。

梨园里,程梨笙正在收拾行李,贵重精致的戏服是带不走了,他准备寄存到银行里,等北平局势稳定后再回来取,随身行李只带些衣服、细软便可。

程梨笙看到妆奁中的瓶瓶罐罐,寻思着不登戏台也用不上,准备和戏服一起收走,刚要合上盖,注意到沈丹鹤给他做的那瓶玫瑰露水,便想带上。可他刚伸手拿起瓷瓶,瓶子竟从他手中滑落,哗啦一声,摔在了地上。

看着一地碎片,程梨笙懊恼不已,随即升起不祥之感,这丫头去哪儿了?

上午时,沈丹鹤与程梨笙说要采买些东西路上用,出去后便一直没有回来。程梨笙是知道沈丹鹤的,她不爱在外头乱跑,这丫头平日里出去买东西,最多仨小时也就回来了。程梨笙一开始想着,许是沈丹鹤想在离开北平之前多逛逛,可是眼下沈丹鹤送他的瓷瓶碎了,程梨笙按捺不住心中的恐慌,发动戏班子的人一起出去找人。

走过沈丹鹤平日里常去的一些集市,爱去的一些商铺、馆子,都没看到人。

程梨笙急了,便开始沿路询问,直到问到一家果脯铺子,那家老板认识程梨笙和沈丹鹤,悄悄与他说沈丹鹤被几个流氓抓走了。

一听到这话,程梨笙如同五雷轰顶,惊在了当场。

程梨笙:"是什么样的流氓?抓她作甚?"

程梨笙想到了詹勋,莫不是因为詹勋看不惯自己,把沈丹鹤抓去泄愤?

果脯老板："就是昨天晚上跑你那儿砸场子那个，昨晚的事我们这儿都传遍了，不过也不是他来抓的，是他几个手下。"

虽然詹勋是个浑蛋，但不管怎么说，总算是有了些线索，程梨笙定了定心神，他现在只想赶紧把人全乎地找回来。

程梨笙并未犹豫，他立刻赶到胭脂胡同找青花。

"哟，这不是名角儿程先生吗？什么风把您吹这儿来了？"上林仙馆门口，揽客的老鸨见到程梨笙，惊喜得很。

一旁站街的妓女、调笑的恩客、摆摊的小贩也纷纷看起热闹。

"京城名角儿跑这儿来干什么？莫不是瞧上了哪个姑娘？"

"哟，还以为名角儿都是什么清高的人物，也不过如此嘛。"

妓馆门前一时议论纷纷。

"我有事找青花小姐，麻烦通传一下。"程梨笙此刻也顾不上颜面，他只想找到沈丹鹤。

青花一听窗外传来程梨笙的声音，心中大喜，连忙出来迎，却见程梨笙的脸色很是难看。

程梨笙："詹勋的人把沈丹鹤抓了，他们帮派在哪儿？我只想要人，多少钱都行。"

青花一听这话也是一惊："詹勋抓她做什么？"

程梨笙："这不得问你吗？"

言下之意，若不是青花总来纠缠他程梨笙，詹勋就不会来找程梨笙麻烦。

青花略一思忖道："不是我要推脱，也不是我要帮那个浑球儿说话，只是以我对他的了解，他不会因为对你不满而去抓一个小姑娘。"

程梨笙："可事实就是他们把人抓走了！街坊的人亲眼看到的。"

青花眸子一沉："那只有一个可能。"

程梨笙："什么？"

青花："有别的人要为难你。"

程梨笙："谁？"

青花："望月葵。詹勋是他的狗腿子，帮他做事的。昨晚唱完戏，他说要见你，你还是不肯见，想来是惹恼他了。"

程梨笙有些诧异，不过是拒了日本人的邀请，为何会牵连沈丹鹤？

程梨笙急忙追问："那我现在该怎么办？"

青花："你去警察局报案，望月葵在北平城里的机关就在头条胡同那儿，你让警察带你去找。"

程梨笙："多谢。"

北平市东南区警察署，程梨笙焦急地向小警察描述："十六岁的小姑娘，早上出门后就没回来，听街坊说是被日本人抓走了，能让人去找找吗？"

正说着，听到身后有人大喊的动静："警察！警察！我爹被人抓走了！"

程梨笙回头一看，竟然是那日在王府中堂见过的年轻人。

小警察："都别急，一个一个来。先说说，人有什么特征？年龄，衣服，可能去哪儿了？你先说。"

小警察点了点先来的程梨笙。

程梨笙边说边比画："沈丹鹤，大概这么高，早上出门的时候穿的一件石榴色的裙子，头发到腰这儿，一股辫子……哦对，左手还戴着银镯子。可能是被日本特务机关抓走了，能不能赶紧去寻人？"

小警察看着程梨笙，眼神中透着怪异，只见他叹了口气："你别急，急也没用。"

叶鸿漪见程梨笙说完了，赶忙说："到我了吗？我爸叫叶茂才，五十二岁，有一群流氓把我爹从家里抓走了，今儿早上我出门的时候，他穿的是灰色长袍子，大概这么高，跟我有点像，也是被日本人抓走了。"

小警察默默记录着，叶鸿漪和程梨笙十分焦急，不断催促着找人。

叶鸿漪指了指程梨笙："他的人也是被日本人抓走的，没准关在一处呢，您好歹打个电话帮我们问一问。"

小警察只说了句："二位跟我来。"

叶鸿漪和程梨笙面面相觑，跟着警员一路走，直到来到了停尸房。

停尸房中间躺着两具尸体，盖着白布。

小警察："你们去认认吧，刚送过来的，这是位老先生，那是位年轻姑娘。"

叶鸿漪冲上前去，一把揭开白布，只见叶茂才紧闭双眼，头部有些瘀青。

"爹！"

叶鸿漪发出撕心裂肺的喊声。

他昨日才回家，今日便和父亲阴阳两隔，怎么能接受这样的事实？

"爹！你醒醒！你醒醒！"

叶鸿漪痛哭起来。

一旁的程梨笙腿都软了，跟跟跄跄来到另一具尸体旁，缓缓揭开白布一看，那少女乱发覆面，穿着一条石榴色的裙子。左手腕上还戴着那只银镯子，已经染血。

只是裙子已经破碎,是被刀伤和鞭打的痕迹,他轻轻抚开头发,沈丹鹤的脸已经变形,有被击打的瘀青,还有被刀刃划破的血痕,完全看不出生前的容貌。娇小的身体上满是伤痕和血,胸脯和下体被长刀扎穿——那是对她的羞辱,更是对程梨笙不服从的报复。

是他对日本人的拒绝,导致心爱的人被虐杀,他不敢想象那样一个娇弱的姑娘是如何在日本人的刀下苦苦挣扎,她身上到底有多痛?她当时在想什么?又说了什么?她会怨他吗……一切已经无从知晓了。

程梨笙将沈丹鹤从停尸台上抱下来,搂在怀里,失声痛哭。

一旁的叶鸿漪还在发疯,他一把抓住小警察:"我爹怎么死的?谁害死他的?"

小警察一脸为难:"这……我也不好说。"

叶鸿漪:"这有什么不好说的?你们不是警察吗?不是应该查案子吗?死人了,这里死人了!你们不查吗?"

小警察:"你爹是日本兵送来的,说昨晚逃了一个受伤的日本间谍,在你家找到了,你爹给人救治过,就怀疑他串通间谍,带回去审问,结果没问几句,你爹就发病死了。"

叶鸿漪:"他们凭什么说我爹串通间谍?他们凭什么把他带走审问?依的是哪国的法?这里是北平!不是日本人的地方!他头上都是伤,怎么就说是发病死了?人死在他们手上,就必须给个交代!"

叶鸿漪怒吼,几近癫狂。

小警察被叶鸿漪给吓到了:"你冲我嚷嚷也没用啊,你难道让我们去找日本兵要人吗?"

叶鸿漪:"你们署长呢?我找他。"

小警察:"你找不着他。"

叶鸿漪："他去哪儿了？"

小警察："有个日本兵走丢了，日军拿失踪当借口，准备进攻宛平，马上就要打到北平来了，大家都出去找那个日本兵去了。"

叶鸿漪脑子嗡了一下，他想到了上杉重光跟他讲的故事，关于藏本英明成为日军开战借口的故事，他突然大笑起来。

叶鸿漪："这群蠢货，还给他们找人？有什么可找的？他们就是找个借口开战罢了。这个失踪的人，你们永远都不会找到！日本人不会再给机会让你们找到！"

叶鸿漪又哭起来："你看他头上都是伤，分明就是被人打的，就没法医来验伤吗？没有警察抓人吗？"

小警察："不是不想帮你，我们也没办法，这种事情，我们遇到过很多次了，他们若一口咬定你父亲串通日本间谍，回头连你也得被抓起来……你节哀。"

半小时前，两具尸体就被詹勋一伙人给扔到了警署里，署长陈砺志便按照惯例让手下把尸体送去停尸房，等有人报案就让人去领尸。只是这次陈砺志看到尸体愣了一下，这不是贝勒爷的账房老叶吗？怎么被人给打死了？陈砺志不好多问，也不想被家属纠缠，便寻了个由头溜了，只留下小警察一人应付。

小警察转身刚走了几步，沉了口气，回头低声道："我只知道把你父亲抓走的地痞叫詹勋，他是日本人的走狗，他的上级是日军参谋——望月葵。"

叶鸿漪看着父亲，想起早上问他去不去南洋，又想起昨天早上他叮嘱自己多学多看，他还没来得及好好跟父亲说几句话，便阴阳两隔了。

他悔，他恨，为什么被抓走的不是他？父亲为了维护他，一人把事都担下了。他克死了娘，又害死了爹，或许，他生在世上就是个错误。

东交民巷，台基厂头条胡同7号。

此处离叶鸿漪家并不远，这是日本在北平设立的特务机关，他们的目的是获取坚守北平的二十九军情报，北平的抗日分子也会被抓到此处秘密处决。

半个小时前，詹勋将叶茂才的尸体拖到这边走了个过场就让人扔去了警察署。而此刻，望月葵正在端详藏本英明的尸体。

望月葵："原以为藏本君是个懦夫，一个连自杀都不敢的人，居然敢刺杀田代皖一郎。"

望月葵抽出长刀挑起藏本英明的衣衫，脾脏处一片鲜红。

望月葵眸子微微一眯："你确定是那个老先生救了他？"

一旁的詹勋连忙点头："我确定，他自己说的。"

望月葵："那老先生是做什么的？"

詹勋："听说是王爷府的账房。"

望月葵："一个账房，如何懂得这么专业的包扎手法？这一看就是医生包的。"

詹勋心里一咯噔："可能他自己会一些吧？老人嘛，多少会点……"

望月葵冷哼一声，眸光杀向詹勋，詹勋立刻噤声。

望月葵冷冷道："事情都没问明白，你就把人打死了？"

詹勋连忙扇了自己两个耳刮子："我本来只是想吓唬吓唬，那老家伙不经打，才两拳头就死了。"

望月葵："他家里还有别人吗？"

詹勋："我现在就去把他家里其他人都给抓过来。"

望月葵："不急，先打听他家人口，不要打草惊蛇。若把人给吓跑了,那可抓不着了。"

詹勋:"明白!"

叶鸿漪用借来的板车将叶茂才拖回了家。这板车原本是他借来运送藏本英明尸体的,没想到却用来运送自己父亲的尸体。隔壁李叔和李成林也来帮忙打理后事。

夏季炎热,尸体不能久停,叶鸿漪又哭了一夜,翌日只能请棺材铺的人帮忙,将叶茂才的尸体入棺,送去了义庄停放。

他不知道如何才能联系到哥哥叶凤城,得等哥哥回来后,看一眼棺椁,兄弟俩才能一起将棺椁下葬。

棺材出门时,叶鸿漪注意到有个地痞在拐角处盯梢他。

上杉重光果然没说错,从他救下藏本英明的那一刻起,他就被卷入了这个事件中。

上杉重光,必须再会一会他。

叶鸿漪捏紧了拳头,一腔愤恨锥心刺骨。

义庄停灵。叶鸿漪在棺材前摆了许多叶茂才生前爱吃的东西。

正要离开时,叶鸿漪看到一人——程梨笙,他带着一些女孩的衣裙、头花和胭脂。程梨笙也注意到了叶鸿漪,那个从王爷府中堂走出的少年,昨日在警察署见过。

叶鸿漪:"程老板。"

程梨笙:"是你。"

叶鸿漪:"我前日在戏园子听过戏,见过你们。"

两人痛失至亲,一时相顾无言。

程梨笙:"您父亲是怎么回事?"

程梨笙后来听人说过叶鸿漪的父亲是王爷府的账房,不知一个账房先生是怎么得罪望月葵了？

叶鸿漪："前天晚上，我救了一个陌生人，那人是刺杀日本军官失败逃走的。他们本来是想抓我，我父亲却帮我顶了下来，被他们活活打死了。"

程梨笙："节哀。"

沉默半晌，叶鸿漪开口："您呢？"

程梨笙："日本人请我去唱戏，我没同意。"

叶鸿漪："您不给人唱戏，他们干吗拿一个小丫头撒气？"

程梨笙："她是我的未婚妻。我没什么本事，半辈子只会唱戏，可我师父打小儿教会我的只有四个字——忠孝节义！唱戏的虽说是下九流，可我们不能自个儿瞧不起自个儿。日本人找我去唱戏，那不是欣赏，那是戏弄！他们享受凌驾于他人意志之上的快感！所以我拒绝了，不管找我多少次，我都不会去的，于是他们恼了，觉得我是一个不服从的人，他们想吞下中华大好河山，第一个要治的，就是我这种人。"

叶鸿漪："他们是想打断中国人的脊梁骨，让我们从此跪着说话。"

程梨笙心中一动，没想到叶鸿漪与他志同道合。

程梨笙一拱手："还没请教您的姓名。"

叶鸿漪回礼说："在下姓叶，叶鸿漪。翩若惊鸿的鸿，激水不漪的漪。"

程梨笙："好名字。"

叶鸿漪："您过奖了。"

程梨笙："叶先生，您能助我吗？"

叶鸿漪看着程梨笙良久，才说："恐怕要让您失望了。"

程梨笙似乎并没有太惊讶，叶鸿漪望着一脸平静的程梨笙说：

"我与您不同路,您别怨我。"

叶鸿漪不知道程梨笙要做什么,但他已经有了自己的计划。

程梨笙一笑:"不会,萍水相逢,原本也是给您添麻烦。"

说完,程梨笙冲着叶鸿漪深鞠一躬,电光石火间打定了主意,而后转身从容离去,脚步坚定。

望着程梨笙的背影,叶鸿漪又忍不住喊住他:"程老板——"

程梨笙停住脚步,回眸相视。

程梨笙:"何事?"

叶鸿漪见程梨笙的神态语气不像是开玩笑。

"您,相信神明吗?"

程梨笙:"不信。"

叶鸿漪:"为何?"

程梨笙:"因为在我最彷徨无助的时候,他却什么也没做。"

叶鸿漪还想说什么,但终究是没有说出口。

程梨笙看着欲言又止的叶鸿漪,又说:"不过这一回,我很想信一次。"

程梨笙抬头望了望灰白的天空,喃喃自语道:"希望这一次,他能做点什么吧。"说罢,转身,徐徐走远……

天津,海光寺。

康熙四十四年兴建,是香火盛极一时的津门名刹,却在光绪二十六年,毁于八国联军的炮火。随后日本在废墟上设立军营,并以此为司令本部,初名"清国驻屯军",后称"日本华北驻屯军"。从此佛门圣地,变为魔鬼道场。

一间和室,两盏茶汤。

程梨笙的造访，令望月葵始料未及。但他不问缘由，尽力地克制好奇，因他只想旁人无法猜透自己，却不愿自己猜不透旁人。但程梨笙让他有一丝猜不透，所以他不仅觉得有趣，也觉得紧张。

歌舞伎们在演奏着旖旎的和乐，曲调千回百转，呜咽如诉。望月葵始终望着闭目侧耳倾听的程梨笙，看着看着，只觉得自己连呼吸也随着程梨笙的气息一道起伏局促。

不妙！望月葵急忙收敛心神，问话破局——

"程老板觉得和乐如何？"

程梨笙缓缓睁开眼睛，悠然道："和乐就仿佛扮作美人的鬼邀你饮酒共舞，你既心怀不安，又沉溺其中。"

望月葵闻言心中一震，说："程老板的见解，令我有些不安。"

程梨笙一笑："不安的情绪是可以传染的。"

望月葵："哦？程老板也感到不安了吗？"

程梨笙："不是我，是她们。"说着，程梨笙一指那四名歌舞伎。

望月葵冷酷的目光瞬间扫视众歌舞伎，如冰霜掠地，令四个原本脸庞已苍白的姑娘越发惨白。不安导致了和乐发生了细微的变化，望月葵挥手终止了和乐的演奏，四名歌舞伎如遇大赦般退下，和室内只剩望月葵与程梨笙。

望月葵："久闻程老板色艺双绝，乃是北平响当当的名角儿，寻常可是一票难求。今夜，我想请程老板单独为我唱一出《贵妃醉酒》。"

程梨笙："此间无酒，何以醉酒？"

望月葵："以茶代酒。"

程梨笙笑着轻轻摇头："今夜我并无醉意。"

望月葵："那程老板想唱什么？"

程梨笙："《昭君出塞》。"

望月葵："哦？"

程梨笙："我自幼久居北平，便是离开，也是去上海下天津，这海光寺还真是头一遭来。"

望月葵："也是机缘。"

程梨笙："在你看来这是机缘，在我看来这是宿命。"

望月葵："什么宿命？"

程梨笙一笑："没什么。我要开始了……"

说着，程梨笙的眼神姿态都起了变化，仿佛在刹那间，附体了一个别的灵魂，目光中射出摄人心魄的光芒。望月葵不敢直视，正襟危坐，要领教程梨笙的《昭君出塞》。

程梨笙起了身段。

《昭君出塞》的精妙，在于文戏武唱，口中唱着的是《昭君出塞》，心中默念的却是《宇宙锋》！只恨手中没有三尺青锋，否则一定拼了一身剐，也要把眼前这个魔头扎个透心凉。青锋藏不住，却另有利器。管他神与佛，希望这一次，他能做点什么吧。这般想着，唱腔更增凄凉悲愤，感慨俱深。

程梨笙："转眼望家乡，缥缈似云飞。又只见，海水连天，野花满地。愁似雁门关上望长安，总有那巫山十二难寻觅。怀抱琵琶别汉君，西风飒飒走胡尘。朝中甲士千千万，始信功劳在妇人。愁默默，恨沉沉，咬牙切齿恨奸臣。今朝别了刘王去，若要相逢，若要相逢，一似海样深……"

程梨笙离去的背影在叶鸿漪的脑海始终盘旋不去，短短三天的时间，仿佛已经过了前世今生。父亲的无辜惨死，藏本英明的托付，程梨笙的决绝……都一一浮现在眼前。

夏天曾是他最喜欢的季节，炽热的阳光打开周身的毛孔，他在北平的街头巷尾跑得大汗淋漓。而此刻，叶鸿漪却感受到透骨的寒——夏天结束了。

叶鸿漪突发奇想，十年后会是怎样呢？中日之战会延续十年那么久吗？如果真的要打十年，山河破碎、生灵涂炭，中国会亡国吗？而十年之后，会有和平吗？会有新世界吗？自己还会活着吗？

一阵诱人的香气涌入鼻翼，打断了叶鸿漪的思绪，令他本能地感受到了饥饿的侵袭，这也是活着的证明呢。

"来，吃点东西吧。"

上杉重光端着一个木盘走了进来，上面放着十几条烤得酥酥脆脆的秋刀鱼，以及两瓶菊正宗梅子酿。

月渐渐爬上了城楼，月朗星稀，又一夜。

上杉重光替叶鸿漪斟满了一盅酒，他知道，上次一别之后，叶鸿漪一定还会来找他。

上杉重光："品品看，这是我特意从日本带来的，神户菊正宗梅子酿。"

叶鸿漪望着杯中琥珀色的液体，举杯一饮而尽，果然颇有回味。

上杉重光："如何？"

叶鸿漪："口感很特别，确有梅子的酸甜与清香。"

上杉重光："嗯，配上我亲手烹制的盐烤秋刀鱼，会让你觉得生命真的很美好。中国人喜欢把秋刀鱼去鳃再烹饪，日本人并不剖开鱼去除胆，而是用柠檬汁来给盐烤秋刀鱼调味。我们喜欢那一点苦涩，酱油的咸鲜味或柠檬的酸味与鱼本身的苦味相结合，才是秋刀鱼的最佳风味。"

叶鸿漪拾起筷子夹起一条放进口中，那酥脆的鱼肉与盐粒的交融，再加上适才逗留口中还没消散的梅子的甘甜余味，真是人间美味。

上杉重光看着满足的叶鸿漪，嘴角扬起笑意，自斟自饮一杯，说："菊正宗的梅子酿源自万治二年（1659年），至今已有二百七十八年的历史了。哦，那一年也是中国清朝顺治十六年，顺治帝为明末之君崇祯帝立碑，并撰文论往事之成败与前朝之是非，大致是说崇祯并非失德的亡国之君，奈何大明国运已衰，气数已尽，也只能身殉社稷了。"

叶鸿漪："你的意思，是说民国如今也是国运已衰吗？"

上杉重光一笑："并不是，我只是可笑日本那些野心家，想替中国人治理这个庞大的国家。可他们却忘了，清取明而代之，终归也是中国人自己的事情。日本又有什么资格呢？"

叶鸿漪满意地咂了一下嘴巴："我还能和你一起在这里喝酒吃鱼，就是因为你能说这样的话。"

上杉重光饮了一杯，转头望向窗外的月夜，忍不住轻轻吟唱："浩渺太空临千古，千古此月光。人世枯荣与兴亡，瞬息化沧桑。云烟过眼朝复暮，残梦已渺茫。今宵荒城明月光，照我独彷徨……"

叶鸿漪："这是什么歌？听不懂歌词，却听得懂哀伤。"

上杉重光："这歌叫《荒城之月》，是日本江户时代落幕时的歌谣。一年前的那个雪夜，月光似乎也像今晚这样明亮，却为我打开了地狱之门。从那时起，我时常会做噩梦，父亲胸口透出的刀刃，总在我眼前挥之不去。"

叶鸿漪闻言，停箸不能食："上杉先生……"

上杉重光："其实噩梦并不可怕，但醒来的余悸在于，我曾实实在在经历过漫漫长夜。"

叶鸿漪："您的痛苦，也许我能感同身受。"

上杉重光替叶鸿漪再斟一杯："抱歉，让你和我有了相同的经历。这一杯,是我赔罪。真的,很抱歉。"

叶鸿漪与上杉重光碰杯,两人就着月光,饮尽哀伤。

上杉重光话锋一转:"上天很有意思:猫喜欢吃鱼,却不能下水;鱼喜欢吃蚯蚓,却不能上岸。国家和人生一样,都是一边拥有,一边失去;一边选择,一边放弃。就像菊次郎,他放弃了他的人生,那是他的选择……"

"那不是他选的,"叶鸿漪打断了上杉重光,"那是魔鬼替他选的!"

上杉重光听了,面无表情,良久才说:"那不是魔鬼,是命运。"

叶鸿漪愣住了。

上杉重光问:"你知道什么是命运吗?"

叶鸿漪摇头。

上杉重光说:"凡不可着力处,便是命运!"

叶鸿漪瞬间神情凝重,他被这句话击中了,不由得呢喃:

"夏天,结束了……"

上杉重光手中的酒杯一晃:"你说什么?"

叶鸿漪:"夏天结束了。这是藏本先生临死前的最后一句话。"

上杉重光轻轻一叹:"夏天结束了,在日语中是一夜长大的意思。它是恋爱无疾而终的预兆,是青春消失殆尽的季节,是从梦想跌入到现实的分界点,是失去童真变成大人的夜晚,也是人生从充满期待的未知,陷落到无可改变的无所适从。"

叶鸿漪:"可是这样的成长过于残酷,那是将一只没有出壳的雏鸟,与蛋壳生生剥离。"

上杉重光:"藏本君很清楚自己不过是一枚棋子,他的生死对于帝国来说无足轻重,随意地被人摆布的命运,对于他来说的确残酷。可是,在帝国的意志面前,谁的命运不残酷呢?"

叶鸿漪内心郁结的怒火伴着酒意爆发了："帝国的意志究竟是什么?！是为了一个国家的强盛，就对另一个国家进行侵略吗？是为了达成侵略的目的，就肆意践踏和杀戮他国甚至本国国民的尊严与生命吗？"

看着满面潮红的叶鸿漪，上杉重光仍是淡淡地说："叶君，你感受到了吗？你不一样了。"

叶鸿漪一愣："哪里不一样？"

上杉重光："你开始有了愤怒！你不再是那个随遇而安，如浮萍般飘零的竖子了。"

叶鸿漪："我只是觉得不甘心！凭什么你们日本人可以这样对待中国人，甚至这样对待你们自己人?！"

上杉重光："我和你一样对帝国充满愤怒！我和你一样跟帝国有着杀父之仇！我和你一样都是被帝国肆意践踏尊严，也随时可能被杀戮生命的普通人！去吧！用你的不甘心，去完成你的使命！"

叶鸿漪："什么使命？"

上杉重光："时无英雄，使竖子成名！你，去成名吧！"

程梨笙斜倚着墙，额头冷汗涔涔，左手按捺住右臂，右腕藏于袖中，血蜿蜒而下，如饮剩的残酒，一点一滴地坠落。他紧蹙眉头，双唇因极力克制彻骨的疼痛而苍白微颤。地上落着一支比利时勃朗宁M1906袖珍手枪，精致的枪身渐渐殷红。

"大般若长光"的刀锋指向程梨笙，望月葵语气伤感："以长光面对你这样的人，是我的遗憾。你的艺术是瑰宝，可你的行为是愚蠢。你是一只骄傲的孔雀，但在我的刀下，你只能臣服。仁者或许会赐你自由，而我只会赐你恐惧。在我的刀下，你的羽翼破碎飘零，你的伤口沾满屈辱，你不会再有天空。而我会保存你即将湮灭的瑰宝，日夜观望。"

程梨笙冷冷地回答:"我的灵魂会渗入这墙壁的每一处缝隙,某天某个时刻我一定会回来,见证你以及你所代表的野心日本的失败。我张扬的不屈服,必将成为你永生的心病!"

望月葵被程梨笙的气场震慑到了,这就是名震北平的京剧名伶的气势!在任何一个领域达到极致登临巅峰的人,身上都有一股看不见却能感受得到的气。那是会当凌绝顶之后,睥睨天下的气场。这种气场有时候往往可以造成意想不到的结果,比如此刻望月葵因程梨笙拔枪刺杀自己而瞬间迸发的浓烈杀意,已经被程梨笙的气场冲淡甚至冲散了。

杀意泯灭,杀心便蛰伏了。

望月葵缓缓地将大般若长光收回刀鞘:"程老板,你个人的不屈服有何意义?那只是不识时务的倔强。帝国的兵锋迟早将北平、天津收入囊中,而这仅仅只是开端,也许不用等到冬天,整个支那都将被纳入帝国的版图,而伟大的天皇陛下将会从东京来到北平定都在此!到那时,全体支那人都将臣服于天皇陛下和大日本帝国脚下!"

程梨笙忽然笑了起来,开始只是轻浅的笑意,而后竟然狂笑不止。因笑得厉害,右腕的鲜血在颤抖中散落,点滴似红梅绽放。

望月葵看着如癫似狂的程梨笙,那种不可捉摸的局促感又一次袭来,明明刀握在自己手里,为何还会感到隐隐的不安?

"你笑什么?!"

望月葵忍不住断喝。

程梨笙轻蔑地说:"妄想会因为跟梦想相似而甘美如饴,可惜……"

望月葵双瞳猛然一缩,连同握刀的手也跟着收紧:"可惜……"

"可惜你的妄想是饮鸩止渴,可笑更可悲!"

"可惜你因倔强而无法活着走出海光寺!"

程梨笙与望月葵,两人的目光猛烈地碰撞。

一个死志已决!一个杀心再起!

第五章 满目荒凉谁可语

"田代皖一郎，日本华北驻屯军总司令。这是一个投机者，一九三二年在上海事变期间，他身为日本派遣军参谋长，原本会被朝鲜刺客尹奉吉杀死在虹口举办的庆祝天长节与一·二八事变的祝捷典礼会场。然而他却在事先得到情报的情况下为图自保刻意隐瞒了消息，导致司令官白川义则大将被炸成重伤，不久便不治身亡！这种人，即便是在日本军部，也是最令人不齿的一类人。只可惜，越是这种人，越能够保全自己，在军部中存活下来。"

上杉重光看着桌子上的一张黑白照片讲解。

叶鸿漪说："我一直有个问题。"

上杉重光："请讲。"

叶鸿漪说："您和藏本先生来到北平的真实用意究竟是什么？"

上杉重光："你觉得会是什么？"

叶鸿漪："我不知道，所以才问啊。我就是个路人，阴错阳差地救了藏本先生，然后就像推倒了多米诺骨牌一般，停不下来。"

上杉重光："我们原本想阻止军部在中国挑起事端发动战争，或者至少延迟这种可能，但很遗憾，我们失败了。"

叶鸿漪："你们身为日本人，却要帮中国阻止日本对中国发动侵略？"

上杉重光："你感到很奇怪吗？这听上去确实有点匪夷所思。但如果你了解我们的经历，以及我们的立场，就会觉得我们这么做理所当然。"

叶鸿漪："你说过，你跟我一样，都有杀父之仇。"

上杉重光神色黯然："是，目睹父亲被刺穿胸口，就这样惨死在自己面前，那一幕我永生难忘。"

叶鸿漪："所以你这么做是为了复仇。"

上杉重光："复仇只是其中一个环节，但更重要的，是我们要阻止魔鬼毁灭日本。"

叶鸿漪困惑地看着上杉重光，问道："发动战争的明明是日本，要说毁灭也是毁灭中国，为何你却说要阻止魔鬼毁灭日本？难道日本不是魔鬼吗？"

上杉重光："站在你中国人的立场上，我理解你这么说。但我想说的是，并不是所有日本人都支持战争。战争只会给国家和民众带来深重的灾难，但有些野心家为了满足一己私欲，却执意将国家拖进了战争的泥潭，他们便是想毁灭日本的魔鬼！"

叶鸿漪："我大概明白你的意思了。"

上杉重光："唇亡齿寒！日中两国本不该兵戎相见，但现在魔鬼正在将两个美好的国家同时拖入深渊。"

叶鸿漪："可战争已经开启了，你们还有什么办法能阻止呢？"

上杉重光语气低沉地说："我们或许已经无法阻止战争，但我们必须让挑起战争的魔鬼付出惨痛的代价，来以此告诫那些更大的魔鬼，不是所有人都可以被杀戮所征服！"

叶鸿漪沉默了片刻，说："从一八九四年日本发动中日甲午之战，到一九一九年一战结束后日本对中国提出'二十一条'强占山东半岛，到一九三一年制造九一八事变掠夺东北，到一九三二年制造一·二八事变进攻上海，到一九三四年扶持溥仪在伪满洲国正式称帝，再到三天前在卢沟桥故意挑起事端，妄图侵吞华北——半个世纪以来，日本从未停止对中国的侵略和杀戮。所以对于普通中国人来说，要相信日本也有善良的人，也厌恶杀戮，甚至想帮助中国阻止战争发生，几乎不可能……"

上杉重光看着叶鸿漪："那你相信吗？"

叶鸿漪又是一阵沉默。

上杉重光唏嘘道："如果没有战争，藏本君便是一个普通的善良的日本人，但有了战争，他便被改造、塑造成了一个战争机器。正常的人生从那时起被剥夺，不再有正常人的生活与爱，仅仅只是为了任务和目标活着或者死去。而更不幸的是，他无从选择，只能被迫接受，一旦有所抗拒，那么他所爱的人就会遭受牵连。于是他只有以自我毁灭的方式，去拯救自己心爱的人。从这个角度上去理解，藏本君也是个很伟大的人啊。"

叶鸿漪终于开口说道："也许和藏本英明先生相遇，这本身也是我的命运吧。如果三年前他真的死在了南京，哪怕是因为单纯的自杀，那么也足以挑起中日之战了。"

上杉重光："可是他没死，他被中国的美丽和中国人的善良激起了生的念头。这，多么奇妙啊。那时的他没死，和如今的他死去，都是命运。或许他注定要死在中国吧。"

叶鸿漪："遇见他，也改变了我的命运，或者说我的命运就是要遇见他。"

上杉重光："很抱歉把你牵扯进来，本来这件事，只是我俩的事。"

叶鸿漪:"不,既然日本要侵略中国,那就不是你们的事,而是我们中国人的事了。我是中国人,无论如何也无法置身事外,只是换了一种更直接的方式而已。"

上杉重光:"很感谢你救了他。"

叶鸿漪叹了口气:"只能说是我救过他,而不是救了他,他还是死了。"

上杉重光:"你无须自责,你尽了你的能力,有时候我们只能做我们力所能及的事。只要我们尽了力,我们就可以无愧于自己和他人。所以叶君,无论其他人怎么想,我都希望,你可以相信我。"

叶鸿漪眼神逐渐坚毅起来,他看着上杉重光说道:"你希望我做什么?"

上杉重光眼中也迸射出决绝的目光:"帮我,除掉田代皖一郎!"

程梨笙艰难地把眼睛张开一道缝,身陷的黑暗渐渐散去。

当他苏醒时,不由得哆嗦了一下,因为失血,周身发冷。稍一动,浑身的痛意便纷至沓来,全身如遭毒打,膝盖尤甚。

他忍不住呻吟起来。

这是何处?他竟仿佛躺在温柔乡中。

精致到近乎柔靡的睡房,墙壁上挂着浮世绘美人图,微笑地注视着房中的两个人。

青花披上一件珍珠色的真丝睡袍——仿佛一只蚌,蠢蠢欲动开合着她体内的浑圆与晶莹。她坐在床边,拎着一杯酒,看着床上的男人。看一阵,良久,呢喃自语:"不如我们喝个交杯?"说着便抿一口酒,凑上前去,贴着他的脸庞,盯着他的嘴唇,竟然想要喂他喝下自己嘴中的液体。

可止痛针药的效力过了，程梨笙突然猛烈地呻吟，惊扰了青花，那液体顺着嘴角蜿蜒滴落。青花有些懊恼地抹去嘴边的残酒，拿出针筒，开了一筒白色溶液。

她轻轻拨开程梨笙的衣裤，抹去血污，找到他的脉络，把针尖对准，慢慢地，将吗啡注射而入。吗啡或酒，都让人醉生梦死。

程梨笙微微抽搐一下，剧痛暂缓，人瞬间轻松，如释重负般轻吁了一口气。解除了一切束缚与敌意，忘记了彼此的身份。正当盛年的男人，因这药效，恍惚间迷醉。他把手伸出来，她抓住，紧贴在自己的胸口，那男人掌心的温度透过一重丝烘烫她的樱桃。

她那么恨他，只因他先轻蔑她。

绷紧的脸，祥和起来。她不救任何人，也不会不救他。

若一生寂寥而匆促地过了，至少还有这样的一夜。

青花凝视他，轻抚他清朗俊秀的脸。

她低声地唤："梨笙……"

电话铃声响了，又惊扰了她的绮梦。

日本人的声音回荡，青花回到残酷的现实中。

天津日租界的"幸鹤"，是唯一的河豚料理店。店主有割烹河豚二十五年的经验。他来中国，只做日本人的生意，粗鄙的中国人哪里配得上这等绝世好味？

望月葵今夜把它包下来，因为来了肥美的河豚，要请美人一顾。

青花有些愕然，难道他改主意了吗？不行，无论如何，程梨笙必须活下来。心里打定了主意，他便好生应付。

河豚的鳍在炭火上烤得半焦，焖入烫好的清酒中，微醺半热，味道古怪。

青花举杯："望月大佐！"

望月葵拧了她一把："你瘦了。"

青花笑："那您应该多请我吃一点美食。"

望月葵把一块带刺的鱼皮夹入口中，一边咀嚼，一边望定她，轻描淡写地说："程梨笙，怎么样了？"

青花："他在昏迷中，痛得一直呻吟。"

望月葵盯着青花的眼睛："你，心疼他？"

青花心头一虚，急忙为望月葵斟酒："怎么会？他是大佐的敌人，我只是替大佐看着他而已。"

望月葵举杯饮尽，说："他不是我的敌人，我很欣赏他，我把他当作我最好的试验品。"

青花闻言不寒而栗，她再为望月葵倒满一杯。

望月葵却一摆手："不要了。一杯足矣，我需要保持清醒。你喝。"

青花只好自斟自饮，掩饰不安。

望月葵看着独饮的青花，说道："若不是你，程梨笙此刻已是亡魂了。"

一句话，险些令青花呛到，满嗓子的辛辣倒逼向咽喉与鼻腔，控制不住地剧烈地咳嗽起来。

店主亲自端来一个彩釉碟子，上面铺满了一圈薄薄的河豚刺身，晶莹通透，如盛开的菊花瓣。青花急忙吃了一口化解尴尬，入口绵绵的，带着清幽的香。她岔开话题："好鲜甜。"

望月葵不经意地，说道："不错！河豚有剧毒，吃了会死，是笨蛋；但按捺住不吃，又辜负了天下珍品，还是笨蛋。你爱吃吗？"

"爱。"青花镇定地应对，"吃多了，本身带毒，兴许活得更长。"

"哈哈哈！"望月葵大笑，马上又止住，想在她脸上找出点破绽来，"你这叫——以毒攻毒！"

话里有话。青花分外感到忐忑，便把菜跟豆腐扔进火锅清汤中熬煮，动作忙碌起来。

一切都在汤里舞动。火热火热的。

"好了。"

青花把涮得刚熟的鱼布到望月葵跟前。

"都说女人像猫，猫喜欢鱼腥。"望月葵道，"中国人也说，猫嘴里挖泥鳅，很难吧？"

"大佐对俗语倒有研究。"

青花这样说着，已经听出了些许醋意。也许不是醋意，是她一种渴想上的错觉，她但愿自己还像以往一般重要。她太明白了，这只是男人的霸占欲，即使他不看重她，知道她心里藏了别人，便如鲠在喉。鱼刺虽小，一旦横卡在喉咙里，便得全身麻醉来动手术，是危险的时刻。

"中国俗语有时蛮有意思的，可惜中国人大多一个德行，只剩下嘴硬，稍加恐吓，便噤若寒蝉了。"

"大佐刚才说女人像猫，那你觉得我像猫吗？"

青花把酒一饮而尽，媚眼如丝，似视非视地扫着望月葵。后事谁知如何？眼下，她一定要护程梨笙周全，哪怕舍了这具身子，只要望月葵肯要，只要能救程梨笙！可他若知道，必定更会鄙夷自己，他那么骄傲，怎么会认一个风尘女子当救命恩人？大概宁可死了吧？青花这般想着，忽然翻涌起满腔的幽怨。像猫？她不过是一只困兽，困在利用她、觊觎她、轻蔑她、羞辱她的男人之间，无处话凄凉……

她的确是美人。

望月葵看着青花，这样想，不愧是胭脂胡同的花魁。

按照中国古典的审美，她长得绝不能算美人。脸盘稍大，眼睛细细长长的，只不过胜在皮肤细腻，白如凝脂。脸蛋不施粉黛，却自有一种粉嫩通透，身材丰腴，胸脯饱满，大腿浑圆，一双小脚，虽是天足，却也小巧精致不让三寸金莲。

看着看着，望月葵猛然收敛动荡的心旌，脑海中再次乍现几小时前那一幕——

程梨笙轻蔑地说："妄想会因为跟梦想相似而甘美如饴，可惜……"

望月葵双瞳猛然一缩，连同握刀的手也跟着收紧："可惜……"

"可惜你的妄想是饮鸩止渴，可笑更可悲！"

"可惜你因倔强而无法活着走出海光寺！"

程梨笙与望月葵，两人的目光猛烈地碰撞。

一个死志已决！一个杀心再起！

刀锋凌厉，逼近胸膛，程梨笙已经闭上了双眼，等待这致命一击。然而刹那间，有人破门而入，竟挡在了程梨笙身前！

电光石火！那张面孔映入大般若长光的刀锋，反射进望月葵的双瞳——青花！

收刀不及，强行逆转刀的走势，自青花的左肩斜刺而出，却只是划破了青花的罗裳，露出一片雪白的肩峰。饶是高手如此，也令望月葵气血翻涌，手中刀险险便要脱手，一张脸憋得泛金，惊诧地望着眼前不顾生死的女子。

因瞬间疾速的紧张，青花脸色也已惨白，如失了血色的珍珠，像艺伎般僵硬地说："大佐，请息怒。"

也是这刹那间，理智战胜了愤怒，望月葵反而责怪起自己的冲动：这一刀若真的刺中，那自己才是完败。程梨笙想杀身成仁，这样岂不是被他控制了身心？念及至此，望月葵额头渗出冷汗，便也消弭了怒气。只是这冷静是被自己青睐的女人以死相逼而得,这令他有了另一种愤懑,是男人的自尊心抑或是霸占欲作祟,他终究不能免俗。

望月葵调整气息,喝道:"来人!"

门外走进两名士兵。

"大佐请吩咐!"

"把他带到审讯室。"

"是!"

士兵们上前架起程梨笙,便要向门外走去。

程梨笙不动,昂然道:"放开,我自己走。"

望月葵给士兵使了眼色,士兵们松开了手。

"程梨笙,"望月葵盯着程梨笙说道:"我一定会磨平你骄傲的棱角。"

程梨笙转头看着望月葵,只说了四个字:"尽管一试。"

说罢,抬脚出门。只是,自始至终,他竟没有看青花一眼。

青花渴求四目相投的那一刻,但程梨笙只留给她一个背影,她低垂了眼帘,将失魂落魄掩埋在不动声色里。

望月葵洞悉她的伤神,但他不愿揭穿。一个青楼,一个伶人;一个有情,一个无意。都是下九流,谁瞧不起谁?万种风情与逢场作戏,交织混杂在一起,结局会怎样?连他都好奇。

驻屯军的刑讯室内,阴暗森然,如同鬼域,连空气里都弥漫着一股隐隐的血腥气。

望月葵给程梨笙用了刑。

两人没有再说过一句话,无声地对抗。戏台上柔弱的名旦,不料却有一身傲骨,任血肉横飞,绝不肯求饶。程梨笙血染一身红衣,昏厥过去。

望月葵带青花来见程梨笙,青花一见,顿时身体忍不住发颤。

望月葵淡淡地说:"把他照顾好,皇军还有用处。"

望月葵盯着青花看得出神,青花窘迫之下只好撒娇:"你在看什么呀?看了那么久。"

望月葵回过神儿来,饶有深意地对她说:"你回去,好好办事吧。"

青花与程梨笙再次面对面。

真是怪异的感觉。

他瘦了,且脸色苍白,神情郁闷。看起来更成熟,为苦难的国家所催逼的。也许没这一场劫难,他也不过是一个唱戏的名伶,第五花旦,待唱到四十岁,设帐授徒传艺,一生也差不多。将来也会娶妻生子,过富足圆满的生活。只是必然不会娶她,连做小的资格只怕也没有。

"你不要动,受了刑,还是将养几日的好,以免今后落下病根儿。"青花柔声地劝着,姿态放得很低,说的也是实情,关心他,却怕他不领情。

"谢谢你。"

程梨笙半倚在床头,轻声地说。

青花浑身一颤,她不敢相信自己听到了什么,但那三个字却实实在在地入了耳。她抬眼看了一眼程梨笙,又是心疼,又是欣慰,眼眶红了,旋即又低下头,细声地自责:"对不起,让程老板受苦了。"

程梨笙轻叹:"哪里,若不是你拦着,我恐怕早就成了望月葵的刀下亡魂。青花姑娘,程梨笙有礼了。"

程梨笙感慨万千,不意救了自己的是曾经被看轻的青楼花魁,想到此,颇为愧疚,挣扎着起身想下床,却被青花伸手拦住。

"别动,程老板折杀青花了。"

"他要我做汉奸,我是绝不肯的,我故意激他愤怒,是想以死明志。不料却为姑娘所救,此刻已算是被软禁,但我必须离开。"程梨笙挑明心意。

原来,却是有求于自己。但若不是这样,哪里有这亲近的机缘?青花心中虽委屈,却也明白,这或许就是与他的命定。可她又怎么说?你走不了。这番话如何出口?此刻已是笼中鸟,生杀予夺都在望月葵一念之间。望月葵要他屈服,他偏不肯。自己能拦下一刀已是万幸,再有额外举动,只怕自己也成泥菩萨。

见青花面露难色,程梨笙不愿再强人所难,于是说:"姑娘不必为难,我知此间凶险,我也不愿让你再因我而受牵连。"

"不是的……"青花慌乱地解释,"日本人残忍成性,杀人当儿戏。望月葵更是乖张不可测,程老板此刻有伤在身,便是走也走不远,何不先养好身子再作计较?"

一番好意,肺腑之言。程梨笙分得出好赖,但,去意已决。

"姑娘不必再劝,在下绝不会在日军营中苟活。生死有命,至于能不能走得掉,能走多远,看在下的命数了。"

说着,他硬挺了一口气,起身下了床,才迈开腿,脚下便痛得一阵踉跄,但咬牙拼命地定住。

青花看在眼里,知道无论如何也留不住,干脆把心一横,算了,所谓舍命陪君子,他若想走,自己便舍命一送吧。

"程老板!"青花语气坚定了,"我送你走。"

程梨笙诧异地望着青花。

"能在日本人手里过过刑而又没有屈服的,您还是头一个。青花敬程老板是英雄,所以,我帮您离开这儿。"

青花倾吐了一半心声,她何止是敬,她还爱呀!

但另一半,无论如何不肯倾吐,不想趁他有求于自己才说,这一份自尊，傲然地压在心底。

天色已晚，事不宜迟。

"要走，现在就走。只是您的腿？"青花略带迟疑。

"没大碍。如此，梨笙谢过姑娘了。"程梨笙忍痛行礼。

青花也心痛，但她来不及回味，望月葵随时可能召唤，必须马上离开这个魔窟。

青花藏了枪，她不确定一路上会发生什么，真若有个万一，她便准备舍命，但只要能护他出了海光寺，自己就算"爱过"了。

也许正是这份决绝，令上苍也动容。两人一前一后地走着，竟然没有人上前盘问。有日本兵远远地一看是青花，便知趣地避让，原来令她厌恶的望月葵的垂青，竟有如斯威慑。

一切，似乎早已冥冥注定。

她，分明可以随他一起走，但她不能；她只有留下，才能放他一条生路。

程梨笙转身，衷心而带着距离地，有种说不出来的况味。

"青花姑娘，谢了！愿……后会有期！"

他，昂首蹒跚地离去。

走向天涯，此番真成永别。

她目送他，直至他整个人在她生命中消失。

他走了。

干吗还要说什么后会有期？

那把紧握在手心的枪，冷汗涔涔。清泪，断线般滚落。

叶鸿漪被上杉重光的计划所震动，铲除日本华北驻屯军总司令！不论如何，行动一旦成功，都会是一件振奋全中国民众人心的快事！尽管这听上去有点像痴人说梦，但上杉重光身上却有一种令人信服的力量。

"你一直低估自己的能力，但我此刻终于相信了藏本君的眼光，也相信自己的判断。"

上杉重光的话，令叶鸿漪觉得自己好像真的有了光芒。然而，那赋予他光芒的人，似乎却陷入了沉思。眼前这个年轻的日本人，究竟经历过什么？听藏本英明提过，他好像是日本的世家，却为何怀有血海深仇？上杉重光，如谜。

"上杉先生。"叶鸿漪打破了沉思。

"我只是想起了往事。"上杉重光似乎知道他想问什么。

"并没有不敬的意思，但我很好奇上杉先生经历过什么？"叶鸿漪还是问了。

上杉重光抬眼望着窗外。

夜深沉，月掩映在乌云下，黯淡无星光。

"那一晚的月光，比今晚的明亮呢。"

雪夜，环廊下。

望月葵："为了避免不必要的伤害，请您务必不要阻拦我。"

上杉重光恢复了贵族的姿态，他冷眼扫向望月葵，淡淡地说："你想做什么？"

望月葵本想向上杉重光施压，却反被上杉重光散发出的气场所震慑。麒麟少年清冷如明月之光辉，他的光芒将望月葵的阴影寸寸吞噬殆尽。望月葵杀意不再，夺路而逃。

望月葵自觉已败，然而就在他逃出上杉府邸时，一个人影急急而至，一看，竟是上杉重光的父亲——上杉信吉。

电光石火间，大般若长光的利刃穿透了上杉信吉的胸膛，身后赶来的上杉重光不可置信地看到眼前这一切。

上杉信吉倒在了雪地里，望月葵落荒而逃，这是他第一次杀人后有了慌张的感觉。

他此次来上杉府邸的目的，就是杀掉上杉信吉，而上杉重光却错将他的杀意当成是指向自己的利刃。

上杉重光拔出上杉信吉的佩刀便追了上去，然而大雪皑皑，望月葵很快便消失在了雪夜的黑与白中。

上杉家的几位门客随后赶到，为首的便是藏本英明，众人看到这一幕傻了眼，他们想去追杀害主人的凶手，被上杉重光拦下。

"请诸位速速离开吧，统制派的人马上就杀到了。"

雪花簌簌落下，落入了上杉重光的眼中，他双眼化成冰晶一片，霎时，便陷入了黑暗。

他手中的佩刀也落入雪地中，悄无声息。

忆起往事，上杉重光唏嘘不已。

上杉重光："我以为他是来杀我的，而他却是想杀我父亲，若我能早些预料，或许父亲便不会惨死于他的刀下。雪花遮住了我的双眼和悲痛，直到三天后，我才能重新看到这个世界。"

叶鸿漪："如此说来，我们是相同的仇人。那么，上杉先生，你的竖子计划要如何执行？我潜伏到日军驻地吗？"

上杉重光："当然不是，那样只会自投罗网。"

叶鸿漪不解："不能潜入，如何近身？"

上杉重光："当然是等他们进城之后。"

叶鸿漪："何时？何地？"

上杉重光："等。"

叶鸿漪："等？"

上杉重光："驻屯军司令部有我的人，一旦他们有入城的动向，我会立刻通知你。"

今夜的北平已经不再静谧，魔鬼恐怖的阴影笼罩在这座城上，枪炮声隐约起伏，家家户户都亮着灯，腾挪家当的动静不断，另有哀愁叹气，有悲泣啼哭，有争辩打闹，唯独听不到笑语欢声。

叶鸿漪脑中不断回忆刚才与上杉重光的对话，刺杀最高司令官？这很疯狂，甚至感觉极其不现实，杀人……叶鸿漪依旧惊出一身冷汗，可父亲的死状历历在目，即便是个白日梦也要继续下去，如此想着，心中便开始盘算起来。

若要执行刺杀，不但需要精确的时间地点，还要解决掉司令官身旁各种卫兵、军官，他不是三头六臂刀枪不入，也没有远程射击的本事，即便田代皖一郎进城，他也想不出要如何杀掉对方，这几乎是不可能完成的任务。

叶鸿漪如此想着，已经骑着自行车来到芝麻胡同，他想起詹勋帮派的人昨日在附近盯梢他，便将车停到墙角下，摸着黑前进。

过了几个路口，叶鸿漪远远看到家中院门，路上空无一人，院子里也黑压压的一片，此时身心俱疲，正要向院门走去时，一个黑影一手拽住叶鸿漪，一手捂住他的嘴，将他拖到一旁，叶鸿漪正想还击，回头一看，是李成林。

叶鸿漪立刻意识到情况不对，蜷着身子，压低了声：

"成林？"

李成林用气声在叶鸿漪耳畔耳语道："那伙人在你家里守了一晚上了。"

李成林左右看了两眼，将叶鸿漪轻轻拽进自家院子。

李成林："刚才还有一人守外头等你动静呢，你回来得正巧，那人解手去了。"

叶鸿漪愤恨不已："他们已经抓了我爹，害死了他，还要找我？为什么？"

李成林："我在墙边上大概听了一耳朵，不真切，说是他的头头发话了，说那男的不像是你爹救的，然后他来我们街坊打听你家人口，这胡同里这么多人，我爸他们不敢得罪，没法说谎，就照实说了……他们现在想把你抓走审问。"

叶鸿漪心里一沉，他也理解李叔他们的做法，一户人家里有几口人住这儿，人都是干啥的，总能打听到实情。现在他哥入伍不在家，真正救藏本英明的人必然是他叶鸿漪。另外家中还有他诸多痕迹，瞒是瞒不住的。

叶鸿漪："所以你就特地在这儿等我？"

李成林："嗯。"

叶鸿漪："多谢。"

李成林："叶二哥，你打算怎么着？"

叶鸿漪："我要回去看看。"

李成林一把拽住叶鸿漪："你不怕出事？"

叶鸿漪察觉到了李成林的害怕："你游行的时候不是挺虎的吗？现在怕了？"

李成林着急道："游行的时候跟现在不一样，警察虽然浑蛋，但毕竟是中国人，没对我们下死手，可现在那些流氓是日本兵的人，不会手软的。"

叶鸿漪："那若是日本人真进城了，这日你还抗不抗？"

李成林犹豫地垂下眸子，没能答上话。

他不知道该怎么回答，当他意识到日本人真的要进城的时候，他确实害怕了，那可是杀人不眨眼的魔鬼，哪里是他们这种手无寸铁的学生能对抗的？他除了喊喊口号，什么也做不了，到那个时候，他可能连口号也不敢喊了，跟普通的贩夫走卒一样，低着头，弯着腰，路过日本兵的时候大气也不敢出。他想说"抵抗到底"，可脑海里始终没有如何抵抗的答案。

叶鸿漪也不再追问，拍了拍李成林的肩膀，低声道："成林，你赶紧回屋，熄了灯，不管隔壁院发生什么，都别管，关好门，别出来。"

李成林点点头，转身离开了。

叶鸿漪轻轻靠近墙角，听着隔壁自家院子的动静。

叶家厅堂，詹勋、解宝等人围在厅堂里坐着，从外头看上去，家中黑灯瞎火，像是无人。一伙人守株待兔，等叶鸿漪回家。

詹勋瘫靠在唯一一把太师椅上，将腿搭到饭桌上，脚抖个不停，没个坐相。

几人都等得有点不耐烦，但又不敢声张，李四等人坐不住了，给了解宝一个求助的神情，示意他向詹勋开口，毕竟这群人里，只有解宝和詹勋是过命的交情，其他人在詹勋眼里啥也不是。

解宝接收到各方的眼神，开口低声道："勋哥，这都半夜了，万一那小子不回来怎么办？"

詹勋："老子能有啥办法？你说，他若不回来，老子上哪儿找去？"

解宝："咱们一直等在这儿也不是个办法，不如今日先散了，他小子不是在银行上班吗？去银行蹲他，肯定能蹲着。"

詹勋："他傻啊？家都不敢回了，他还敢去上班？"

说着，詹勋伸了个懒腰，把腿放下桌子，站起身来，拿起桌上的老白干。

众人以为他要走了，个个暗自窃喜，却不料詹勋说道："老子去屋里躺会儿，你们在这儿把眼睛给老子瞪圆了，打起精神，一推门就抓，你俩，蹲门口去。"

詹勋点了点李四和王六两个喽啰，两人虽不情愿也不得不起身，站到院门后。

眼看着詹勋出了厅堂，去了卧房方向，解宝犹豫了一会儿，跟了上去。

詹勋推开一个卧房，正是叶鸿漪的房间，床只有一米宽，铺着凉席，床头有一只药枕，床尾摆着一床夏凉被。詹勋重重地躺在了床上，也不脱鞋，将双脚直接搭在床尾叠好的薄被上，舒坦。

詹勋见解宝跟上来，问道："你有话跟我说？"

解宝立在床尾，詹勋看不清解宝的脸。

解宝："勋哥，我也跟了你这么些年了，咱俩一起推过粪车，一起找地头蛇打过架，一起拿刀砍过人。我记得那次是在城外送货，看到有日本兵欺辱耕田的妇女，我们两人三刀就剁了六个鬼子。"

詹勋："那可不？双刀就是你的招牌，当时把日本兵吓得都尿裤子。你狠起来是真的够狠。"

詹勋平常不服谁，就服狠人，全北平能让他服气的狠人只有两个，解宝就是其中之一，蝴蝶双刀在他手中如火轮游龙，往往对手还没出招，喉管就已经被割破了，抑或是直直插入心脏，快、狠、准，只要拿定了目标，便不带一丝犹豫。

解宝叹了口气："所以这一两年，我越发是看不懂了，你为什么要替日本人卖命？"

詹勋脸色微微一沉。全北平能让他服的狠人，第二个就是望月葵，此人善用武士刀，名唤长光，剑身透着寒意，刀出鞘的铮铮响声伴随无数死灵的呜咽。望月葵如长光一样冷酷、无情、锋利。

詹勋："因为我能看清形势，形势逼人。"

詹勋将手里的老白干抿了几口，一股热流涌上了脑子。

詹勋："我们这么卖命，图什么？就图在北平城里混出个人样儿来，可即便是走黑道，也得看清楚上头主子是谁，不然走道儿上一抹黑，容易着了道。我两年前就看清了，日本人不久后一定会进北平城，我也算是提前为自己张罗好靠山。"

解宝："为了帮日本人办事，迫害中国人，这是汉奸。"

詹勋大笑起来，将剩下的老白干饮尽，带着醉意说道："解宝，你说得没错，我就是个汉奸，是狗屎，你把我当哥哥，当老大，学别的都成，就是别学我当汉奸。等哪天北平的主子又成中国人了，你就一枪把我毙了，拎着我的脑袋，去邀功领赏，当抗日锄奸的大英雄。"

解宝："勋哥，我若毙了你，我就遭雷劈。"

听完，詹勋大笑了几声，眼泪从眼角流了出来。

从流浪儿、拖粪工变成了城市暗流中的霸主，这其中吃过多少憋屈，受过多少白眼只有詹勋自己最清楚，大哥的身份怎可轻易放弃？他绝不愿从人上人又变回遭人唾弃的乞丐。

"好，解宝，你是我的好兄弟……就这么说定了……"

詹勋说完，眼皮子逐渐迷瞪起来，睡了。

解宝无奈摇了摇头，关上房门，穿过小院回到厅堂，听几个手下一通抱怨，只说了句"先熬过今晚"。

叶家依旧寂静，院子一角传来窸窸窣窣的动静，一双脚从院墙上轻轻落地，将角落的草地踩出沙沙的轻响。

叶鸿漪从隔壁李叔家翻入自家院墙，他现在身无分文，需要回去拿走钱和行李，刚才他听了许久动静，依稀听到那群人在厅堂里，那群混混为了逮他，故意没有开灯。叶鸿漪便打算趁着夜色潜入屋里拿些能用的东西。

今天正逢农历初三，新月微光，隔壁有几户家中亮着灯，微弱的灯光将叶家庭院也微微照亮了一分。叶鸿漪贴着墙摸到房门口，他的房间就在厅堂斜对面，隔着小院，若不是正好站在门口，倒也看不见卧房这边。正觉得还算顺利，惊觉院门后还站着两人，其中一人百无聊赖，正在胡乱张望，叶鸿漪立刻躲入房檐的阴影中，险些被看见。待到那人视线移开，叶鸿漪便已来到自己卧房门口，轻轻推门进入。

叶鸿漪的行李箱和医药包放在床下，他摸着黑走到床边，弯下身子正要伸手去拖曳，突然床上传来一阵憋气许久后突然通畅的鼾声，把叶鸿漪吓得差点叫出声来，床上竟然躺着一个人？叶鸿漪屏住呼吸贴近床头，借着门窗外微弱的光仔细一看，此人竟是詹勋，那个大闹梨园、害死他父亲的汉奸！

此人刚才应是打鼾时呼吸骤停，所以一直没动静，以至于叶鸿漪进屋后都没发现床上有人。

叶鸿漪双手颤抖起来，是害怕，也是愤怒，心跳一下一下狠狠砸在胸口，他深深吸了一口，缓缓吐出，几个呼吸间渐渐稳住心神，脑子中浮现各种对策。

现在他有三个选择：第一，趁着汉奸熟睡、无人察觉之际立刻逃走；第二，冒险取出行李钱款，再悄悄逃走，但恐弄出动静，风险不低；第三，报杀父之仇的机会就在眼前，此时不下手，再难有机会近身，可一旦下手，若不能干脆利落解决，自己也将陷入万劫不复，更加远大的竖子计划将无法完成。

理性和私怨之间，叶鸿漪最终还是选择了后者，决定执行私刑，父亲的死状在他脑海中挥之不去，恨极！

叶鸿漪想到此处，牙关都咬得更紧了，必要让这恶人血债血偿！

可是，如何才能杀死这个狗东西？

叶鸿漪寻思，詹勋体格比他强壮，体力上自己在下风，很难徒手勒死他，且容易闹出很大动静，最干脆直接的，就是用刀，一刀割破颈动脉，比扎穿心脏还死得快，那时候这狗东西连痛苦呻吟的时间都没有，几个抽搐就没了，没准能不惊动外面的人便完成这件事。

计划似乎可行，可是刀呢？叶鸿漪想到了床下医药包里的手术刀，他慢慢趴到地上，将手伸向床底，去摸医药包。

詹勋的鼾声就在他头顶，叶鸿漪感觉头顶仿佛顶了一颗雷，随时会爆炸。

叶鸿漪的手摸到了医药包，他不敢贸然拖曳包身，只将手探进包内，稍稍摸索之后，便摸到了手术刀。

可就在叶鸿漪准备收回手时，头顶詹勋的鼾声突然停了。叶鸿漪吓得一哆嗦，此刻他半截身子已探入床底，现下丝毫不敢动弹，他甚至轻轻将外面那条腿也往床底收了收，以免被看见。

叶鸿漪心跳加速，聆听着动静，脑中闪过无数自己被詹勋发现后的应对之策，就在心跳快要到达顶点时，突然听到詹勋喉咙里抽抽了一下，又恢复了呼吸和鼾声。

叶鸿漪缓缓舒了口气，捏着手术刀，缓缓从床下挪出来，起身站定，正观察詹勋的粗脖子上哪里是动脉时，忽觉寒光一闪，自己脖子上一凉，瞥眼一看，解宝正用一把刀横在他的脖子上。

此刀有小臂长，叶鸿漪认出这是南派武术常用的蝴蝶双刀，他曾经在南洋武术格斗大会时见过，虽然此刻叶鸿漪无法回头，但他已经能猜到，此人左手上应该还有一把刀。

解宝："你是谁？"

还不等解宝看清来者，叶鸿漪向后一仰避开刀刃，抬手就用手术刀向解宝的右腕扎去。解宝没想到对手有些身法，始料未及，右腕被着实扎了一下，蝴蝶刀险些脱落，他抬起左手顺势砍向叶鸿漪的后颈，叶鸿漪预判了他左手的动作，身子向前一躬，再使出一招内帘手的"挂"招格挡开解宝的左臂，回手接"插"招顺势将手术刀送向解宝的胸膛。

解宝反应极快，连连后跃数步躲过了手术刀，只是后背嘭地撞到了衣柜，床上打鼾的詹勋被动静惊醒，从床上跳下来："谁？"

叶鸿漪很想过去一刀解决了詹勋，可前有豺狼，后有毒蝎，两拳难敌四手，只好冲出房间准备逃离自己的家。

詹勋："操你大爷！敢偷袭老子？"

叶鸿漪本想从原路返回，但顾及不能牵连李叔家，只好朝着院门方向跑去，看门的两个喽啰一见叶鸿漪准备拦下，却被唰唰划了几刀，身上瞬间飙出几道血印子。小喽啰嗷嗷吃痛，叶鸿漪趁机逃走。

"都他妈吃白食的？还不赶紧给老子追！"詹勋怒吼时，解宝率先冲出了院子，急速向叶鸿漪追去。

叶鸿漪毕竟是一书生，虽练了一些拳脚，但体力到底是不能跟天天在街头打架的江湖混混比，想甩开追兵，只能利用地形优势，这胡同里的条条道道他最是熟悉，很快便跑得没影。解宝带着一群人追不见人影，只能分头行动。

叶鸿漪凭着记忆一路狂奔，想着前方再绕过一路口便能窜进东交民巷的使馆区，可拐过弯跑过去，发现路断了，原本能通行的小路被砌了一堵墙。

自己五年没回家，胡同里有些变动也正常，只是正当叶鸿漪准备换条路时，一回身，看到了远处的解宝。

经过刚才交手，叶鸿漪觉得这个使双刀的家伙实力不简单，自己之所以能得手，完全是因为对方低估了自己、毫无戒备，眼下那双刀男已经做好了准备，再交手，自己怕是要命丧双刀之下，可现在无路可逃，也只能殊死一搏。

叶鸿漪捏紧了手中的手术刀，迅速观察周围环境，目光所及之处能看到砖块、拖把杆、笤帚。近身对战时，手上兵器一寸长一寸强，或许可以用拖把杆将此人格挡开。

叶鸿漪心中正在盘算，却发觉感受不到双刀男的杀意，那人手持双刀，远远看着自己。

这是何意？难道他不打算抓我回去领赏？

叶鸿漪心下一动，起步翻上院墙。

此刻解宝看着翻院墙的叶鸿漪，脚下如灌了铅一般挪不动，他已猜到此人便是叶茂才的小儿子，望月葵真正要找的人。若是放这小子跑了，望月葵一定会找詹勋麻烦，可是让他亲手抓了中国人去给日本人邀功领赏，解宝自认做不到，于是就这么眼睁睁地看着叶鸿漪翻过了院墙，彻底消失在自己的视野中。

翻过院墙，叶鸿漪气喘吁吁地蹲在墙角下，不知该往哪里逃。叶家的庇护所王爷府没了，芝麻胡同已经回不去了，哥哥不知正在城外哪个地方战斗，生长在北平，却举目无亲，今晚连个睡觉的去处都没有。

叶鸿漪漫无目的地走着，想起小时候总在外头乱跑，叶茂才就骂他是个胡同串子，成天瞎溜达不落窝；而现在呢，叶鸿漪感悟到有父母在即是家，父母去，家没了，一时悲凉不已。

正走着，抬头一看，是一幢高大的哥特式建筑——圣弥额尔天主堂。

身后传来詹勋一伙人的喧嚣声，叶鸿漪转身溜进了礼堂的红色拱门中。

小时候无数次路过门口，却不敢进来，常听人说这里头有黄发绿眼的洋鬼子，叽里咕噜说着鬼语，还有人说这里头有吸血鬼，煞白的脸，怪吓人的。

鬼哪有人更吓人呢？叶鸿漪心中冷笑，害人的鬼是假的，但是害人的人却是真的，能将人抽筋扒皮、敲骨吸髓。

黑色铸铁烛台上点着几支白色长蜡烛，烛光摇曳，礼堂上方是箭镞形的穹顶，立住的影子跟随烛光颤动。叶鸿漪脚步虽轻，但在空旷的礼堂里显得格外清晰。

穿过长长的礼拜区，叶鸿漪来到讲经台前，看到了台上的十字架，想起那日与程梨笙说的话。

叶鸿漪："您，相信神明吗？"
程梨笙："不信。"
叶鸿漪："为何？"
程梨笙："因为在我最彷徨无助的时候，他却什么也没做。不过这一回，我很想信一次。希望这一次，他能做点什么吧。"

叶鸿漪喃喃道："希望能做点什么吧。"
门外，詹勋已经带着人进入了教堂的大门。
詹勋："他是不是跑这儿来了？"
李四："刚才那边看摊的人说看到有个小子跑进来了。"
詹勋："走，进去找找！"
"你们要做什么？"
一个中年男子的声音传来，口音有些蹩脚，却中气十足。
詹勋一行人不得不停脚，仔细一看，一位神父穿着一身黑衣走了出来。

詹勋："您是……神父？我们找人。"

神父冷脸道:"这里是租界区,你们不能进来。"

詹勋:"刚才有个小子跑进去了,既然我不能进,那他也不能进,是不是?您让他出来,我们立刻就走。"

神父:"他是我的客人,你不是。"

詹勋耍赖道:"他是您的客人,我就不能是吗?这教堂不是开给信众的吗?我就不能来参观一下,找您忏悔忏悔?"

神父:"你受过洗吗?会背诵经文吗?会唱圣诗吗?"

詹勋一时语塞,答不上话。

神父接着道:"我们欢迎信众,但不接受无礼的来访,请立刻离开,否则,擅闯租界的一切后果你来承担。"

詹勋没招,只能带着手下一众小弟退出教堂大门。

詹勋吃了闭门羹,气不打一处来,抬手猛拍了一把李四的脑袋:"你丫确定那小子是跑这里头了吗?"

李四:"您不信就去问问那看摊的?人家也不认识叶家那小子,黑灯瞎火的,就只说看到有个年轻男子跑进去了。"

詹勋看向一旁解宝:"你刚才也不帮我说两句话?"

解宝刚放过叶鸿漪,此刻他并不希望他又被抓住:"这是租界,我能说啥?那看摊的离得那么大老远,又看不清脸,万一跑进去的不是叶家那个,得罪了人可不好办。"

詹勋:"抓不到人我他妈更不好办。"

解宝:"等着吧,总会出来的。"

詹勋有些泄气,叉腰嚷嚷道:"又等?行,看老子非得逮着这只兔子。所有人,把这教堂围起来,老子不信他不出来。"

礼堂中,叶鸿漪看着神父,他不确定对方的意图,试探道:"您知道我进来了?"

神父:"这里很安静,进来人我当然知道。"

借着烛光,叶鸿漪打量着神父,他就是人们常说的黄毛碧眼白脸的洋鬼子,一双深邃的眼眸像玻璃一样剔透,烛光在眸子上镀了一层淡淡的金色。

神父见叶鸿漪看着他,便自我介绍道:"我叫约翰·特里。"

叶鸿漪:"我叫叶鸿漪。特里神父,您为何要帮我?"

神父:"上帝爱着每一个人。"

叶鸿漪:"您就不怕我是坏人吗?"

神父:"我看到的是一位年轻人陷入了困境,在被一群流氓追赶。不过我能帮的,也就这么多了。"

叶鸿漪望向礼堂门口,他现在无法走出教堂的大门。

神父:"我的办公室有一部电话,如果你有需要,可以使用,通知你的家人来接你。"

说完,神父便离开了。

神父的办公室很小,在忏悔室的旁边,一个书柜,一张木桌,一把靠椅。桌子上放着一部电话机。

叶鸿漪在靠椅前坐下,可是眼下能联系谁呢?父亲死了,贝勒爷也去世了,哥哥在战场上,现在还有谁能帮他?

叶鸿漪脑中蹦出几个数字,1954,那是前日夜里自己心心念念的电话号码。

找姜悦慈?叶鸿漪脑中冒出这个念头,却又立刻给了自己脑门一巴掌,一来恼自己会把危险带给无辜之人,二来害怕被姜悦慈看到自己这副丧家之犬的模样。

可是叶鸿漪已经走投无路了,此时若不求助于她,可能还不等日本人打进城就要饿死街头了。

叶鸿漪犹豫再三，还是拿起了电话筒，听到接线员的声音后说道："您好，请帮我接通1954。"

很快，电话被转接，那一头传来一中年妇女的声音："您好，请问您是哪位？"

叶鸿漪的手有些颤抖，他觉得自己像个窝囊废，不想被姜悦慈看轻了去。

"您好，这里是姜家，请问您是哪位？"中年妇女的声音再次传来。

叶鸿漪始终没有说一个字，最终还是挂了电话。

姜宅，姜悦慈此刻正心神不宁地坐在书桌前写写画画，听到客厅的电话声，连忙跑下楼。

姜悦慈："白妈，是谁啊？"

白妈摇了摇头："不知道，问他是谁也没说话，就挂了。"

姜悦慈："一句话都没说？"

白妈："兴许是打错了。"

姜悦慈眸光微微一沉，若有所思。

叶鸿漪回到礼堂，蜷缩在长椅上，经过刚才一战，全身肌肉酸痛不已，眼皮渐渐耷下来，昏昏沉沉即将睡去。忽然一阵电话铃声响起，他猛然睁眼看向声音的方向，是神父办公室的电话响了。

谁会在晚上打给教堂电话？叶鸿漪心中奇怪却还是走过去接起，只听到那一头传来自己念念不忘的声音："是你吗？"

一辆福特老爷车在詹勋等人的注视下驶入教堂大门，不一会儿，老爷车又开了出来，扬长而去。

詹勋愣住了，老爷车里拉着白色布帘，他也看不到车里头坐的什么人，但他知道，这车一定是来接叶鸿漪的。

詹勋怒吼了一声："操！"

詹勋万万没想到，叶鸿漪这么个没靠山的小子，居然能使唤来一辆老爷车来接他。刚才他们一行人在胡同里抓人，詹勋的雪铁龙停在了芝麻胡同另一头，眼下没法开车追，只能眼睁睁地看着老爷车消失在黑夜里。

詹勋急了："你们这群吃干饭的，快追啊！"

李四："老大，这咋追啊？两条腿跑不过四个轮儿。"

詹勋气急败坏地又给了李四脑袋一巴掌："车牌号多少？"

李四："没……没看清……"

詹勋还要揍人，解宝出声拦下："车牌罩了黑布，有备而来。"

詹勋骂骂咧咧却又无计可施："妈的，等老子逮到他，非宰了他不可。"

城郊一处农家院，此地偏僻，零星有些果园田地，落着几处房屋，都相距很远，鲜有人至。

堂屋，点着几盏油灯，叶鸿漪坐在木桌前耷拉着脑袋，偷偷瞥了眼姜悦慈，姜悦慈正给他找被子床褥。

边柜上的收音机吱呀作响，传来断断续续的广播声：

七月八日，中共中央发出《中国共产党为日军进攻卢沟桥通电》，呼吁全中国同胞、政府与军队团结起来，筑成民族统一战线的坚固长城，抵抗日寇的侵略。这一天，毛泽东与朱德、彭德怀、贺龙、林彪、刘伯承、徐向前又发表了《红军将领为日寇进攻华北致蒋委员长电》，要求实行全国总动员，保卫平津，保卫华北，收复失地。红军将士愿为国效命，以达保土卫国之目的。还是这一天，毛泽东与朱德等又致电国民党军北平第二十九军军长宋哲元，天津第三十八师师长张自忠，张家口第一四三师师长刘汝明，保定第三十七师师长冯治安，请他们策励全军，为保卫平津而战，为保卫华北而战！红军战士，义愤填膺，准备随时调动，追随贵军，与日寇决一死战！

叶鸿漪听到广播声，心中似是燃起一团火。与日寇决心一死战！这应当是每个中国人的决心。

姜悦慈："这片山头是我们家的，你就在这儿安心住下吧，那些人找不着你的。"

叶鸿漪轻轻嗯了一声，点点头。

姜悦慈："你家的事我听说了，节哀。"

叶鸿漪依旧轻嗯了一声。

姜悦慈见他一直耷拉着脑袋，想着是他刚经历亲人去世心情不好，便没多说什么，只是默默收拾屋子。二人沉默良久，叶鸿漪开口道："姜小姐，你家的房子我也不能白住的，回头等我能回家了，我付房钱给你。"

"行了，这屋子本就没人住，何必跟我客气。倒是你，出了这么大的事也不知道早点打电话过来，我都……"姜悦慈收了声，把"急死了"三个字给吞回肚子里。

她听说叶家出事后就十分着急，多方派人出去打听，知道了事情原委，却不知道叶鸿漪人去哪儿了，不在家也不在银行，姜悦慈便只好回家等着，等叶鸿漪给她打电话，一等就是一天一夜。

叶鸿漪以为姜悦慈是在责怪她，连忙解释道："我不是不想找你，我……我怕你看不起我……"

姜悦慈有些诧异:"我为何要看不起你?"

叶鸿漪喃喃道:"我什么都没了,还要靠女孩子救助,实在是丢人。"

姜悦慈轻哼了一声:"你可省省吧,收起你那套男子汉大丈夫的道理,我可不爱听。人都有落寞的时候,何关男女?摔倒了,再爬起来就是,你若觉得亏欠,那就先欠着吧。"

姜悦慈软话硬说,说到了叶鸿漪心坎上,令他心中宽慰不少。

姜悦慈:"我倒是没想到,你居然能从那些人手里逃出来,你的拳脚功夫跟谁学的?"

叶鸿漪:"留学的时候,跟一位叫陈耀墀的先生学的。"

姜悦慈:"你既懂医学,又懂武术,可别妄自菲薄了,只是你今后有何打算?"

叶鸿漪:"我想杀鬼子,给父亲报仇。"

姜悦慈冷笑:"就凭你?虽然你是会些功夫,但报仇可不是嘴皮子一张一合的事,更不是意气用事,那是要出人命的。"

叶鸿漪眼神坚毅:"这就是我的决心。"

姜悦慈:"哪怕会死?"

死?这是叶鸿漪曾经从没想过,这两日却想了无数次的字眼。死亡离他很近,藏本英明之死,贝勒爷载澈之死,父亲叶茂才之死,所有人的离去都只在一瞬间,便再也见不到了。

死亡于他而言又算什么呢?他害怕死亡,但更害怕死在日本人的大炮下、死在狗汉奸的拳头下,那样的死,死得毫无价值。

"若能报仇,死也无憾。"叶鸿漪说道。

叶鸿漪的声音透着死志,姜悦慈微微一愣:这青年不过跟她一般年纪,竟已如活过半世那么沧桑。

是啊,对于叶鸿漪来说,短短三日,仿佛过了半辈子。

姜悦慈问道:"你要杀谁?把你父亲抓走的那个日本人?"

望月葵?叶鸿漪心中摇头。

叶鸿漪此刻已经完全冷静了下来,他的首要目标,是刺杀田代皖一郎!

"国仇家恨都要报,第一滴血还轮不到他。"叶鸿漪道。

姜悦慈微一挑眉:"看来你都想好了,那我能为你做些什么?"

叶鸿漪抬头问:"我需要枪,你能弄到吗?"

姜悦慈不可思议道:"我父亲是银行行长,又不是军队司令官,我上哪儿给你找枪啊?"

叶鸿漪尴尬地笑了笑:"也是,是我唐突了,没考虑这么多。"

姜悦慈叹了口气:"不过你除了找我,你也没别人可找了,那本小姐就帮你一次吧。"

叶鸿漪惊喜道:"真的可以?"

姜悦慈:"嗯……我想好了,我就跟我父亲说,我需要一些武器防身,让他找一些来。"

叶鸿漪:"好!那我等你消息,我现在还不会用枪,得练成百发百中。"

姜悦慈:"放心练吧,反正这山头也没人住。"

月明星稀,姜悦慈安顿好叶鸿漪后离开农家院,刚下山头,却远远见一人走了过来。

及近,只见那人一身白衣染血,月光下依稀能看到失神落魄的脸。

姜悦慈惊愕道:"梨笙?"

梨园后院,卧房中。

程梨笙脱力地趴在床上，衣衫被揭开，后背全是伤痕。

姜悦慈已不再是平日里娇纵的大小姐模样，此刻的她神情严肃，一边检查程梨笙的伤口，一边质问道：

"你没有向我汇报任何情况，也不管组织的安排，便擅自行动去刺杀望月葵，你为何这么做？"

程梨笙："他们杀了我的未婚妻。"

姜悦慈一愣，随即眸子微垂，似是想明白了什么。

姜悦慈："沈丹鹤是你的未婚妻？"

程梨笙："嗯。"

姜悦慈："什么时候的事？"

程梨笙："就在她去世的那天早上，我将母亲唯一的遗物送给了她。"

姜悦慈叹了口气："丹鹤是个好姑娘，节哀。你虽然不是组织的正式成员，但如有这些重要的私人关系，应该及时向我汇报。"

程梨笙："然后你们便可拦着我，不让我去复仇吗？你放心，我要做的事，绝不会牵连你们。"

姜悦慈："程梨笙，咱俩相识三年了，我知道你什么脾气。你若铁了心要去复仇，我是拦不住你；可你若能将此事告诉我，我们便可以有更周详的计划，可能会有其他人帮你，总好过你单枪匹马闯龙潭虎穴要好不是吗？"

三年前，姜悦慈为了给父亲姜昱淳发展地下联络点，找上了程梨笙。她告诉程梨笙，日本人狼子野心，虽还未攻入北平，但已经开始对北平城里的抗日积极分子展开了暗杀行动，党国需要热心志士为抗日活动提供帮助。

程梨笙听说是为了对付日本人，便欣然同意，只是他自认不适合当情报人员，但只要是打鬼子，他愿意将梨园作为国民党的地下情报网点。

二人便约定以"红皮鞋"为号，只要姜悦慈进入梨园，票头便会通知沈丹鹤来了贵客，让她亲自去招待。若看到姜悦慈穿了红皮鞋，就会找个看茶团的由头，引姜悦慈来后院交换情报。

姜悦慈将调好的药膏敷在程梨笙身上。

姜悦慈："望月葵居然就这么放你走了，我想不通。"

程梨笙："他是个自负的人，自负到即便不杀我，他也觉得能掌控我。"

姜悦慈："我觉得望月葵不会轻易放过你的，等你养好了伤，我会安排你尽快转移。"

转移？沈丹鹤没了，程梨笙万念俱灰，他哪儿也不想去。

"我可是京城名角，名角能去哪儿？只能死在京城的戏台子上。"

程梨笙苦笑着说道，言语中，只剩哀婉凄凉。

第六章　烟花不堪剪

七月十一日，由于北平城久攻不下，日本当局怀疑田代皖一郎的决心，并决定让香月清司赴北平待命。

此时的望月葵并不知道上面有了别的决策，他只等着田代皖一郎死了，自己便能取而代之。

姜悦慈进了梨园，只见票头等人正在前院洒扫布置，用人们也议论纷纷。

"爷是不是疯了？日本人都要打进来了，他还要摆台子唱戏？"

"可不是疯了吗？鹤丫头没了，他魂都丢了。"

"鹤丫头可惜了，这日本人，该死。"

往日里，姜悦慈一来，沈丹鹤必要欢喜来迎，念及此，姜悦慈心中伤感万分。她走进戏院，只见戏台子又搭了起来，挂上了幕布，摆好了前景，戏院中无他人，唯有程梨笙一人站在戏台上，来回踱着步子练唱。

"月色虽好，只是四野皆是悲愁之声，令人可惨。只因秦王无道，以致兵戈四起，群雄逐鹿，涂炭生灵，使那些无罪黎民，远别爹娘，抛妻弃子，怎的叫人不恨？正是千古英雄争何事，赢得沙场战俘寒。"

姜悦慈走近了，程梨笙才停下来。

程梨笙："你来了。"

姜悦慈："伤好了？"

程梨笙："都是些皮肉伤，无碍。"

姜悦慈："你才从鬼门关里逃出来，便高调开唱，不怕被日本人盯上吗？"

程梨笙："望月葵若要杀我，早就动手了；既然留了我一命，说明我对他不重要。"

姜悦慈："你真不打算走？"

程梨笙："无处可去，无家可归，只有这戏台子还能让我活，若再不唱，京城梨园就要忘了我这号人了。"

程梨笙现在只是一具空壳，唱念做打虽还是往日水准，但魂已经丢了，那是戏的根。他唱的是《霸王别姬》，心中想的是爱人惨死自己却无力报仇，就像那楚霸王一般，虽破釜沉舟大战了一场，却终究不敌完败的命运，眼下空留着这具身体无所适从。

姜悦慈："你不想报仇的事了？"

程梨笙心中一动，死气沉沉的眸子中微微一亮："你有办法？"

姜悦慈："办法自然是有的。"

程梨笙思忖半晌道："那就请帮我完成愿望。"

姜悦慈："你想好了？听说昨晚胭脂胡同有个小姑娘杀了个日本兵，被日本人斩首挂在墙头上了。"

程梨笙一惊，他确实听说胭脂胡同有位女义士杀了日本人被处死，想起自己曾经对烟花女子的轻视，不由得惭愧万分。

思考许久后，程梨笙说道："我只有一个请求。"

姜悦慈："请说。"

程梨笙："我不想拖着整个梨园的人一起死。"

姜悦慈："这是当然。只是一点，我只能找来日本军官，但未必正好是你想杀的那个。"

程梨笙："哪个都行，只要是日本兵。要让侵略者知道，敢踏上中国的土地，就要面对有来无回的结局。"

　　

黑胶唱片在留声机上转动，放着京剧唱段《借东风》。姜府是三进三出的四合院，正房和厢房有两层楼高。前厅餐桌旁摆着一盆莲花，桌上有上清玉白菜、半扇烤乳猪、香煎樱桃肉、脱骨八宝鸭、一品八珍粥。

桌边坐着姜昱淳和姜悦慈，偌大的宅院里只有两人在桌前吃饭，一个用人立在一旁伺候用饭，未免显得有些冷清。

姜悦慈："爸，我想听戏。"

姜昱淳："去呗，平日里你不是最爱去梨园吗？"

姜昱淳对姜悦慈的话不解，他虽觉得女儿的喜好有些老气，不像现在的年轻人爱去电影院，但他从不干涉姜悦慈想做的事。今儿为了听戏还特地跟他说一声，莫不是另有别的要求？便又问道：

"怎么，莫不是想把戏班子请回家里唱？"

姜悦慈："那倒不必，咱家摆不下那么大排场，我是想您陪我一起去。"

姜昱淳哈哈一笑："我平日里不大看那些，你是知道的。"

姜悦慈："您不爱看，日本人爱看啊。"

家中一时静了下来。

姜昱淳看了一眼旁边的用人,颇有深意地看着姜悦慈,问道:

"闺女,你这是何意?"

姜悦慈:"梨园有个名角儿,就我上次跟你提起的那位,程梨笙,日本人想请他去日军驻地唱戏,他一直不肯去,因此,还得罪了人。我想着不如将司令官他们请过来吧,梨园总不能拦着客人不让进吧?"

姜悦慈也瞥了眼一旁的用人。

姜昱淳:"你是想让我去给日本人卖个好?"

姜悦慈:"若是日本人真进了北平,也能买您一个好儿不是?您是银行行长,有您的面子,日本人肯定会来的。"

姜昱淳沉了口气:"你倒是会替我想。我考虑一下,你先吃饭吧。"

宝山胡同,吉祥酒肆。

窗外,街边的小贩如往日一样摆着摊,他们神情麻木,城外的战火喧嚣似乎与他们无关,他们看着来往的行人,只求能多卖出去些东西,赚几日饭钱。

叶鸿漪一改往日充满留洋气息的衬衫西裤,穿着一身盘扣布衣,穿着纳底黑鞋,脸上贴着假胡子走进酒肆。二楼角落,上杉重光已经在那儿等着他了。

叶鸿漪与上杉重光约定过,每日卯时来宝山胡同的报摊看消息,若上杉重光有事找他,便会在报摊的立牌上挂一只红结。

叶鸿漪:"有动静了?"

叶鸿漪还未坐定,迫不及待问道。

上杉重光上下打量着他,徐徐道:"你很心急。"

叶鸿漪:"我当然急!"

上杉重光："心急办不成大事。"

叶鸿漪沉了口气："你想说什么？"

上杉重光："不要鲁莽行事，我们需要商议好此次行动的所有流程。"

叶鸿漪："我听你的。他们是要进城了吗？"

叶鸿漪心中仍然很急切，悲痛与仇恨依旧在他胸口涌动不绝。

上杉重光："中央银行行长邀请日军司令部进城听戏，时间在十六日晚上，地点是八大胡同的梨园。"

叶鸿漪想到那是程梨笙的戏院，他这么快就重新登台了吗？

叶鸿漪："那地方我去过，我提前在戏院里潜伏，等好戏开场，我就动手？"

上杉重光摇摇头："田代皖一郎可没那么好对付，他一定会提前做好安全工作。"

叶鸿漪不解："比如？"

上杉重光："会提前让士兵将戏院全部搜寻一遍，看是否有可疑人物、枪支、炸弹，再安排人将戏院外围住，到时候你根本无法靠近。"

叶鸿漪震惊对方谨慎之余有些丧气："那我应该怎么做？"

与此同时，梨园里，姜悦慈和程梨笙正在戏台前谋划。

程梨笙双眉紧蹙："那我应该怎么做？他们都把戏院搜完了，我什么都藏不了。"

姜悦慈抬头环顾戏院："确实很难，所以，我没法给你找帮手，到时候，击杀的动作只能由你自己完成。"

程梨笙："我得用枪，照你的推断，他们会搜身，我身上也藏不了枪。"

姜悦慈："用道具端上来呢？比如，你演的《贵妃醉酒》，高力士把酒端上来时，把枪压在杯子下面？"

程梨笙摇头："不可，此事万万不可牵连他人，我准备唱一出独角戏。"

姜悦慈："哪出？"

程梨笙："《昭君出塞》，这几日我把戏改一改，改成独角……"

程梨笙略一思忖，有了主意："然后将王昭君的节杖换成琵琶。"

姜悦慈："把枪藏在琵琶肚里？"

程梨笙："没错，琵琶不用弹奏，藏在肚里也看不出来。"

姜悦慈点点头："倒是可行。对了，你知道叶鸿漪吗？那日与我一起听戏的男孩。"

程梨笙："见过几次。"

姜悦慈："他也想杀日本人，要不要让他帮你？"

程梨笙摇摇头，他想起那日在义庄时与叶鸿漪见面的情形。

程梨笙："他说与我道不同，既如此，便不强求。"

吉祥酒肆，上杉重光拿出一张北平地图，指给叶鸿漪看。

上杉重光："我们虽不能在戏院动手，但是路上有机会。他们的车应该会从城南的永定门进入，经过天桥南大街一路向北，过了正阳门向东，经崇文门后，到八大胡同的梨园这里有两条路可走：要么，先向东后向北走建国门路；要么，先向北后向东走朝阳门大街。"

叶鸿漪眼眸微微一动："不确定他们会走哪条路……那就堵死一条路？"

上杉重光："可行。你觉得堵哪一条更好？"

叶鸿漪："朝阳门大街这条路房子多，恐伤及无辜，还是走建国门这边吧。"

上杉重光："好，我会安排人将另一条路堵上。"

叶鸿漪："接下来呢？"

上杉重光："爆炸。"

叶鸿漪："你要……在城里搞爆炸？"

叶鸿漪十分震惊，他想过用刀，用枪，爆炸还真没想过，毕竟那一炸，就是震天动地！

上杉重光："炸掉车，人就会乱，你才有机可乘。"

叶鸿漪打量着上杉重光，他似乎胸有成竹，不是信口开河。

叶鸿漪犹豫再三，问道："那炸弹怎么搞？"

上杉重光："炸弹装置我来弄，你只需要想好把关卡设在哪里，这北平城，你比我熟悉。"

叶鸿漪看着地图犯难。

叶鸿漪："炸弹是定时起爆吗？"

上杉重光摇头："定时起爆需要根据行车速度计算好时间，一旦中途车辆出现问题，便会错过关卡，因此很难控制。"

叶鸿漪："那该怎么办？"

上杉重光："遥控。"

叶鸿漪想了想，问道："所以需要提前埋好线？"

上杉重光："还有几日的时间，找好合适的关卡，就将引爆线埋好。"

叶鸿漪："成。"

第七章 时无英雄

料理居。

一盘盐烤秋刀鱼，一碟秋葵，一碗海鲜乌冬面，一盏梅子清酒。

望月葵吸了一口面，慢慢咀嚼，品着微甜的滋味。

詹勋耷拉着脑袋立在一旁，看着望月葵的脸色，待他半碗面下肚，才说道："大佐，我们已经尽力了，叶家那小子真跑没影了，我们把北平城的旅馆、妓院这些能留宿的地方翻了个遍，连桥下乞丐窝里都翻过了，真找不着人。"

望月葵又品了几筷子烤秋刀鱼，缓缓道："不见了就算了，许是已经逃出城了。"

詹勋连忙附和："是，肯定已经跑了，不然他能躲哪儿去呢？该找的都找了。"

望月葵："能找的你都找了，有些地方你也去不了。"

詹勋不解："还有啥地方是我去不了的？莫不是跑进紫禁城去了？"

望月葵想起那日在戏院里第一次见到叶鸿漪的情形，远远见到叶鸿漪和行长千金坐一起，想来两人必是有些交情。叶鸿漪若是被这些达官显贵给藏起来了，那也不是詹勋这种人能找到的。

望月葵："这北平城里，你去不了的地方多的是。"

詹勋心里一沉，望月葵这话仿佛戳到了他的痛处，他现在确实是个人物了，但终究只是个旁人眼中的地痞流氓，只能混迹在底层，在平头百姓面前耍耍威风。

詹勋想到此，试探道："以后还得靠您提携，让这北平城里多些我能去的地方。"

望月葵笑了笑，说道："你这是在向我讨官？"

詹勋："就想混出点人样来。"

望月葵："你想做什么？把公安局局长给你当，如何？"

詹勋："好啊！您不会是在拿我开玩笑吧？"

望月葵："君无戏言。"

詹勋一听这话，心里乐开了花，这些年警察局可没少找他碴儿，平日里瞅着那群人还算威风，这威风，他詹勋也想试试。以后，他就是法，管着全北平城的人，看有谁敢不服？

而对于望月葵而言，他只是在玩一场游戏，看一场笑话，做一场研究，他喜欢用矛盾的事物来研究中国人，他想看看流氓当警察，是会变得更加流氓，还是更加正义。

詹勋上前帮望月葵倒上清酒："大佐，我听说司令部的人都要去梨园听戏，您为啥不去？您不是最喜欢程梨笙的戏吗？"

望月葵摇了摇头："那是鸿门宴，我可不去。"

红门宴？大门不都是红色的吗？难不成还有绿门？

詹勋心里打鼓，他不懂鸿门宴是什么意思，但听起来似乎不是什么好事。

望月葵："程梨笙的杀意太浓，就像一把利刃。若他在我对面，那就是刺向我的刀；可我同样也能把他握在手中，将他刺向别人。"

这句话詹勋算是听懂了，问道："您是想让他去杀别人？"

望月葵："没错，留他一命，就是为了让他去刺杀别人。前些日子我不是让你的帮会帮我办件事吗？"

詹勋："您是说，散播田代皖一郎假消息的事？"

前些日子，望月葵让詹勋的帮派向民间散发假消息，说田代皖一郎不顾望月葵的阻拦，执意要攻打北平，引起北平城里民间抗日分子的关注与不满，只要田代皖一郎死了，他便可以坐上司令官的位置。

望月葵："嗯，我就坐收渔翁之利吧。"

城郊农家院。

木桌上，静静地躺着一把勃朗宁手枪，还有几盒子弹。

叶鸿漪惊讶地看向姜悦慈："这么快就弄来了！"

姜悦慈："你真的要去杀日本人吗？"

叶鸿漪欲言又止，随即摇了摇头："你还是不要问了。"

姜悦慈："为何这么说？"

叶鸿漪叹气："我不想连累你，你能给我提供这些帮助，我心中已十分感激。我的仇，我自己报。"

姜悦慈一愣，本想追问，却还是没有开口。

她很想把日军要进城听戏的事情告诉叶鸿漪，但她认为叶鸿漪的心性还需要观察，若是过于冒进，或者过于天真，都不适合执行任务。

然而姜悦慈不知道的是，叶鸿漪早已从上杉重光那里得到了情报，叶鸿漪和程梨笙，两个被命运嘲弄的人，将在同一日刺杀田代皖一郎。

二人沉默半晌，姜悦慈问道："那你会死吗？"

叶鸿漪:"或许会吧。"

姜悦慈:"看来你是想好了。"

叶鸿漪:"只是很抱歉不能告诉你。"

姜悦慈点点头:"那保重。"

接下来的几日,叶鸿漪白天去北平城里踩点,寻找适合放炸弹的关卡;晚上在农家院旁的后山里练习打枪。

短短几日工夫,叶鸿漪已经能射中五十米开外的苹果。

至于爆炸关卡,叶鸿漪和上杉重光在多番研究下,最终选定了一处铁路路口,铁路口附近的地面是沙土路,土质松软,便于埋引爆线。

十五日深夜,叶鸿漪和上杉重光换上铁路维修工的衣服,挑着一根扁担,挂着俩竹篮,在距离铁轨南边二十米远处埋下了炸弹。

由于路口处房屋树木多、遮挡视线之物林立,在此定点引爆炸弹需要一人望风报信、一人遥控引爆方可完成完整动作。

引线没有直接埋向目的地,而是绕过一圈路边的房屋,才牵至三十米开外的一家破败农房内。农房有二层楼高,二楼能观察到铁路口附近的动静,周围许多矮墙树木,偏僻不显眼,便于掩护引爆人逃走。

安装完引爆器,叶鸿漪从二楼看向铁路道口,担忧道:"如果没能及时引爆,会如何?"

上杉重光淡淡道:"那就下次再动手。"

叶鸿漪有些慌神:"下次?"

上杉重光:"我说过,你太急了。"

叶鸿漪:"或许是的,可我不想等到下次,不知道他们什么时候再进城了。"

上杉重光："叶君，你是学医的？"

叶鸿漪："是。"

上杉重光："医生面对危急的病人，应该如何？"

叶鸿漪："沉着，冷静。"

上杉重光："你不能因仇恨而失去理性的判断，那样会拿不稳你手中的刀。"

叶鸿漪闭上眼，深吸了一口气，想起自己在医院做医师助手时的情形，面对危重状况时，若不能做到冷静，那么，拿手术刀的手都是颤抖的。

叶鸿漪："现在我就是主刀人。"

上杉重光："拿好你的手术刀，机会总是有的。"

叶鸿漪："明白，到时伺机而动。"

叶鸿漪看向路口，又问道："若路上还有其他车，该如何是好？"

叶鸿漪不想伤及无辜。

上杉重光："这是个好问题，以田代皖一郎多疑的性格，他也会担心路上的安全，我会告诉我的线人，让他去建议安排车队开道，不让别的车靠近他的座驾。"

七月十六日，夜黑风高。

梨园的戏台子已经搭好了，程梨笙在后台梳妆，一旁搬箱子的大衣箱放下箱子，忍不住问道："爷，您不是说过，绝不给日本人唱戏吗？"

这几日，京城传遍了，说日本司令官一行人要进城看程梨笙的戏，一时间，指摘唾骂无数，更有戏迷扬言要砸了程梨笙的场子，要让他和娄忠堂一样身败名裂。

戏班子里亦是议论纷纷，有人不满，已经选择离开；有人虽有怨言，但念及程梨笙平日里的善待，还是留下了。

听到大衣箱的质问，程梨笙放下了手中的眉笔："这是姜行长组的局，那些日本人是他请来的客人，不满雇主请来的客人而罢演？这行里也没这规矩。"

大衣箱叹了口气："您的难处我也知道，只是现在外头都在骂您，我替您觉得不值。"

程梨笙："骂就骂呗，也不知道还能唱几出了。"

程梨笙已经做好了赴死的准备，要与日本鬼子同归于尽，为沈丹鹤报仇，为国人报仇。他现在已经把自己当个死人了，哪里还在乎外人议论他什么？今日要唱这出《昭君出塞》，一去便不能回头了。

永定门。一支日本人的车队驶入北平，前后各两辆车并排开道，夹着三辆车前行，中间一辆便是田代皖一郎的座驾。

永定门附近的公用电话亭，守候已久的线人看到车，拿起电话。

铁路道口旁电话亭，叶鸿漪正在等电话，铃声一响，接起，那一头传来简短的一句话："已过永定门。"

此次行动，叶鸿漪站在铁路口附近观察动向，上杉重光负责占据农房二楼按下引爆器，叶鸿漪用手电筒向上杉重光传递信号。

叶鸿漪用手电筒向二楼农房的方向亮了一下，告诉上杉重光，车队已过第一个门。

又过了一会儿，叶鸿漪接到第二个电话，那一头传来简短的一句话："已过崇文门。"

叶鸿漪越来越紧张，过了崇文门，车队就离这里不远了。昨天上杉重光派人将另一条路的下水道给堵了，现在路面被封，正在清理淤堵，因此车队一定会走这条路。

果然，不一会儿，叶鸿漪隐约看到远处的车队，他向上杉重光亮了两下，示意他车队逼近。

此刻，路上没有车，也没有人，铁路口这一段相对偏僻，周围住的人不多，没有商街，群众大都待在家里。

叶鸿漪的心脏猛烈地跳动着，此时，他的手正摸着腰间的手枪，只待车辆靠近爆炸点，他便向上杉重光发出最后示意，上杉重光会按下起爆器。

车辆近了，近了，开路的两辆车的灯十分耀眼。

更近了，前排开路车已经驶过爆炸点，就在叶鸿漪准备给上杉重光发出最终信号时，突然不知从何处蹿出两个七八岁的孩子，在路上打闹。

车队发出鸣笛，声量巨大，吓得两个孩子不但没躲开，反而傻站在路中间，这时路边又突然蹿出一个妇女，一把拽过两个孩子，提到路边来打屁股。

叶鸿漪又急又恼，就这么眼看着车队驶过了爆炸点。

原本周密的计划，竟然被两个孩子给打破了，叶鸿漪十分懊恼，转身回了农房。

上杉重光见到叶鸿漪连忙问道："为何没给信号？"

叶鸿漪十分恼火："突然跑出来两个孩子。"

炸弹的攻击范围五米左右，那俩孩子离车太近，若贸然引爆，非死即伤。

上杉重光："你也不必懊恼，这种情况常见得很，也在我的预料之中。"

叶鸿漪："接下来怎么办？"

上杉重光："再等等。"

果然如上杉重光的预料，日本兵将戏院甚至后台都搜了个遍，连戏台上的摆设也没放过，所有桌椅底下也翻找了一遍，确定没有任何可疑物品后，才去通报。

姜昱淳带着几名下属将田代皖一郎等人迎入席间，一楼台前特地布置出二人的专属桌椅，桌子上也已摆好了茶水和丰盛的食品。

姜昱淳一脸赔笑："司令官请。"

田代皖一郎也用蹩脚生硬的汉语回礼道："姜先生请坐。"

众人坐定，锣鼓声响，程梨笙已扮作王昭君，头戴雉翎，身披红裳，抱着一把金边玉头琵琶上台来。

只见"昭君"几步一回头遥望汉庭，悲愤开唱：

"别离泪涟，怎忍舍汉宫的辇。无端反贼弄朝权，汉刘王，特煞柔软。那文官齐齐全无用，就是那，是那武将森森也是枉然。却将我红粉去和番，臣僚呵，于心怎安？于心怎安？王昭君，一俟海枯石烂，手挽着金镶玉嵌的琵琶儿一面……"

台下，田代皖一郎眉头蹙起，抬手示意停下，姜昱淳见状，连忙喊停："停，先别唱了。"

戏院里突然静了下来，众人不知田代皖一郎何意，纷纷看向他。

台上，程梨笙问道："为何要停？"

田代皖一郎缓缓起身，冷冷道："姜先生，你们这是何意？竟小瞧于我？"

姜昱淳急忙起身询问："田代先生，您为何这样说？我是诚意邀请您来听戏，何出此言啊？"

田代皖一郎冷笑道："姜先生，您平日里应该不常听戏吧？"

姜昱淳尴尬地笑了笑："确实如此，您有何指教？请说。"

田代皖一郎看向程梨笙："素闻程老板是京城第一角，我多番邀请，您也不肯光临寒舍，此番前来，原想一睹先生过人风采，却不料，您竟然糊弄我。"

程梨笙此刻心中惊慌不已，他倒不怕被人骂改戏，只是他现在手中的琵琶里，藏着一把袖珍手枪。

程梨笙："您是怪我改了戏？这些日子北平城里不太平，咱这戏班子也留不住人啊，人走了不少，只能由我唱独角戏了，还望您多担待。"

田代皖一郎："何止是改戏！为何连手中持物也改了？"

程梨笙虽不怕死，但他不希望在达到目的前就被日本人察觉到，田代皖一郎现在正盯着他手中的琵琶，他生怕被对方发现琵琶有秘密，强装镇定解释道：

"这不是为了应词里的景吗？手挽着金镶玉嵌的琵琶儿一面。中国有几句古诗：'弦弦掩抑声声思，似诉平生不得志。低眉信手续续弹，说尽心中无限事。'少女即将与家乡永别，心中惆怅，只能用琵琶的乐声来表达。"

程梨笙的解释挑不出错，这也是他早就想好的说辞，只是若在平日，他是决然不会这么做的。

田代皖一郎："王昭君本是手持节杖，她是和亲公主，更是大汉的使者，舍身换取黎民百姓之平安。此番改成琵琶，却是将一个伟大的女人，改成了只知悲悲戚戚的庸脂俗粉。"

程梨笙心中一震，没想到这个日本鬼子竟对中国的京剧有这般见解。

程梨笙："看来您是懂戏的。"

田代皖一郎："可是程先生让我失望了。"

田代皖一郎说完，便转身离开了戏院，留下姜昱淳一脸难以置信。

待戏院走空，只剩程梨笙一个人站在台上，愣愣地看着这空场子。

他原本练习了无数次的动作，在转身时从琵琶肚里拿出手枪，藏入水袖中，再待靠近台前时便可举枪射击。

可他万万没想到，正是为了刺杀一事设计的改戏，竟然将刺杀目标给气走了。

程梨笙痴痴地站在台上，继续唱道：

"怀抱琵琶别汉君，西风飒飒走胡尘。朝中甲士千千万，始信功劳在妇人。愁默默，恨沉沉，咬牙切齿恨奸臣。今朝别了刘王去，若要相逢，若要相逢，一似海样深……"

铁路道口农房内。

叶鸿漪脑子飞快转着，今晚机会难得，即便再冷静，他也不想错过。

叶鸿漪："就是不知道这戏要唱多久，等他们出来，也会走这条道吗？"

上杉重光："不出意外的话，会的。"

刚说完，铁路道口传来鸣笛声，二人从窗口见到铁路的闸杆缓缓放下，有火车要过来了。

叶鸿漪："我还是先去路边守着吧，若看到了车队，我给你亮灯。"

说完，叶鸿漪便下了楼回到铁路道口旁。

伴随着鸣笛声，绿皮货车驶过，车轮与铁轨之间发出咣当咣当的声响，叶鸿漪突然好奇，这辆车是驶向何方的？

不一会儿，火车驶过了道口，叶鸿漪的目光却被路北面的几束灯光所吸引，定睛一看，叶鸿漪傻了眼，赫然出现在他眼前的，竟然是田代皖一郎的车队！

虽不知梨园的戏要唱多久,可叶鸿漪万万没想到这么快就结束了,他还想着至少要等一个小时,却不料目标就这么突然出现在眼前!

叶鸿漪连忙用手电向农房示意,他怕上杉重光没注意,还将电筒闪了三次。他心中很急,他不知道上杉重光现在是否在窗口边,因为谁也没想到车队会这么快折返,可是叶鸿漪已经没有时间回到农房通知上杉重光了,他心中只求上杉重光看到了他发出的信号。

铁路的闸杆升起,车辆启动,车队缓缓开过铁路,因刚提速,车队行驶速度很慢,向着路南驶来。

三、二、一……躲在墙后的叶鸿漪默数道。

轰!

一声震天巨响,上杉重光没有让叶鸿漪失望,炸弹引爆了!

叶鸿漪从墙后探出头,只见眼前尘土飞扬,车队中间三辆车全部炸翻,哭号声不断。他来到中间翻倒的车旁,一眼认出后座的田代皖一郎,这些日子,他每天都会看田代皖一郎的照片,这个恶魔的脸已经深深烙印在自己脑海中。

车上四人都见了血,田代皖一郎口中骂骂咧咧,待他睁眼看清时,叶鸿漪的枪口已经出现在他眼前。

砰,一枪正中心脏。

砰,一枪正中眉心。

卢沟桥战役的魔鬼头子,死在了叶鸿漪的枪下。

原本叶鸿漪还想杀掉车里其他人,但猛然想起上杉重光跟他说过,他有线人在司令部,叶鸿漪怕错杀线人便没有继续开枪,眼见着前后的开路车上下来了几个日本兵,叶鸿漪拔腿就跑。

砰砰砰!子弹从叶鸿漪耳畔划过!

砰砰砰!又是几声枪响!

叶鸿漪只觉左臂一阵剧痛，中枪了！又听见身后的日本兵用鬼语叽里咕噜喊了几句，便没有再开枪。叶鸿漪明白，他们是想抓活的，可若是落到日本人手里，还不如现在就死了呢。

叶鸿漪一路逃，他特意选择了与农房相反的方向逃走，希望上杉重光已经逃离现场。

很快，叶鸿漪便混入了胡同中，甩开了日本兵。

铁路道口旁，田代皖一郎的尸体被抬出放在路边，副官牵起炸弹的引线，一路拖曳找到了放置起爆器的农房，此处已人去楼空。

叶鸿漪满头大汗，他找到一处桥下，借着月光一看，子弹并没有打穿他的胳膊，而是擦着左臂过去了，只是擦得有些深，左臂裂开了一条很深的大口子，剧痛感让他以为胳膊中弹了。

叶鸿漪将衣服脱下，缠住了左臂的伤口，他现在急需一些纱布、止血药和消炎药。

叶鸿漪凭着记忆一路走去，他记得前方不远处的豌豆胡同里，有一家小诊所……

望月葵收到了军方的通报，田代皖一郎遇刺身亡，但日方不愿刺杀事件影响军队士气，对外通报田代皖一郎因突发心脏病去世。

望月葵对这个结果很满意，只是，他原本以为田代皖一郎会死在程梨笙的戏园子里，却不料他是在返程途中遇袭，看来他的谣言奏效了。除了程梨笙，还有许多人想杀田代皖一郎，他很想知道这个刺杀者是谁，更重要的是，他现在亟须抓到此人立功，坐到最高司令官的位置。

望月葵看向身旁的詹勋："刺杀田代的凶手跑了，目击者说是个年轻男子，不胖不瘦，不高不矮，左臂中了枪，你带你的人去找找吧。"

詹勋面露难色："大佐，这么大的北平，我上哪儿找？您给指个路？"

望月葵啜了一口清酒，淡淡道："凶手不是受伤了吗？先找找那附近的医院和诊所吧。"

叶鸿漪的伤口已被包扎好，出诊所后，正想联系姜悦慈送他出城，只觉背后的光被阴影给罩住了。他回头一看，詹勋正带着几个人来到诊所门口。叶鸿漪心中大感不妙，加快了离开的脚步。

这条胡同很暗，詹勋原本没注意到巷子里有个人，可叶鸿漪加快的脚步声引起了詹勋的注意。

詹勋："谁啊？站着！"

叶鸿漪拔腿就跑，詹勋的人立刻追了上去。由于左臂受伤严重，叶鸿漪的肢体无法平衡，很快就被詹勋一伙人追上，李四为首的几个喽啰一个猛子扑过去，将叶鸿漪死死压在地上。

叶鸿漪被压得脸朝地，痛苦挣扎："放开我……"

詹勋看了眼挣扎之人的左臂，笑道：

"哟，刚包扎的？血都渗出来了？哟，咋受伤的？铁路口被子弹打伤的吧？哎哟，倒霉了这么几天，终于碰到一件好事了，一出手就让老子给逮着了。都起开，让我看看是哪路好汉敢刺杀司令官。"

詹勋因为找不到叶家小儿子的事，这些日子没少被望月葵骂，比起挨骂，他更害怕被望月葵放弃！他原本以为又是一次大海捞针，没想到刚刚赶到这边，就抓到了！

压在叶鸿漪身上的小喽啰们起身给詹勋让路，詹勋俯下身，一把将叶鸿漪提了起来，詹勋一看，愣住了，随即大笑道："原来是你小子啊！他妈的，你丫让老子好找啊！"

说着，詹勋抡起拳头，将这几日找不到叶鸿漪的怒气全部发泄出来，一击重拳捶到叶鸿漪头上，叶鸿漪闷声倒下，没了动静。

第八章 竖子成名

"看报了看报了啊！日本驻屯军司令田代皖一郎被杀！"

"走过路过，日本司令被暗杀，看一看，瞧一瞧。"

七月十七日，北平大街小巷的报童手中挥舞着报纸，头条新闻便是田代皖一郎被刺杀身亡一事，配图是田代皖一郎的军装照和铁道路口的惨状。

一只纤细的手将十个铜板放到报童手中，拿走了一份报纸装入手提袋里，匆匆离去。

梨园里传来收音机的广播声，是蒋介石发表的庐山抗战声明：

"如果战端一开，那就是地无分南北，人无分老幼，无论何人，皆有守土抗战之责任，皆应抱定牺牲一切之决心。我们只有牺牲到底，抗战到底，唯有牺牲的决心，才能博得最后的胜利！"

梨园后院，程梨笙惊讶地看向姜悦慈："叶鸿漪？真是他？"

桌子上放着报纸，文中只写了遇袭时间和地点，并未详述，最后附上一句，凶手已被抓获，将被公开处刑。

姜悦慈："他一直被望月葵追捕，我给他在城郊安排了一个住处。前日他说他要去杀日本人，应该是得到了田代皖一郎要进城的消息。"

程梨笙："那日，我本想请他帮忙，让他帮我一起杀了望月葵，他说与我道不同，我便没有强求。现在看来，道不同，却殊途同归。"

程梨笙心中百感交集，他昨晚意外失手没有完成的事，居然让叶鸿漪做到了。

姜悦慈："我打听过，现场是先引爆了炸弹，然后他上去补的枪，而引爆器在三十米外的一间农房二楼，这么短时间他不可能来回，一定有人帮他。"

程梨笙眉头紧蹙："他若不交代出同伴，日本人一定会折磨他的。"

阴暗的刑房里，叶鸿漪被捆在柱子上，脸上青青紫紫，已经肿胀得认不出原型，额头处少了一块头皮，鲜红的肉露出，向外渗着血。

衣裤已经被鞭子抽成了红色的碎布条，叶鸿漪全身没有一块皮肉是好的，左臂被子弹擦伤的伤口已经裂开，隐约见骨。

刑房里弥漫着浓重的血腥气，几只苍蝇嗡嗡围着叶鸿漪转悠，时不时停在他的伤口上饮血食肉。

詹勋拿着鞭子站在一旁叉着腰。

詹勋："你他妈再不说，老子就给你上电刑了。"

烙铁、电刑、老虎凳……各种酷刑这里应有尽有，詹勋之所以还没把叶鸿漪送去受酷刑，只是因为觉得拿鞭子抽人很爽。

这活还不能让别人干，就得自己亲自抽，深一鞭浅一鞭都由着他的心情，肩膀带动肘关节这么一抡，鞭子扬起时的律动伴随着嗖嗖的鞭绳抖动声，啪，狠狠抽在叶鸿漪的身上，连皮带肉从他身上扯下来，这种快感，可比揍人一拳有趣得多。

一旁，望月葵稳稳坐在老爷椅上，解宝立在他身旁一边看着。

望月葵："只要你交代，谁是你的上级，谁指使你这么做的，你的同伙是谁，我就可以给你安排一个好的牢房，何必受这苦？"

叶鸿漪从一开始的咬紧牙关不说话，到现在的有力气也说不出话，已经煎熬了一夜，他只后悔没有及时拔枪自尽，总好过在这儿遭受非人的待遇。

见叶鸿漪不说话，詹勋又抽了几鞭子。

詹勋："大佐，这小子嘴太硬，要不就把这小子送去电刑吧？"

望月葵摇摇头："还不急，你先收手。"

詹勋闻言，连忙站到一旁。

望月葵："中国人很喜欢当硬骨头，仿佛只有这样才能证明自己是条好汉，可我并不这么认为，执拗和顽固是愚蠢的，识时务者，方为俊杰。日本人来到中国，是为了谋求共同发展，而你们的总统愚昧守旧，只愿死守自己的荣耀，不愿与友邦交流、共同前进。如今西方国家日益强大，他们各国王室之间有联姻，是稳固的同盟，而东方国家却在斗争，在各自为政，如此这般，如何才能超越西方？日本不是中国的敌人，两国休戚相关，荣辱与共。"

叶鸿漪耷拉的头微微抬起，他嘴唇破了，生疼，发声有些漏气，便一字一句骂道："将侵略中国说得如此冠冕堂皇，共同发展？既有这等好事，何不将中国的军队，请到日本去？你们占了东北，鱼肉中国百姓，还给自己脸上贴金！卑鄙，无耻，龌龊。"

望月葵此时已经颇费了不少口舌，见叶鸿漪依旧不为所动，软的不行，那就继续来硬的。

"叶君年轻，还留过学，不应当如此冥顽不灵。你想清楚了随时找我。"望月葵给詹勋示意了一个眼神便离开了。

詹勋也懒得跟叶鸿漪多说废话，继续拿鞭子蘸了盐水抽他。不一会儿，詹勋自己打累了，想去歇息，嘱咐一旁的解宝道："打得老子累死了，你再问问，这小子若还不招幕后指使人是谁，你就拿刀片了他，让他尝尝凌迟的滋味。"

叶鸿漪被折磨一夜，现在已是半死，几近晕厥。

解宝听着门外的声音，詹勋已经走远，便来到叶鸿漪身旁，低声说道："兄弟，我敬你是条汉子，也不想为难你，你若不说，那些日本人不会放了你的。"

叶鸿漪嘴唇动了动："唱完红脸唱黑脸，唱完黑脸，又来唱红脸，你们别费工夫了，这事就我一人干的，无他人，问我多少次也是这样。"

解宝叹气道："我可没想给你唱什么脸，实在不行，你瞎说一个，就说你不知道名字，再随便扯个什么长相，他们要找也得找一阵子，你何必受这个罪？"

叶鸿漪冷笑："我又不傻，我就算说了也是一个死。他们也不傻，我若说个假的，他们也能查出来。"

解宝有些不耐烦："你这人咋就不听劝呢？年纪不大这么顽固！就算最后还是落个死，死痛快点不好吗？你可别以为现在抽你两下就是厉害的了，那不要命的法子还在后头，能让你生不如死，何必呢？"

解宝还想多说几句劝劝叶鸿漪，却见叶鸿漪眸子紧闭，已经晕过去了。

梨园中，姜悦慈此刻心如刀绞，日本人的手段她是知道的，有些志士宁可死也不愿意落在日本人手里，因为那酷刑极其残忍，没有多少人能扛得住。

姜悦慈："我想救他，我知道这样不理智，可是他不应该死在日本人手里。"

程梨笙："报纸上说，日方会公开处刑？"

姜悦慈："他们是想杀鸡儆猴，告诉北平的百姓和抗日人士不要轻举妄动。"

程梨笙："那便更不能让日本人得逞。"

姜悦慈："你也觉得应该救？"

程梨笙："应该怎么救？他被关在哪儿了？"

姜悦慈："应该是被关在北平特务机关里，那个地方，我们肯定进不去的，只能等处刑当日动手了，到时候现场的人多，我们可以制造混乱。"

程梨笙："希望他能活到上刑场的那一天。"

胡同的酒馆里传来闹哄哄的笑声，詹勋在望月葵面前立了功，得了赏钱，心情大好，带着解宝一行人来酒馆开荤。

旁的小弟们坐了几个大桌，吃香喝辣，喝酒划拳，詹勋和解宝却坐在角落的隔间里，詹勋脸上带着醉意，看着那帮小弟，十分得意。

詹勋："总算把那小子逮着了，能给大佐一个交代。"

解宝神色凝重："勋哥，你真的想当汉奸吗？"

詹勋哈哈一笑："解宝，这话要是别人跟我说的，我就直接一枪崩了他，可我把你当我过命的兄弟，你说啥，我都不跟你计较。"

解宝："他杀了日本人，让日军攻打北平的进程推迟了；你却抓了他，帮日本人折磨他。勋哥，你当真问心无愧吗？"

詹勋："我流浪街头的时候，这个城市的人正眼看过我吗？他们冷漠、无情、自私，他们不配让我有愧。"

解宝："可是曾经有位大姐帮过你不是吗？她给了你钱和过冬的衣服。"

詹勋："然后我就被抢了，还挨了一顿打。"

解宝："你只记得这个城市对你的残酷，却不记得这个城市对你的好，将一些阴暗角落里的恶，记恨在这个城市所有百姓的身上。"

詹勋："没错，我就是恨他们，能让曾经高高在上的人对我俯首称臣，我很开心。"

解宝："你真的变了，我刚认识你的时候，你不是这个样子，你既然平等地恨着这里每一个人，你当初为何要救我？"

詹勋沉默良久才道："因为我觉得，你跟我很像，生来人下人，想当人上人。可你竟然不痛恨这个城市，反倒让我觉得很奇怪呢。"

解宝和詹勋有着极其相似的经历，六岁时就成了孤儿，和哥哥一起当了乞丐，在北平城里到处流浪，乞讨饭食，遭人欺凌。在街头巷尾混迹时，解宝学了一身耍双刀的本事，一来为了自保，二来为了抢食，三来想靠这身本事混出个人样。

然而一日兄弟俩在郊外农家帮工时，遇到了日本兵，日本兵烧杀抢掠，解宝的哥哥被日本兵杀害了，解宝则被詹勋所救，从此解宝就认詹勋是自己的哥哥。

解宝觉得詹勋讲义气，是条汉子，虽然平日里在外时常浑球儿，但对自己没的说，两人一起出生入死，才在北平站稳脚跟。

然而他万万没想到，詹勋居然带着弟兄们投靠了望月葵，解宝觉得这个帮派越来越难待下去。

起初詹勋还只是帮日军的特务机关打打杂，带他们打通些北平城的地下关系，帮他们找找人，威胁一下不听话的抗日分子，可是到后面就发展成帮日军抓中国人、审讯动刑，甚至杀害中国人。

解宝无数次想过要离开，却又不想看着詹勋一步步深陷泥潭。拜把子时说好的,不求同年同月同日生,但求同年同月同日死,让他潇洒离去,他做不到。

解宝:"谁欺负我我恨谁,我不会将仇恨转嫁于无辜之人身上。"

詹勋:"你啊,执拗,等你想通了,就知道我是为了大家好。"

解宝依旧不甘心:"叶家那小子你打算怎么办?你失手打死他爹,算是欠了叶家一条人命,不如放过他吧。"

詹勋原本打着哈哈的脸瞬间垮了下来:"你最近是咋回事?怎么变得娘们儿叽叽的?老子杀人还要算账目吗?"

解宝尴尬地笑笑,摇了摇头:"我就是看他可怜,问问。"

詹勋:"你最近是不是信基督了?跟着那群老太太一起歌颂圣母玛利亚?你可怜他?他想杀老子,你还可怜他?那天晚上要不是你在,你他妈现在就该在义庄陪老子喝酒呢。"

詹勋嘭地将酒瓶子磕到了桌子上,一旁的小弟们听见这动静,纷纷回头不敢再喧哗。

酒馆里一时冷了下来,小弟们都吓傻了,他们可从没见过老大和二当家的黑过脸。

酒馆的冷场突然让詹勋冷静了几分,他叹了口气:"也得亏那天晚上是你在,来,接着喝!"

众人见詹勋没事了,又开始各自热闹起来,解宝也拿起酒瓶:"勋哥,天色不早了,我最后再陪你喝一瓶。"

此时,新上任的最高司令官香月清司正在会见一个人——驻守北平的二十九军军长宋哲元,日军久攻北平不下,便向中方提出会晤。香月清司向宋哲元表示,愿意与北平展开谈判解决争端。

宋哲元心中十分犹豫,一方面,眼前这个日本人似乎诚意满满,他也不愿损失兵卒,这几日他们死守阵地,已有不少士兵阵亡,若能和平解决，何乐而不为呢？可另一方面，蒋介石一直来电警告他，不要对日军抱有任何幻想。

蒋委员长语气虽硬，可他一直都在向中共那边发难，此时抗日的决心到底有几分？宋哲元犯了难，若是他决心抗日，蒋介石那边却决心不定，自己岂不是前有劲敌、后无补给？没有后盾，全军将士莫不是要活活葬送在此？

宋哲元既不敢冒进，亦不敢懈怠，只能继续坚守。

深夜，酒馆的热闹散了，小弟们各回各家，解宝将詹勋扶出了酒馆。

詹勋喝多了酒吃多了肉，走了几步觉得胃里不舒服，想吐，又觉得肠子也不舒服，想拉。

詹勋醉醺醺地说："我要解手，解手。"

他跌跌撞撞朝着一旁的胡同走去，解宝连忙跟上。

詹勋："解手，去哪儿解手？"

詹勋撞到墙边，正要脱裤子准备拉在墙角，连忙被解宝拦住了。

解宝："勋哥，这里是胡同，住着人的。一会儿人出来了，见你在这儿拉，传出去要在小弟面前丢人的。"

詹勋："老子的裤裆兜不住了，那你说去哪儿？"

解宝左右一环顾："那边有条河。河边草多，你去那儿。"

詹勋："走！"

詹勋朝着解宝指的方向快步走去，穿过巷子，果然有条小河，刚才还能憋得住，一见能解手了，便觉得这前后门把不住了，詹勋连忙三步并作两步冲到河边，也不顾脚下蹚着河水湿了鞋，直接脱了裤子畅快起来。

解宝跟在后面出了巷口，远远见着詹勋正蹲在河边，草丛遮住了他的屁股，只冒了个脑袋，但那熏天的臭气很快溢满了这一片。

河流并不宽，若再浅一点就只能称为溪水了，水流汩汩，倒映着天上渐盈的凸月，四下无人，除了詹勋的屎尿屁声，便只剩蛤蟆知了的叫唤。

解宝走到詹勋身后，默默抽出蝴蝶刀，犹豫片刻又将刀收回。

詹勋此刻觉得畅快，喉咙里又哼起了调调，下一刻，他的头被提溜起来，被人一头按进了河里。詹勋正想挣扎起身，后背却被人狠狠压住，只觉得是有人骑在他身上，可他喝多了酒，浑身使不上劲。

"解宝……救我……"詹勋的嘴在泥水里嘟囔。

解宝呢？他不是就在我后面吗？没跟上吗？是他妈谁要害老子？谁？等老子起身弄死你……弄死……

河水里冒着泡，渐渐没了声息。

詹勋就这么死在了河里，上半身子泡在河水中，下半身子浸在自己的屎尿里，光着屁股，谈何尊严？

詹勋的尸体翌日一早便被胡同的居民发现了，警察赶到后捂着嘴给詹勋的死因定了性：醉酒后解手时倒在河边淹死了。

一个被淹死的酒鬼没啥值得深究的，只是北平恶霸酒后被淹死，倒是一时之间成了笑料和谈资，老百姓纷纷表示恶人自有天收。

解宝接管帮派成了新老大，也接手了用酷刑撬开叶鸿漪嘴巴的任务。

望月葵并不喜欢解宝，他的直觉感受到这个人的眼神透着不羁，并不是他能轻易拿捏的，只是眼下没有更好的替代品，不如先看看他的表现。

解宝的表现出乎望月葵的意料，第一天就拿到了叶鸿漪的口供，说他的同伙是一个中年男子，长脸浓眉，并不知道对方名字，只是按照要求办事，叶鸿漪的诉求只是想杀日本人为父亲报仇，并没有探究对方身份。

这个结果对望月葵来说也是意料之中，情报工作者通常是不会交代真实姓名的，不过他还是安排了人手去找。

叶鸿漪终于从刑具上被放了下来，被拖去了牢房里。

叶鸿漪刚醒，便看到了解宝。

叶鸿漪："你还是替我编了一套说辞。"

解宝："剩下的你自己圆吧。"

叶鸿漪："有什么用？最后他还是会杀了我。"

解宝："若不圆下去，接下来就是烙铁、电击、狗咬、扒皮，还会折断你的骨头，直到把你的四肢硬生生从你身体上扯下来。"

叶鸿漪纵然做好了各种心理准备，听到这话不免还是一个寒战："你怎么知道这些？"

解宝："我见过，所以你好自为之。最后告诉你一个消息，詹勋死了。"

叶鸿漪看着解宝离开的背影心中百感交集。他不知道这个接手詹勋的日本人走狗是不是也该死，但他确定，对方想让他活。

詹勋死了吗？哈哈哈……叶鸿漪笑了起来，可紧接着，大笑牵动着伤口又让他痛苦起来，痛苦的笑容让他此刻看起来十分扭曲。

可惜杀不了望月葵了，不过现在已然无憾。叶鸿漪瘫倒在冰冷潮湿的地下牢房内，从容安静。

七月二十五日，香月清司提出最后通牒，他告诉宋哲元，日军将于二十八日对北平进行总攻，限期让二十九军的部队撤出北平，以免造成不必要的伤亡。

宋哲元坚决拒绝，退回了通牒，终止谈判，并告诉香月清司，二十九军一定会应战！

当晚，宋哲元像往常一样，接待了自己的老友兼司令部高级顾问潘毓桂。宋潘两家的父辈本就是至交，潘毓桂出入宋哲元的办公室就如同出入自己家一样自由，在这里，没有人会拦着军长的挚友。

宋哲元与一众士官商讨抗日战局规划，潘毓桂则站在一旁旁听，看着地图上圈圈点点的驻军势力。许久，众人为这场硬仗感到不安，纷纷沉默思考对策。

这时，潘毓桂才开口说道："不如撤出北平，以免造成更多伤亡，不如先撤到南方与蒋介石的其他部队会合，整合兵力后再反攻北平。"

宋哲元立刻摇头："攻城可比守城难，何况城中这么多老百姓，难道丢下他们不管了吗？"

这几日，日军不断找突破口试图攻下北平城，宋哲元便知日军并无谈判的诚意，前些日子香月清司的所谓谈判，不过是想麻痹中国军队的虚招，现在必须放弃幻想，全面迎敌！

潘毓桂也不多言语，只默默在一旁听着宋哲元的军队部署，偶尔应和几句了事，地图上南苑的薄弱兵力已经印入潘毓桂的脑海中。

是夜，一个青年士兵的身影没入北平城中，他与叶鸿漪有着一模一样的容貌，只是此刻他已是灰头土脸，全无青年人该有的精神气。

七月七日以来，叶凤城仿佛在经历炼狱：子弹从他身旁呼啸而过，耳边不断传来炮击声、爆炸声，战友们一个个倒下，抬下来一批，又顶上去一批，许多往日里和他一起训练的战友再也没有醒来。

他先是麻木，后来开始害怕，想起自己的父亲和弟弟，心中十分不安。上个月，父亲还托人给他捎了口信，说弟弟叶鸿漪要回国了，他已经五年没有见过弟弟，不知道这小子现在咋样了。还有父亲叶茂才，这几年身体不大好，老中医说他脑子里有瘀堵，让他小心中风。

这几日战况愈烈，叶凤城想回家看看的欲望越发强烈，终于，他在今晚选择离开了军营，前方的战火即将蔓延进北平城，他想告诉父亲和弟弟，快走！

芝麻胡同，家家门户紧闭，叶凤城推门进入许久未归的家，却见家中黑漆漆一片，不见父亲，也不见弟弟，去哪儿了？莫不是见北平有危险，已经带着细软离开了？

叶凤城松了口气，若真是离开了，倒也好，只是心中有许多话还没跟他们说，不知道以后是否还有机会了。

叶凤城正准备敲李叔家的门，想询问一下父亲和弟弟的去处，却听见远处传来寻人的声响，他连忙躲入一旁的暗巷中。是军法队进城了，正在各处巡逻，抓离队的逃兵。军法队的人进入叶家，查找了一番，没有人，又开始挨家挨户敲门询问，问是否见到叶凤城回家。叶凤城见状连忙逃走，隐入了黑暗中。

叶凤城此刻大脑一片空白，他只是想回家看看，可是还没确认父亲和弟弟的去向，自己怎能安心归队？

跑着跑着，忽然远处传来女孩喊救命的叫声，叶凤城连忙循声追去，只见三个男人正在路边角落里凌辱一位妇女。

叶凤城见状怒吼："你们做什么？滚！"

叶凤城冲上去推开三个男子，却被为首的人反揍了一拳。

被欺凌的妇女趁机跑掉了，三人恼羞成怒，嘴里叽里咕噜说着鬼语，叶凤城这才明白，眼前这三个人是日本人，见他们穿着盘扣衫子，还以为是北平街头的地痞流氓。

那三人看着叶凤城身上的军装，用鬼语交流了几句。他们正是日本特务机关的人，三人看中了叶凤城的军人身份，商量着若是抓到他，也能立功，没准能知道更多中国驻军的情报，于是三人便向叶凤城扑过来，与之扭打在一起。

叶凤城双拳难敌六手，很快便被日本特务制服，逮去了特务机关。

望月葵原本没打算见叶凤城。他听说抓来一个中国士兵，仔细一问，得知只是一个低等士兵，可能还是个逃兵，便没了兴趣，毕竟这种等级的士兵能知道什么驻军情报呢？可是前来汇报的手下坚持让望月葵见一见，他便同意了。

见着眼前的叶凤城，望月葵终于明白为何手下坚持让他见一见了，确实有趣极了：他只听说叶鸿漪有位哥哥，却没想到是双胞胎。

望月葵："以前在军营里见过几对双胞胎，但没见过你俩这么像的。"

叶凤城有些诧异，眼前这个日本人的汉语竟然说得如此流利，这个日本人说什么长得像？难道……叶凤城连忙问道："你见过我弟弟？"

望月葵："你还不知道？你弟弟刺杀了田代皖一郎。"

叶凤城不敢相信自己的耳朵。前些日子他听说最高指挥官田代皖一郎被一个青年给枪杀了，导致日军进攻北平的时间延迟，可他万万没想到，这位义士竟然是自己的亲弟弟。

望月葵："你俩多久没见了？"

叶凤城："五年。"

望月葵淡淡一笑："那我让你见见他。"

叶凤城诧异地看着望月葵，然后被带出了望月葵的办公室。

并非望月葵大发善心想让亲兄弟重聚，他只是觉得这一切变得有趣了起来！他想成为这场游戏的掌控者，而这对双胞胎兄弟，则是被他观察研究的对象。

牢房中，叶鸿漪正瘫在草垫子上，身上的血印已经结痂。见到狱卒推进来一个人，起先也没力气正眼看，却听见久违的熟悉的声音喊他：

"鸿漪？"

叶鸿漪抬了抬沉重的眼皮子，他这辈子也不会想到，与亲哥哥叶凤城的久别重逢，竟然是在这昏暗恶臭的牢房里。

叶鸿漪嘴唇动了动，才喊了句："哥？"

叶凤城蹲在叶鸿漪身旁，本想抱住他，却见他伤痕累累，怕碰疼了他。

兄弟俩五年未见，这些日子又经历巨变，心中有万千句话想说，却不知从何说起，一时相顾无言。

"我听日本人说，你杀了田代皖一郎？"许久，叶凤城才开口问道。

叶鸿漪："嗯。"

叶鸿漪只知道自己杀了个日本军官，也不是什么多难的一件事，他此刻并未意识到这件事情的意义是什么，更不知道此刻自己已在外声名大噪，北平百姓虽大都还不知这位义士的尊姓大名，但都知道有位青年人干了件大事。

叶凤城："你很勇敢。"

叶鸿漪却疑惑："哥，你怎么被关进来了？"

叶凤城犹豫了一下，说道："被抓着了。"

叶鸿漪："没想到我们久别重逢，却是在这里等死。"

叶凤城十分伤感："当初，父亲希望咱俩一文一武，也是希望一且有战乱，咱兄弟俩至少能保一个，现在我们都进来了，今后谁给他养老送终呢……对了，咱爸还好吗？"

叶鸿漪微微一愣，才意识到叶凤城并不知道叶茂才已经去世。

叶鸿漪："他挺好的，我跟他说北平不安全，让他走了。"

叶鸿漪不想告诉叶凤城父亲已经死了，既然兄弟俩命数已经走到头，何苦让他再多一件伤心事？若是人真的有灵魂，那死后一家子也能团聚。

叶凤城追问道："他去哪儿了？"

叶家生长在皇城根下，城外并无亲戚，叶鸿漪一时编不出什么瞎话，忽然想起南洋自己有些朋友，便说道："安排他坐船走了，我南洋有些朋友，让他先去那边避难。若是咱俩还能有命活着出去，就去南洋找他。"

二人又聊及贝勒爷载澈。叶凤城在军营里就听说了王府的事，他待贝勒爷如干爹，很是难过。只是与叶鸿漪谈论起儿时在王府的事，便不是那么愉快了。童年对于叶鸿漪来说，是不公平的回忆，父亲永远偏袒叶凤城许多。

叶鸿漪一直觉得是自己还没混出人样来，才被父亲看不上，他原想着干一番事业，让父亲刮目相看，可是他没有等到那一天到来。

如果父亲现在还活着，会怎么看待他呢？觉得他是英雄，居然敢杀日本鬼子；还是觉得他是狗熊，做些莽撞行为把自己的命给丢了？不管是哪种，应该都会觉得哥哥更好吧？堂堂正正当军人，上战场直面敌人，威风凛凛。

许久后，望月葵竟然来到了牢房内。叶鸿漪从望月葵的神态断定，他是在看热闹。

而就在刚才与叶凤城的对话中，叶鸿漪基本确定了一个猜想。

望月葵："亲兄弟久别重逢本是喜事,可惜给你们的时间不多了,等我们拿下北平,就会拿你们公开处刑,有什么话,就赶紧说了吧。"

叶鸿漪："把我们放了。"

此言一出,不只是望月葵,连叶凤城都愣住了。

望月葵："你是在与我说笑吗?"

明明死到临头,居然还痴心妄想自己能出去?一个是暗杀者,一个是中方士兵,这两个都不可能活着出去,会被作为杀鸡儆猴的代表推到北平的街头处死,以震慑平民。

叶鸿漪冷笑:"没有说笑,望月葵,若是你的长官们知道,你是故意借刀杀人,他们会如何看待你?"

望月葵脸色微微一变:"此话何意?"

叶鸿漪:"我这几天在牢里,想清楚了很多事,比如,你作为日军的参谋长,为什么会放任田代皖一郎进城看戏,你自己却不来?"

望月葵:"你有何看法?"

望月葵来了兴致,示意手下拿来椅子,他就坐在牢房门口听叶鸿漪说。

叶鸿漪:"你想借我们的手,杀了田代皖一郎,并取而代之。"

望月葵心口一震,叶鸿漪一语中的,说中了他的目的。

望月葵:"这不过是你的猜测,即便真的如此,你又能怎样?这并不是你跟我谈判的筹码。"

叶鸿漪:"你想把我和我哥哥公开处刑,无非就是想杀一儆百,拿我们吓唬老百姓,到时候我就在刑场上嚷嚷,指出你利用我排除异己的目的,让在场的你的同僚都听听你的狼子野心。"

望月葵:"我可以割掉你们的舌头,或者也可以选择不公开处刑,把你们就在这儿解决了。"

叶凤城突然说道："那你在报纸上刊登的公开处刑新闻，就成了一纸废言。"

叶鸿漪一愣，他被关进来后就不知道外头怎样了，听哥哥这一说才知道外面的报纸竟然还刊登了这种内容。

望月葵："你说得没错，那如果我把你们放了，岂不是也成了一纸废言？"

三人的局面一时僵持住，望月葵也犯难了，放人是不可能放人的，可送上刑场确实会给自己添麻烦，他还指望着香月清司也被抗日分子弄死呢，若是此事暴露，自己上位的梦想就泡汤了。

许久，望月葵道："好，我可以放人，但是，兄弟二人只能活一个。"

叶鸿漪："不行！"

望月葵："只能活一个，你们自己商量，谁去死。"

望月葵饶有兴致地看着二人。一人死，一人活。没有人会高尚地主动去挑那条死路，一个娘胎里出来的兄弟俩也不例外。

望月葵也并不是多么害怕叶鸿漪当众说出他的算计，他只是对中国人的思想很感兴趣。于他来说，杀一放一只是个有趣的游戏，他想看看他们会如何抉择。

见二人久久不作答，望月葵心思一动，说道："如果我没有猜错的话，你们二人的父亲，应当是十分偏心的吧？"

叶鸿漪和叶凤城心中一震，这个日本鬼子是如何看出来的？

二人惊诧的神情印证了望月葵的猜想，他十分得意，自行解释起自己的推断来："叶凤城，城者，盛也，承载凤愿，能容万物；叶鸿漪，鸿毛涟漪，皆是无足轻重的飘零之物，转瞬即逝。一个重如泰山，一个轻如鸿毛，你们二人在父亲心中的分量，可想而知。"

望月葵直接挑明了兄弟俩的心结，就等他们下一刻为了能活命而反目，这才是望月葵最想看到的。

叶凤城："你休想挑拨离间。"

望月葵继续拱火："若是让你们父亲来选，不知道他会选谁？"

叶鸿漪："你闭嘴！"

叶家兄弟虽然愤怒，但望月葵确实说对了，父亲偏心叶凤城。

如果真的让父亲来选，他一定会选让哥哥活……叶鸿漪心中有些悲凉，但是他不愿去过多揣测一个逝者的心思，叶鸿漪将矛头瞄准了望月葵。

叶鸿漪冷笑："既然你这么喜欢玩文字游戏，那我也来分析一下你？"

望月葵没料到叶鸿漪竟然想反将他，颇有兴致道："洗耳恭听。"

叶鸿漪："葵花喜阳，应望日才朝气勃勃；而你，偏偏姓望月，望月之葵，无法绽放，注定凋零。"

望月葵压制着怒意，冷笑道："黄口小儿，死到临头，且让你逞一回口舌之快。你俩还有一晚上的时间好好想想，到底谁去死。"

望月葵留下这个生死难题后轻松离去，却留下叶鸿漪和叶凤城两个人陷入死寂般的沉默。

望月葵所期待的兄弟反目并没有发生，他低估了兄弟之间的羁绊，即便他们分别了五年。一夜过后，叶鸿漪说道："哥，还是我去死吧，司令官是我杀的，让我当完这个英雄；你是军人，回到部队，你继续打鬼子。"

叶凤城苦笑着摇了摇头："你知道吗？其实，我从小就察觉爸偏心，我也不知道他为何会区别对待咱俩。直到后来，我才听贝勒爷说起过，说咱爸妈恩爱得很，生完我后，妈就难产了，爸本想保大，可是没保住。"

叶鸿漪沉默了一会儿道："我也想过是这个原因，如果我能选，我也希望保大，至少是一家三口和和美美，我呢，就多等几年，等过几年，再投胎来娘肚子里。"

想及此，叶鸿漪竟笑了起来，他也希望自己是个有娘的孩子，如此幻想一番，觉得甚是美好。

叶凤城："从小我就觉得亏欠你，这死门，还是让我来走吧，就当是对你的补偿。"

叶鸿漪："人各有命，我不需要你补偿我，你是军人，是英雄，你有更大的使命去做，等你以后当了将军，打退了小日本，你再来我的坟头给我烧点纸钱。"

二人争执不下，半晌，叶凤城竟抽泣了起来，他万分羞愧道："鸿漪，我不是英雄……"

叶鸿漪十分诧异："什么意思？"

叶凤城："哥哥不是英雄，是个逃兵。我是因为逃进城里，才被日本人抓住的。即便我回去，按照军法处置也是死。我也不想再逃了，我累了。"

叶鸿漪心中万分震动，他怎么也想不到，叶凤城竟然是逃出来的。

一个看起来厌包的弟弟成了抗日英雄，一个人人称赞的英雄哥哥竟然是个逃兵，叶鸿漪一时难以接受。

叶凤城："你是不是很瞧不起我？我也不知道为什么，就是害怕了，我看到身边的人一个一个死去，我担心爸和你，我就跑出来了，我原本想着回家跟你们会合，带着你们一起南下逃离北平，没想到你却当了英雄。"

英雄吗？叶鸿漪脑海中似乎从来也不曾出现这两个字，如果自己因为刺杀了日军的司令官而成为一个众人心目中的英雄，那也只是众人心目中的罢了，在他自己看来，仍然不过是上杉重光口中的"竖子"而已。

叶鸿漪："哥，你别这么说，我能理解你。"

叶鸿漪能理解叶凤城的，毕竟曾经的他自己也害怕过，若不是父亲惨死，他是万万不会走出这一步的。

但叶凤城却不容置疑地望着弟弟，这半生，他能做的最后一件令自己觉得还没白活的事，也许就是这件事了。

叶凤城："你就让我去吧，这是我对你的亏欠，就算是让我为自己的软弱赎罪。"

二十九军的坚守让日军的耐心耗尽了。

七月二十七日中午，香月清司下令向北平发起总攻。

深夜，日军突袭南苑！

潘毓桂将二十九军的部署泄露给日军，得知南苑驻守的全是刚入伍不久的学生军团，且人数最少、兵力最是薄弱，香月清司决定主攻南苑。

南苑学生军团是二十九军的增援部队，只有一千七百人，为了抵抗日军，他们提前埋好了地雷，挖好了壕沟。日军冲向南苑守军阵地时纷纷踩雷，被炸得血肉横飞，驻地的枪林弹雨也向日军袭来！

然而日军数量庞大，这些死亡并不能阻挡魔鬼的野心，他们破坏了二十九军的通信系统，随即向南苑展开了炮轰攻击，学生兵纷纷倒下，壮烈牺牲。

为了躲避炮弹，学生军团躲入壕沟中，与日本兵展开了残酷的白刃战。白晃晃的刺刀扎入肉体中，鲜血随着刀刃的拔出喷涌出来，洒满了这片土地。

学生军团浴血奋战，牺牲一千一百多人，最终不敌，南苑失守，佟麟阁、赵登禹两位将军壮烈殉国。

七月二十八日，宋哲元下令二十九军撤出北平，日军正式进驻北平，北平彻底沦陷！

牢房里，叶鸿漪和叶凤城听到了外面的枪炮声。

叶鸿漪："哥，你听到声音了吗？日本人是不是打进城了？"

叶凤城仔细聆听了一阵："是。"

二人失落地靠在墙边，叶鸿漪喃喃道："最终还是没能守住。"

叶凤城想起了父亲，便试探道："鸿漪，你打算怎么办？"

叶鸿漪："我不知道，若还能活着，有一口气在，我想我会和日本人战斗到死。"

叶凤城："可爸还在南洋，你不去吗？"

叶凤城知道自己的请求很自私，在国家危难之际，他还是惦记自己的小家，可是这能怎么办？自古忠孝两难全，让他选，他还是选孝。

叶鸿漪一时无言，他终究还是没告诉叶凤城父亲已死。

叶鸿漪："我会去找他的，你放心。"

叶凤城："我一会儿就要上路了，你一定要帮我照顾好爸。"

叶鸿漪点点头。

牢房里安静了下来，死亡正在倒计时，这将是兄弟俩相聚的最后时刻，在此之后，便会天人永隔，叶鸿漪将会永远失去自己的哥哥。

叶鸿漪："……哥。"

"还有什么事？"

叶鸿漪转过身子，伸手紧紧抱住了叶凤城，痛哭流涕。

第九章 君向潇湘我向秦

七月二十九日晨,北平硝烟弥漫。

日本兵进城了,他们举着药膏旗子踏进了北平城。日本兵行进的脚步声、高头大马踩在石板路上的马蹄声,像死神的号角一般逼近,这让一向从容自若的北平人彻底慌了神!

往日里笑着说"不会打仗"的人们幻想彻底破灭,他们没想到二十九军竟然扛不住日军的攻击,坚守不到一个月就撤军了,就这么留下了北平城和城里的老百姓。

芝麻胡同,胡同口如往常一样架着吃食摊子,那天嘲笑李成林的摊贩们彻底傻了眼,面摊老板、油条摊老板,眼睁睁看着日本兵踏着军步路过,食客们惊得筷子都掉了。

"日本人真进城了?"

"听说是二十九军撤军了。"

"中国这么大,小日本想干啥?真给吞了?"

"天塌了!"

"吃完赶紧回家吧!日本人不是个东西,小心被抓了!"

现在北平人，只觉得日本兵看起来很危险，然而他们并不知道接下来的生活会发生怎样的巨变。

牢房里，叶凤城和叶鸿漪一同被带出，然而叶鸿漪走的是生门，叶凤城走的是死门。

对于望月葵来说，这个杀一放一的游戏还没结束，他只是很惊讶是哥哥愿意赴死。望月葵决定亲自监刑，他并不完全相信叶鸿漪的"供词"，他想亲眼看看，这次公开处刑时，人潮涌动中，会浮现出什么势力，会不会有他熟悉的脸庞呢？

叶凤城被套上头套、带上囚车，叶鸿漪则被推出了后门。望月葵遵守信约，两兄弟活一个，死一个，活的那个只要不再出现在他面前，望月葵便不会再为难他。

菜市口，叶凤城被押上了行刑台，摘下头套，刺眼的阳光让叶凤城产生了一丝眩晕感，明亮的光线无法驱散笼罩在北平城上的阴霾，北平失守，这里的人们将陷入水深火热的生活，成为日军砧板上的鱼肉。

作为军人，叶凤城倍感悲凉。

路过的人们聚过来围观，议论纷纷。

"哟，这么年轻的小伙子，这是造孽啊。"

"犯啥事了这是？"

"听说是杀了日本人。"

"杀得好啊！"

"你小点声！找死啊你？"

人们表情各异，或瞪着眼睛看新鲜，或神情呆滞看着麻木，或窃窃私语透露着惊恐，或怒目而视神情激愤。北平人此时已深刻感受到，北平真的沦陷了，现在这里已经成了日本人的法场，由日本人为所欲为。

叶夙城被日军踢了一脚膝盖窝，扑通跪倒在地，他硬撑着身子又重新站起来，此举引起一片哗然。

"你们凭什么抓中国人？他犯了什么错？"

人群中，终是有不怕死的人嚷嚷出来。

这一声，让叶夙城忽然十分欣慰，中国人是不屈的。

这一声，也让望月葵心中一颤，他原本对叶夙城上刑场一事十分满意，因为在他眼里，叶夙城是个远不如叶鸿漪的软蛋。却不料，叶夙城居然也是半个硬骨头，强撑在行刑台上，无论旁边的士兵如何踢踹他，都坚持要站起来。这种不惧的气场总能压制住望月葵的杀气，令他感觉如堕寒窟之中。

望月葵心头掠过一丝不安，这种感觉当年在东京的雪夜面对上杉重光时他出现过，在海光寺面对程梨笙时也出现过。此刻他原本是想杀一儆百，让北平的市民好好看看与日军作对的下场，若不尽快下手，他担心这种公开处刑反而会激起民愤。

望月葵站出来高声说道："我大日本帝国，希望能与中国合作，建立起东亚共荣圈。我们日本有着开化的文明，有先进的生产技术，能让中国人民过上更好的生活，这才是我们踏上这片土地的目的。然而，这么伟大的人类进程，总会有一些保守落后的势力进行阻挠。这个人，便是暗杀司令官田代皖一郎的凶手，田代先生为日中共荣呕心沥血，最终却被一个无知的青年杀害。"

望月葵一边说着，一边观察台下涌动的人群，试图从中找到端倪。他想知道，北平还有什么势力在抗日。

望月葵："杀人偿命，今日，就要对杀人凶手执行死刑。这就是破坏日中共荣的下场！"

叶凤城突然大笑起来："你们侵略中国、占领东北数年之久，东北人民生活在水深火热之中，所谓共荣都是些骗人的鬼话。中国人，绝不为奴！"

望月葵并不想再给叶凤城说话的机会，拔出枪瞄准了叶凤城。正在这时，不远处传来轰隆一声巨响，众人闻声一看，日军的座驾竟然被炸飞了！

咣当一声，座驾落地，成了废铁。座驾旁站岗的几名日本兵血肉横飞，躺在地上哀号。

一些胆小的围观者一见这情形立刻逃了，还有些胆大的、爱看热闹的，竟然杵在原地不动，其中更多的人是想看日本人的笑话。

此时的望月葵内心是抑制不住的激动！

来了，叶鸿漪的同伙来了！望月葵的眸光在人群中不断扫视，试图找出那个乱党！

砰砰砰！另一头传来几声枪响，行刑台上有两名日本兵应声倒下，望月葵大惊，若不是这几个士兵站在外围，此刻中枪的就是他自己！

声音竟是从另一侧传来，看来同伙不止一人！

望月葵俯下身子迅速观察，很快便锁定了一个人——程梨笙！

程梨笙一袭灰色长衫，在人群中并不显眼，他正贴着路旁商户的墙柱子向行刑台靠近。

现场瞬间乱作一团，一些爱看热闹的人此时也觉察到不对劲，赶紧跑了。

人群开始推搡踩踏，而台上的士兵已经倒得七七八八，几名幸存的士兵要将望月葵救走，望月葵却拒绝离开。他举枪瞄准程梨笙的方向，砰砰两枪，打到了石柱子上，正要补枪时，忽然耳边飞过一颗子弹，他身后的副官应声倒下！

还有暗枪？望月葵这时是真的慌了。在他看不见的地方，还躲着一把枪！

望月葵心思一动，连忙招呼其他人撤退，退到行刑台下方掩护，程梨笙见日本兵被打退，穿过人群奔上行刑台，准备将叶夙城带走。

而此刻，躲在远处人群中的一个贴胡子男青年按捺不住激动的情绪，准备冲向行刑台，却被人一把拽住。

胡子青年正是叶鸿漪，他回头一看身后拽他的人，竟是上杉重光！

叶鸿漪诧异道："你怎么来了？"

上杉重光言简意赅："来救你。"

叶鸿漪："那你快救啊！"

上杉重光："我要救你，不是救他。"

"他是我哥！"叶鸿漪说完，意识到上杉重光并不会贸然出手救一个陌生人，于是甩开他的手，"那你别拦着我！"

上杉重光向前一步用手臂箍住叶鸿漪的肩肘将他往后拖。

"你别犯傻！那边全是陷阱！"

还不等叶鸿漪反驳，只见从一旁立刻围上来两队日本兵，将行刑台围得里三层外三层，程梨笙和叶夙城成了网兜里的鱼，已然无法脱身了。

"程老板？哥哥！"叶鸿漪绝望了。

他本也不指望能救下哥哥，只是想远远地看着他，送他最后一程，而当爆炸声、枪声响起时，他的心脏差点跳出心口！有人要劫法场？是为了救他？那一刻，叶鸿漪觉得哥哥有救了！

可是万万没想到，仅仅一分钟，形势瞬息万变，刚才还被打得趴到地上的望月葵竟是早有准备，早早就埋伏好了两队人马，就等着抓他的同伴!

只是程梨笙为何回来救自己?叶鸿漪一时想不明白。

砰一声枪响,望月葵举枪杀了叶凤城。

哥!

叶鸿漪亲眼见此情景,险些大喊出声!他瞬间泪流满面,想冲过去与望月葵拼命!哪怕没有枪,没有刀,他也要用牙齿咬死这个恶魔!啖其肉!饮其血!

上杉重光拼命捂住叶鸿漪的嘴,将他往后拖。

"你现在去拼命也无济于事,留着一条命,日后再跟他算账!"

台上,叶凤城已经倒下,只剩程梨笙,望月葵却并没有杀他,而是让士兵缴了他的枪械。

望月葵:"程老板,我送你一条命,你不要啊。"

程梨笙冷笑:"今天杀了不少日本人,值了。"

望月葵的眸光中迸发出浓烈的杀意,他还不能动手,他要对程梨笙继续逼供,问出更多的情报。上次程梨笙是单枪匹马来杀他,动机出自个人,而这一次,明显是与他人谋划的,审他肯定能撬出点东西来。

然而程梨笙却望向了繁华的街道,他的眼神里全是决绝。他不想落入日本人手中受尽酷刑折磨,他只求一死!

望月葵见程梨笙望向远方,瞬间明白过来!

是暗枪!就藏在附近的暗枪!程梨笙不想活了,台上叶凤城也死了,暗枪可以肆无忌惮地开枪了!

躲在一栋银楼二楼暗处、一直为程梨笙打掩护的姜悦慈看懂了程梨笙的眸光,那是对她的请求,也是最后的诀别,姜悦慈含泪举起枪,瞄准了行刑台……

永别了,我的战友们。

砰！就在子弹射出的电光石火之间，望月葵迅速趴下，翻滚到程梨笙和几个士兵的身后！

程梨笙倒下了，行刑台仿佛是他最后的戏台，演完了人生最后一幕。

砰砰砰砰砰！子弹接连射出！一众日本兵被击穿头颅和胸膛。

枪声停了下来，没子弹了。

望月葵看准了那栋银楼，抬手一枪打在了二楼窗框上，接着喊道："那栋银楼里！二楼！快去抓！"

两队士兵立刻冲向银楼，姜悦慈急忙离开。

胡同里，姜悦慈一边快步逃离，一边换着装扮。那栋银楼前些日子就关门了，老板早就带着白银跑路了，她从楼里出来，难免会被周围的居民注意到。

她的手枪还在包里，一旦被抓就有去无回。北平沦陷前，她想弄些枪支还不算难，北平沦陷后，每一把枪、每一颗子弹都是珍贵的，不到万不得已，姜悦慈不愿舍弃现有的武器。

嗒嗒嗒，身后传来日本兵急促的脚步声，还有叽里咕噜的鬼语，姜悦慈学过一些日文，她能听懂，他们说要抓一个年轻女人，刚才有人看到一个女人从银楼后门逃出来。

姜悦慈正要继续逃离此处，却听到前方也传来了日本兵的动静，正当她不知该往何处逃走时，两只有力的手拽住了她，在日本兵赶到此处的前一刻，将她拽入一扇门内。房门悄悄关上，门外传来日本兵来回跑动的声音。

姜悦慈回头一看，自己正身处一个中药铺子里，她进来的是后门，前门已经闭门谢客。

而眼前的人，竟然是叶鸿漪！

他身后还有两个男人,她并不认识。

姜悦慈:"叶鸿漪?"

姜悦慈差点以为自己是在做梦,她刚才亲眼看到"叶鸿漪"在行刑台上被望月葵击毙,那一刻她心如刀绞!

"你……你怎么……"姜悦慈一把捧住叶鸿漪的头,这张脸虽然全是伤痕和肿胀,但她能认出来,这就是那个在大厅撞到他的腼腆小子。

"你没死?"姜悦慈依然不敢相信。

叶鸿漪红了眼尾:"那是我哥,他自愿替我去死了。"

姜悦慈又看向他身旁的两人。

叶鸿漪:"这位,是解宝,之前是詹勋的手下,接了他的帮派。"

姜悦慈警惕地看向解宝,詹勋可是望月葵的走狗,叶鸿漪为何会跟詹勋的人混在一起?

解宝道:"我不想当汉奸,所以,是我杀了他。"

叶鸿漪:"多亏了他,不然我就死在牢里了。"

解宝:"我就是不想看到日本人残害中国人,望月葵原本是说,只要他离开北平,就不再找他麻烦,我见他没走,就跟过来了,怕他又做傻事。"

姜悦慈又看向叶鸿漪身旁另一个人。

姜悦慈:"这位先生也眼生。"

姜悦慈觉得这个人跟程梨笙有点像,容貌俊秀,疏离中透着一股淡淡的清贵气息。

上杉重光:"在下上杉重光。"

"日本人?"姜悦慈十分诧异。

叶鸿漪:"这位上杉先生反对日本侵略中国,因此来到中国,策划暗杀司令官的行动，我能成功杀掉田代皖一郎，就有他的帮助。"

姜悦慈："我是想过你还有其他帮手，只是没想到会是一位日本人。"

上杉重光："很抱歉，我的国家，使你们的国家陷入战乱，我只希望可以阻止战争。"

姜悦慈点点头，对着二人说道："我是……叶鸿漪在银行的同事。幸会。"

姜悦慈没有多言，而叶鸿漪、上杉重光、解宝也明白，眼前这个女人，绝对不是银行行长女儿这么简单的身份。

叶鸿漪虽然没有看到姜悦慈是怎么开枪的，但是那种杀伐果决，绝不是一位千金大小姐能做到的。刁蛮任性的千金小姐，杀伐果决的女战士，哪一个才是真正的她？

叶鸿漪正想着，门外传来了日本兵的敲门声，上杉重光连忙示意三人上楼躲好。

咚咚咚，日本兵开始砸门。

开门迎人的是上杉重光，他正穿着一身长衫褂子，腰间挂着一只草药香囊，口鼻间多了一条假胡子，像极了祖传老中医。

上杉重光："有何贵干？"

为首的日本兵将上杉重光打量了一番，用蹩脚的汉语问道："有没有见过一个年轻的女的？"

上杉重光摇摇头："没见过，这几日都没开门。"

日本兵走进药房，注意到了通往二楼的木梯。

日本兵："这上头，有人吗？"

上杉重光："是我妻子，还有我的学徒和一个病人。"

日本兵示意手下跟自己一起上去看。

上杉重光："这位长官，上头的病人，得的是麻风病，所以这几日医馆没有开门，就是怕传染给其他人。"

日本兵听不太明白，上杉重光又打手势解释道："麻风病，传染，脸上、皮肤都有疹子。"

为首的日本兵大概明白了，不敢上去，就给手下两人使了个眼色，让他们上去看看。

手下两个小兵不情不愿地上了楼，看到穿着橘色麻衫、裹着头巾和面巾的姜悦慈正在土灶上熬药，学徒模样的解宝也戴着面巾，他穿着一件短褂，正在给躺在床上的"病人"敷药。

走近了瞧，"麻风病人"叶鸿漪脸上敷着已经被煮烂的草药，黄黄绿绿的，透着一股难闻的气味，像发酵了三天的鸡屎，草药下方隐约看到红肿结块的皮肤，像是麻疹。

解宝一见上来人，连忙给日本兵打手势，向他们摆摆手示意不要靠近。解宝指了指叶鸿漪的脸，又打了个呼吸的手势，又指了指日本兵的脸，再表演了一番长疹子。

"麻风病，传染，不要靠近。"解宝说道。

虽然叶鸿漪的脸上被詹勋揍得不成人形，但还是能看出他的模样，和刚才行刑台上被击毙的人一模一样。解宝从小混迹街头，学了些跌打损伤的药方，给叶鸿漪调了点化瘀消肿的草药敷上，既能促进脸部痊愈，也能挡住他的脸，以免被日本人看清长相。

也不知这俩日本兵是被熬的药给熏到了，还是被麻风病能传染给吓到了，两人紧皱着眉头连连后退，速速下了楼。

下楼后，两个日本兵捂着鼻子对为首的摇了摇头，这才离开。

这家中药铺是上杉重光一年前盘下的，在他决定要实行暗杀计划后，他就在北平买下多个落脚点，中药铺只是其中之一，七七事变后，中药铺便散了伙计，只剩他一人看管。

"你们这几日若是没别处可去,就在这儿待着,这里是离危险最近的地方,也是目前最安全的地方。"上杉重光来到二楼对众人说道。

天色渐暗,屋外街道上时不时传来日本兵抓人的动静,上杉重光将门窗紧闭,盖上厚厚的草席,以免屋内的烛火透光出去,引起日本兵的注意。

叶鸿漪失去了哥哥,姜悦慈失去了战友,两人正在伤心伤神,解宝识趣地将二楼留给他们,自己则下楼给上杉重光打下手。上杉重光在斗柜里又抓了几味药,告诉解宝,他的草药方子里再加上这几味,敷疗伤口的效果会更好。

二楼卧房低矮,屋子中间的烛光跳跃着,叶鸿漪被折磨了数日,此刻终于能躺在床上休养,姜悦慈靠在床边。

叶鸿漪:"我有时候在想,我是不是生下来就是个错误,若没有我,我娘就不会死了,我爹就不会死了,或许我哥哥也不会死。"

姜悦慈:"你母亲的死,是不可抗力的,是命运。你父亲虽然是为了保护你而死,可终究不是你的错。你只是想救人,怎么会有错呢?你只是被迫卷入其中,是你的不幸,但也是你的命运。"

叶鸿漪:"命运……凡不可着力处,便是命运,这是上杉先生之前与我说的。"

姜悦慈:"我很佩服他的见解,作为一个日本人,竟然可以做到不被军国主义侵蚀,甚至愿意为了和平牺牲。只可惜,是我不够宽宏大量,我一想到他是日本人,我这心里,总是会升起恨意,因为日本人夺去了我太多的亲人和朋友,还有这片土地上的人民。"

叶鸿漪:"我想起鲁迅先生的一首诗。"

姜悦慈:"是什么?"

叶鸿漪想起了那首《题三义塔》，那是他回到北平的第一晚看的书，就是在那个转变他人生的不眠夜。

叶鸿漪："度尽劫波兄弟在，相逢一笑泯恩仇。"

姜悦慈沉默了些许时候，道："或许会有这么一天的。"

叶鸿漪的伤口正在缓慢愈合，突然后背奇痒难耐，他稍稍一动，痛得龇牙咧嘴，怕惊动了屋外，又不敢大声，只能咬牙忍下。姜悦慈见状，连忙帮他翻身趴在床上，好晾晾后背的伤口，以免焐出褥疮。

姜悦慈："初次见你，只觉得像个呆子书生，没想到你也能做出这样的事来，实在是出乎我意料。"

叶鸿漪："也出乎我的意料。我原本还以为不会打仗的，但是心里又觉得不安，日本人狼子野心，怎会放过这片土地？只不过我想着，不会是现在，是在未来的某一年，可没想到，北平这么快就沦陷了。"

姜悦慈："人们对未知的事物总是充满侥幸心理，国军的抗日决心不够坚定，一直幻想着能靠谈判和平解决，因此给了日本人可乘之机。"

叶鸿漪："我在南洋留学的时候便听说，国军总是盯着共产党，外敌当前，却将敌对的目标瞄准了中国人，怎么可能有完全的抗日决心呢？"

姜悦慈心中很是触动，点了点头。

叶鸿漪接着道："第一次见上杉重光时，他便劝我加入暗杀司令官的计划，那时候我只想明哲保身，便拒绝了，当时他便告诉我，我已经被事件卷了进来，不可能再置身事外了。果然，我终究没有逃过历史的洪流，它是那样汹涌、无情，我已经无法挣脱了，像一片叶子在洪水中翻滚、沉浮，身不由己。"

姜悦慈："不，你不是一片叶子，你是一名舵手。你明明可以做出别的选择，可你没有，你还是选择了自己的心，不是吗？若是你按照我的安排，待在城郊，便不会有今日种种。你的选择，甚至影响了战局，推迟了日军攻入北平的时间。"

叶鸿漪："可我并不知道自己会飘向何方。"

姜悦慈："舵手也不知道船会开往何方，甚至，连船长也不知道，大家都在这场漫长的暴风雨中求生，但大家的目标是相同的，等待阳光的出现，去往可以停靠的岸边。"

叶鸿漪："阳光在哪儿？"

姜悦慈："阳光啊……我以后跟你说。"

上杉重光和解宝拿着新做的草药上楼来，上杉重光问道："你们接下来的选择是什么？"

解宝："想杀几个日本军官，日军害死了我亲哥，这血海深仇我不会忘了。"

姜悦慈："要让他们知道，践踏这片土地是要付出代价的。"

叶鸿漪："继续刺杀，我现在最想杀的，就是望月葵——一个喜欢玩弄计谋的小丑，利用抗日分子的手铲除异己，妄想坐收渔翁之利。"

解宝："望月葵也负责特务机关在北平的活动，他手底下那些人，多少都会点汉语，就是为了抓抗日分子，抓情报，坏得很。"

上杉重光点点头："我同意，下一个目标，就是望月葵。"

解宝："那你们得小心，这狗东西，狡猾得很。"

上杉重光："我们四个，基本都算是日军眼里的熟人，不可能直接去他的驻地，只能把他约出来。"

姜悦慈："这条鱼不好钓，上次我让父亲邀请驻军的将领去梨园听戏，偏偏就他没去，他应该是很明白，这是一场鸿门宴。"

叶鸿漪："形势危险，他会出来吗？"

上杉重光："望月葵是一个极度自负的人，他总觉得自己能掌控一切。"

叶鸿漪："我和上杉先生都与他有私仇，他再怎么自负也不可能毫无防备地见我们。"

姜悦慈："我也没法让父亲再把他约出来了，我自己也没什么重要的社会身份，没有正当理由邀请他。"

望月葵不好骗，就在众人犯难时，所有人都没想到的解宝发话了。

解宝："我倒是有个办法。"

三人有些诧异，一个混迹街头的家伙能有办法约望月葵？大家惊讶地看着他，好奇看他怎么说。

解宝说道："望月葵这人多疑，詹勋先前投靠他时，递了多份投名状，现在由我接替詹勋的位置，可我并未对他俯首称臣，我想着，就以帮派的名义邀请他，假意向他投诚。"

叶鸿漪："我觉得可行，解宝负责邀请，地点就你来挑，我们提前做好准备。"

解宝："他喜欢去居酒屋谈事，不如就跟他约在那儿？"

姜悦慈："居酒屋通常面积不大，可以避免伤及无辜。"

叶鸿漪连连点头，却见上杉重光若有所思。

叶鸿漪："上杉先生觉得呢？"

上杉重光微微摇头："没这么简单。他既然提防着，那一定是提防所有邀请，你若想让他去居酒屋，那就偏不能提居酒屋，你提出的地方，他肯定不会去。"

叶鸿漪皱眉："不能提？那就无法让他选择我们希望他去的地方了。"

上杉重光:"这便是难点所在。"

叶鸿漪不太乐观:"望月葵若是这么谨慎,那他可能会拒绝所有邀请,即便是解宝开口,他也可以拒绝,让解宝去军部跟他谈判。"

上杉重光:"你们对他还是不够了解,此人行事自负乖张得很,他先前是放了程梨笙,现在又放了你,可见他对自己十分自信。先前姜小姐父亲邀请的是司令官,他不是主体,能避开则避开了;可若是直接邀请他本人,或许,他即便知道这是鸿门宴,也会欣然赴约。"

解宝:"你说得没错,他这人就是这德行,看着牛气烘烘的,装腔作势。"

姜悦慈:"嗯,那可以一试。"

上杉重光看向解宝:"接下来,就靠你了。"

解宝在上杉重光的指点下,果真让望月葵将邀请地点定在了居酒屋。

方法并不复杂,上杉重光让解宝穿着一身和服,提着一瓶清酒去找望月葵。望月葵一见解宝这打扮,便知道这是个识时务者,见北平沦陷便想来投诚了。

解宝嘴上说是邀请望月葵去妓馆玩玩,顺便谈些正事。望月葵多疑,必然率先否定去妓馆的建议。

而解宝的穿戴在潜意识中提示着望月葵——居酒屋。虽然解宝这身和服是为了向日军表达谄媚之意,但这种视觉上的暗示让望月葵做出了下意识的决定——去居酒屋。

解宝连连点头:"那就居酒屋见,我与您详细商议帮派的未来,保证帮您把北平的乱臣贼子,给收拾得干干净净。"

第十章 风卷江湖雨暗村

木桌上放置着一张手绘的居酒屋平面图,昏暗的灯光下,叶鸿漪、姜悦慈、上杉重光、解宝一齐凑上前观看,平面图上详细标注了正门、前厅、走廊、后厨、卫生间和后门。

上杉重光指着图说道:"望月葵喜欢背靠墙坐,所以不可能从他身后放枪。"

解宝:"回头我见他时,我直接动手。"

上杉重光:"没那么简单,他的手下一定会先搜你的身,确保你没有携带武器才会允许你进去。"

解宝点点头:"确实,我们每次见他前,都要先放下枪械。"

叶鸿漪:"不能带武器,那要怎么搞?"

解宝:"下毒?"

姜悦慈:"当心你毒到你自己。"

解宝:"我不怕。这次豁出去,我就没想活着回来;只要能杀了这个日本狗官,怎么死都值。"

上杉重光:"就怕你没毒成他,反倒把自己先毒了。此法过于冒险，不可取。"

姜悦慈："那只能想办法递武器了。"

叶鸿漪："我们先混进居酒屋？可那里面都是日本人，不好进。"

上杉重光："我可以混进后厨。"

姜悦慈："我可以扮作陪侍。"

叶鸿漪："我不懂日语，也无美色，那……扮成送货的？"

解宝："你们说的都可行，只是武器要怎么带进去？他们搜我的身，难道就不搜店了？"

姜悦慈："上次去梨园的时候，就搜过一遍，这一次没准也会严格搜查店内。"

众人苦思冥想，从乔装舞女想到送运冰鲜，也没有想到能把武器顺利带进居酒屋的万全之法，许久，解宝忽然有了主意。

解宝："我倒是想起一人，没准能把武器带进去。"

胭脂胡同，上林仙馆。青花将口中的烟雾吐出，待烟雾散去，她眼前站着一人，正是解宝。

青花歪在榻上，瞥着解宝："让我带武器进去？亏你想得出来。望月葵可是我的金主，你想害死我？"

解宝："青花姑娘，程老板的尸首正在北平的城墙上挂着呢。"

解宝也不多劝，他跟着詹勋这么久，很清楚青花心里喜欢程梨笙，虽然她嘴上不承认，只说是自己喜欢听戏。

解宝在赌，赌程梨笙在青花的心中有一定分量。

果然，青花眼睛一红，撇过头去，半响不说话，许久才恨恨道："他就是个蠢蛋，好好的戏不唱，跑到刑场去唱大戏？那双胞胎兄弟早就调换了，救错人，还把命搭里头。"

解宝道:"换没换人重要吗?程梨笙的未婚妻被望月葵虐杀,他只是想多杀几个日本人报仇罢了,他本就不想活了,死在哪儿不是死?"

青花:"你闭嘴!你懂什么?他……他肯定是被什么革命党给怂恿了,才会做出这种傻事。"

青花心里恨啊!她不知道程梨笙为何能安然赴死。为了沈丹鹤,还是为了抵抗日本人的入侵?或许二者皆有,只是没想到他死得那么突然。

解宝:"行吧,我也没别的所求,既然你不愿意,那也别把我们供出去就是。"

解宝自认为是了解青花的:这女子泼辣,是有几分仗义在的,即便不愿帮忙,也不会在背后告状。于是他才壮着胆子来找她,既然她不愿,也不便强求。

解宝抬脚准备走,却被青花叫住了。

青花:"站住,老娘什么时候说不愿意了?"

解宝愣住了,他虽然赌程梨笙在青花心中有分量,只是他的把握也不大,没想到青花真的愿意。这女子,果然不一般。

青花掐了烟,眉头紧蹙:"只不过这事没你们想的那么简单,望月葵也不是去所有场合都会带上我。他这次若不带我,我能怎么办?"

程梨笙死后,这几日望月葵都没有找过青花,可能是知道她心里倾慕程梨笙,故意避开;抑或是害怕青花因爱生出报复的心思,因此直接放弃了她。

解宝:"那你想想办法让他带上你。"

青花:"那天之后,他都没有再来找过我。总之你们多想点法子,别指望我一条路。"

解宝:"明白。"

姜府今日的晚餐比以往简陋许多,只有一只烧鹅,一碗土豆丝,和一盘青椒炒肉。用人已被打发走了,宅子里只剩白妈一个保姆。父女二人对坐,心事重重。

姜昱淳:"对了,叶家那小子怎么样了?"
姜悦慈:"恢复得还挺快,大都好了,活蹦乱跳的。"
姜昱淳:"我果然没有看错人,那日跟他浅谈了一番,就觉得他有股韧性,能够为我们所用。"
姜悦慈:"他确实做得很好。"
姜昱淳:"悦慈,南京那边要我离开北平,你跟我一起走吗?"
姜悦慈:"我还不能离开,我有别的任务。"
姜昱淳:"那你注意安全。"

姜昱淳叹了口气,接着又道:"虽然咱俩不是真父女,但这些年我一直把你当女儿看待,我希望你能平安。叶鸿漪那小子不错,如果有机会,你也可以考虑一下。"

姜悦慈笑道:"国将不国,何以言家?爸,您还是多操心一下自己吧,现在北平状况吃紧,您得赶紧转移,不要被我们牵连。国家还有更重要的事情等您去做。"

姜昱淳点点头,他深知此去一别,或许以后再也不会见面了。

姜昱淳和姜悦慈同是国民党中央组织部党务调查科的高级特工人员,他们只是在北平临时组建成的父女搭档。两人虽然非亲非故,没有血缘关系,可是姜昱淳对姜悦慈的关照却如同真正的父亲一般。他因常年从事特务工作、居无定所,因此并没有自己的孩子;这个天降的"女儿"漂亮聪明又懂事,既是一位好帮手,也是一个令他感到亲情慰藉的好女儿。

姜昱淳："我解决完汉奸就走。希望未来的某一天，天下太平了，咱父女俩，还能像现在这样，坐下来吃顿热饭。"

姜悦慈："一定会的，到时候，我亲自下厨给您炒几个菜。这只烧鹅是我做的，您最爱吃的，多吃一些。"

姜昱淳叹道："日本人一进来，北平的老百姓连米都吃不到了，我心里实在是惭愧。"

姜悦慈："听说一些老师家里吃不上饭，上课的时候饿得不行，只能找学生要窝头吃。等你离开北平，我就把家里的余粮送学校去。"

姜昱淳："好。悦慈，不到万不得已，务必保全自己。"

胭脂胡同，暗巷，三更。

胥恭岚喝得醉醺醺的，脚下虚浮，正与一个妓女纠缠。妓女半推半就道："爷，时候不早了，你该回去了，不然你家那位母老虎要杀到我这儿来的。"

胥恭岚依旧抱着女人不松手："不怕她，她要是敢胡闹，我就跟她离婚，娶你。"

妓女不屑地冷笑道："娶我？你这话谁信啊？拿去哄那十五六的雏儿还差不多。"

胥恭岚："我可不喜欢雏儿，我就喜欢你，解风情。你别急，再等几日，我马上就要当行长了，等我当上行长，这北平就是我说了算，那母老虎也得听我的。"

妓女显然不信："你都被那个姓姜的压了多久了？还想当行长？"

胥恭岚："日本人来了，他就该滚蛋了，他一滚蛋，这位置就是我的。"

妓女觉得胥恭岚在说大话:"就算他走了,凭啥就轮到你?"

胥恭岚继续吹牛:"日军那参谋,是我兄弟,还不是一句话的事?"

妓女笑道:"你这小心思还挺多,跟日本人当兄弟?真不怕被人戳脊梁骨啊你?"

胥恭岚:"我这叫明哲保身,识时务者为俊杰。"

"给日本人当走狗,还被你说得如此轻松惬意?"

暗巷里,传来一个男人低沉的声音。

胥恭岚瞬间觉得后背一凉,酒醒了一半:"谁?"

妓女见形势不妙,立刻转身跑了,只剩胥恭岚一个人面对向他走来的黑影。及近,才看清是姜昱淳。

胥恭岚松了口气:"我当是谁呢!姜行长,您这临了要走了,还舍不得行长的位置啊?"

姜昱淳:"我确实是一点也不想走,毕竟这位置留给你坐,我不放心。"

胥恭岚言语中带着几分嘲讽:"早走晚走,总是要走的。人啊,活了半辈子了,别老跟自己过不去。"

姜昱淳:"哎呀,可我这人就喜欢较真;看不过眼的事,总想管管。这段时间你与日本人暗中来往,当我全然不知吗?"

胥恭岚:"不过是跟人听听戏喝喝酒,姜行长准备给我罗织个什么罪状?"

姜昱淳:"你趁我不在行里那几日,给你亲家纺织厂批的贷款去哪儿了?"

胥恭岚:"人家要怎么用,那也不关我的事,就算是亲家,也不能事事过问吧?"

姜昱淳:"银行每一笔贷款都要做到贷前核实经营状况,贷后跟进用资进展，怎么不关你的事？"

胥恭岚无言以对。

姜昱淳："我替你说吧，钱给日本人了。"

胥恭岚一听这话，心虚了，不但不认账，反倒嘴硬起来："随你怎么说，反正以后行里的事就不归你管了。"

姜昱淳："行里的事，确实不归我管了；可是汉奸的事，我不能不管。"

胥恭岚冷笑，此时此刻，他还完全没有意识到姜昱淳的愤怒，不屑道："所以呢？你想怎么着？"

姜昱淳从皮包里掏出一把手枪，对准了胥恭岚。

"窃国者，诛。"

为了摸清楚居酒屋的进货路线，叶鸿漪需要扮成商贩外出，他先是通过解宝找到城郊卖鱼的水库。

水库卖的鱼都是每日清晨时打捞出的鲜鱼，用"弓鱼"的技艺、将鱼用绳子捆成弓形，打开鱼鳃使腮丝舒展不粘黏，夏季时能保证鱼存活一天，运送到市场时仍是新鲜的。

再将捆好的鱼分类装篮，一些餐馆有固定订单的单独装一车，其余的卖到市场去。日本人侵占北平后，水库的鲜鱼都是优先拿给日本人的市场，老百姓很难买到鱼。

叶鸿漪穿着盘扣布衫子，戴着草帽，驾着驴车拖着一车鱼准备进城。

城门外，一些饥民正在挖野草，剥树皮，他们被烈日晒得黝黑，黑得发红，手上沾着泥，混着血。

走近城门旁，沿着墙头悬挂着一些抗日分子的尸体，而城门下，日本兵和警察正在观察、搜查进出城的"可疑分子"，连女人都不放过,即便是坐着黄包车出入的富家女子,也会被女警搜身。

叶鸿漪不敢抬头看,他害怕看到叶凤城和程梨笙的脸,怕自己神情露馅,怕自己按捺不住悲痛和愤怒。

他远远一瞧,便看到了署长陈砺志和小警察,下意识压了压草帽。陈砺志几年前跟他打过照面,小警察那日在警察署见过他,万一这时候被认出来就不妙了。

叶鸿漪此刻脸上抹了黑灰,粘了一撮胡子,他想确认胡子粘好没,抹了一把,假胡子竟然掉下来了!夏季炎热,想是汗水将糨糊浸湿,没了黏性。

没了假胡子做掩饰,叶鸿漪有些慌神,他试图调转方向折返,找个安全的地方把胡子粘好了再进城,可是小警察和陈砺志还是注意到了他。

陈砺志:"卖鱼的,过来。"

左右的日本兵都注意到了贩鱼的驴车,叶鸿漪只好硬着头皮牵着驴往前走,到了二人跟前。小警察将他身上摸了一遍,确认没有藏东西;陈砺志则检查驴车,他掀开遮阳的篷布,翻看了所有的鱼篮,确认没有可疑物品,准备放行。

小警察第一眼并没有认出叶鸿漪,却在他准备检查草帽的时候愣住了,眼中闪过一丝惊愕。他有些不知所措,看向一旁的陈砺志,陈砺志收到小警察的眼神信号,走了过来。

叶鸿漪惊出一身冷汗,陈砺志看到叶鸿漪,眼中也出现惊讶之色,三人六目就这么愣神看了一会儿。

一旁的日本兵觉察到了不对劲,走过来问:"怎么了?这人,有什么问题吗?"

叶鸿漪的心脏已经跳到了嗓子眼。日本占领北平后就接管了北平市公安局及各区域的警察署,这些警察就从国民党政府的人变成了日伪机构的走狗,帮着日本人抓中国人。他们的首要任务不再是维护社会治安,而是抓捕抗日分子。望月葵警告过他,不要再出现在北平,此时此刻若他被抓,一定会被立刻处决。

日本兵走到三人身边,打量着叶鸿漪,又看了看陈砺志。

陈砺志:"没事,就是看他家的鱼很新鲜。"

叶鸿漪愣住了,那一瞬间他以为陈砺志没认出自己,可是陈砺志和小警察的神情告诉叶鸿漪,他们认出来了,认出他就是叶茂才家的那个枪杀了田代皖一郎的老二。

驻守城门口的日本兵是香月清司的人,并未见过望月葵那日行刑的场面,狐疑地看了看叶鸿漪,用手摸了摸他的衣服裤子,也没发现什么端倪。

叶鸿漪迅速反应过来,他跑到驴车旁,从车里拿出两提鲜鱼,一手递给日本兵,一手递给陈砺志,摆出谄媚讨好的笑容:"鲜鱼,早上刚捞的,尝尝。"

日本兵露出笑容,毫不客气地把两提鲜鱼都给收走了,陈砺志也给了叶鸿漪一个眼神:"行了,赶紧走吧,别堵门口。"

叶鸿漪不敢耽搁,牵着驴车赶紧进了城。

看着叶鸿漪进城的背影,陈砺志又看了眼小警察,小警察点点头。

陈砺志他们继续在警察署工作也是为了养家糊口。日本人正式接管警察署那一日,小警察曾问过他:"咱们这算不算当汉奸?"

陈砺志无奈笑笑:"这活咱不干总得有人干,别人干还不如咱们干,好歹有口饭吃。现在北平城里的老百姓都在吃糠,你要是不干这个,连口糠都吃不上。"

在陈砺志认出叶鸿漪的时候,他确实是震惊到了,转而想起叶茂才家里是对双胞胎,陌生人分辨不出来,陈砺志毕竟是警察,他虽然见叶家兄弟的次数不多，但还是能认出来的，被枪毙的是哥哥，弟弟跑了。

所以刚才认出鱼贩子是叶家老二时，他吓了一跳，这老二要干啥？是继续抗日，还是进城讨生活？

陈砺志不敢多想，但也不愿多管。自己只是讨口饭吃，他虽然不喜欢叶茂才的做派，但毕竟是自己认识的人，没必要把人送上刑场。叶家老二要干啥也不关他的事，放一马算了。

此刻，叶鸿漪的心里也是百感交集，他向来不喜欢警察，在他眼里就是一群拿俸禄的流氓。可此刻，叶鸿漪有了一丝改观，他有些好奇陈砺志为何会放过他，是因为父辈的交情，还是因为他本就不想为难国人？

叶鸿漪来到居酒屋的后门。上杉重光已经成功混进居酒屋，成了后厨的一名厨师。上杉重光刀功了得，能将食材切得极薄，很得厨师长信赖。居酒屋的鱼都是后厨当天去市场采买的，既耗费时间，又不能保证次次买到鲜鱼。

上杉重光便向厨师长引荐，叶鸿漪每天清晨便能送来最新鲜的鱼，钱款可以月结，于是叶鸿漪便成功成为居酒屋的鱼类供货商。

叶鸿漪敲开后门，将订单上的鱼交给后厨。

在北平的街道上走了大半天，叶鸿漪感觉到满目悲凉。日本兵侵略北平城才短短几天时间，北平人已经成了下等人。新鲜的蔬果鱼肉都是供给日本人的，叶鸿漪见到日本兵在用新鲜的胡萝卜喂马，而一些家里没有屯粮的穷苦百姓却只能在脏兮兮的大棚里领混合面吃。

混合面是用玉米芯、高粱皮、谷糠、豆饼等物混合磨成的粉，好些食材都是发霉变质的，还混着头发、沙土、小石子，极其劣质，闻起来又酸又臭，无法下咽。即便是这种猪狗不吃的东西，都要排着长队去领。

叶鸿漪心里恨极了，中国人还不如日本人的狗吃得好。

接下来几日，叶鸿漪都是天还未亮便出城，一大早赶着驴车运鲜鱼进城，守卫偶有更换，但叶鸿漪每次都会拿几提鱼出来"讨好"日本兵和警察。如此几日，守卫们都认识这辆运鱼车了，检查工作也不及之前细致，只是打开篷布简单看看就放行。守卫们也都很喜欢叶鸿漪，因为他每次都带鲜鱼来。这些士兵和警察俸禄并不多，能吃上棒子面和鸡蛋都算不错的生活，现在每天都有鱼吃，这是莫大的福利。

居酒屋这厢叶鸿漪也混了个脸儿熟，每次送鱼的时候都会多送一斤野菜，后厨的人见了他也是喜笑颜开。

这日，叶鸿漪再次进城时，驴车中一个装鱼的篮筐下，放了手枪和子弹，那是姜悦慈藏在农家院里的。现在姜悦慈路过关卡也会被女警搜身，那些藏在外头的枪支无法带进城，只能靠驴车送进来。

果然，这次守城的人只是掀开篷布看了一眼，就放行了。

中药铺二楼。

木桌上摆着地图、手枪和匕首，姜悦慈用绒布擦拭着枪管和匕首，叶鸿漪则对着地图努力复盘居酒屋的内外结构。他给后厨送鱼时能进后门，张望过后厨和通往前厅的走廊，对居酒屋内部大致有了些了解。

叶鸿漪："这些枪支匕首怎么带进居酒屋？那些后厨的人虽然信任我，但是每次进去之前都会被搜身，也会翻看我带进去的东西。"

姜悦慈："这个你放心，解宝已经找好了路子。如果不出意外的话，青花会帮我们把枪支匕首带进去，如果没能成功，再见机行事。"

叶鸿漪："嗯……你害怕吗？"

姜悦慈自然是忧心忡忡，放下手中的东西，叹道："过几天就要动手了，我们此去，不知归路。"

叶鸿漪心中微微一沉，他知道此行危险重重，他已经做好了同归于尽的准备，可是姜悦慈……

叶鸿漪："我希望你能保全自己。"

姜悦慈无言，同样的话，她无法对叶鸿漪说出口。叶鸿漪、上杉重光、解宝将是此次行动的直接执行者，一旦解宝失手，另外两人就会上前补刀。当然，如果叶鸿漪和上杉重光也失败了，将轮到她执行对望月葵的刺杀。

叶鸿漪："临行前，我有个问题想问你。"

姜悦慈："你问吧。"

叶鸿漪："你到底是什么人？"

叶鸿漪终于鼓足勇气问出这句话，他小心翼翼地看着她，却见她似是有些为难。

叶鸿漪："你如果不方便说，也可以不说的。"

姜悦慈轻轻摇头："我只是在想，我应该以什么身份跟你说。"

叶鸿漪疑惑不解，他不明白这是什么意思，在他的猜测中，姜悦慈可能是什么特务组织的人，他大概听说过国民党的调查科。

叶鸿漪："是不是党务调查科什么的？"

姜悦慈："是，我是国民党党务调查科的特殊任务人员，但我的另一层身份，是共产党员。"

叶鸿漪万分诧异："共……产党？"

在叶鸿漪的印象里，共产党都是一些农民工人，多是些穷苦百姓，怎么会有养尊处优的富家千金加入共产党呢？

姜悦慈："你为何如此诧异？你害怕了吗？像某些国民党人一样，把我们视为洪水猛兽？"

叶鸿漪："不，我只是觉得，你看着不像。"

姜悦慈笑了："那你觉得共产党人应该是什么样子？"

叶鸿漪："共产党不都是无产阶级吗？我觉得可能都是最底层的穷人，看来是我狭隘了。"

姜悦慈："无产阶级是相对于资产阶级来说的，单从身份上讲，我的出身确实属于后者，可是出身不能代表我的理想。共产党人可以是任何身份，大家虽出身不同，却有共同追求的理想，想构建出一个新世界，不同于资本主义，更不同于封建社会。我理想的新世界，是平等的，共同奋斗的，没有剥削与压榨。之前在梨园听戏那次，听你说起你想象的新时代，你说那个时代人们吃得饱穿得暖，孩子们都读过书，每个人都能有份工作养家……"

叶鸿漪："是啊，所有人都过得很幸福，大家都能拥有一切美好的事物，这就是我所期待的新时代！"

姜悦慈："这正是我们追求的。叶鸿漪，共产主义的思想一直潜藏在你的意识里，只是你还没有学习到共产主义理论，你还没有认识到，自己正是共产主义的拥护者。"

叶鸿漪若有所思："这就是共产主义吗？"

姜悦慈："这不仅仅只是一种先进的思想，这也是未来世界发展的必然。"

叶鸿漪："我似乎看到了黑暗中的明灯，它是能永远点亮的那一盏！现在我的心中，似乎明白了自己的方向。"

姜悦慈："它是我们共同的方向和信念。"

叶鸿漪："你知道吗？原本我的心中只剩下仇恨，我只想给我的父亲和哥哥复仇，可是此刻，你的话，照亮了我的世界，我似乎看到了那个新时代，为了那个新时代，我要与魔鬼抵抗到底！"

姜悦慈："我们必须驱逐日寇，才能奔向新的时代。"

叶鸿漪："姜小姐……悦慈，你答应我一件事。"

姜悦慈："你说。"

叶鸿漪："我若再次被抓，你就不要救我了，我不希望再有人为我牺牲。你们要保全自己，为了那个新时代，还有很长的路要走。"

姜悦慈："如果是我被抓，亦是如此。"

叶鸿漪："若是这次我死了，当新时代到来的那一天，请你一定要默念我的名字，让我知道。"

姜悦慈："于我，亦是如此。"

叶鸿漪："在此之前，我还有一件事情想做，或许有些冒险，我想听听你的意见。"

姜悦慈："你说吧。"

叶鸿漪："我哥哥、程梨笙还有一些抗日人士，他们的尸身都被挂在城门口示众多日了，我想把他们抢回来，找个地方安葬。"

姜悦慈："你若要问我的意见，我肯定是不答应的。"

叶鸿漪问这话并不是突发奇想。他是在送鱼的路上遇到了李成林，李成林见到他时并没有惊讶，确切说，李成林是特地来找叶鸿漪的。他等在路边，装作路过，然后悄悄告诉叶鸿漪，他们想抢下悬挂的尸首，那里面有他们的同学；如果叶鸿漪愿意加入，便在天主堂见。

叶鸿漪看着姜悦慈，露出一丝浅笑。

姜悦慈："你笑什么？"

叶鸿漪："之前见你的时候，觉得你就是个刁蛮任性的千金小姐，现在却如此果决冷静，觉很是有趣。"

姜悦慈："若不是生逢乱世，谁还不想当个任性的千金小姐呢？凡事都由着自己高兴，那样多好。"

叶鸿漪："我的想法是不是有些任性了？"

姜悦慈："是，将尸首悬挂墙头，那是用来震慑人心的，也是等着其他抗日人士往里跳的火坑。凡事要讲轻重缓急，我们的当务之急，是杀了望月葵，而不是去探虎穴。若有个万一，我们后面的计划就不好办了。"

叶鸿漪看着姜悦慈，他没有再多说话，他知道姜悦慈不会同意。

姜悦慈看着叶鸿漪，也没有再说话，她知道她拦不住叶鸿漪。

叶鸿漪再次来到了圣弥额尔天主堂，东交民巷租界处是现在北平城里唯一安全的地方。

礼堂依旧空旷，李成林的身后站着一些稚嫩的面孔，叶鸿漪心里明了，这些人全是学生。

叶鸿漪："你怎么发现我的？"

李成林："行刑那天我在，我知道被杀的人是叶大哥，所以这几天一直在找你。城里找不到人，我就想着找守门的人打听，找到了东南区警署的人，他告诉我们你在给人送鱼。"

叶鸿漪明白，李成林说的东南区警署的人，正是陈砺志和小警察。

叶鸿漪："他们不是抓了你的同学吗？你还去找他们打听？"

李成林："之前抓的早就放了，后来这几个是日本人抓的，暗地里就处死了。那些警察只负责把他们的衣服扔到家门口，就是通知家属，人已经死了，后来我们在城墙上看到了他们的尸首。"

李成林身后的学生们十分激动："我们只是想安葬他们，给他们家人一些慰藉。"

李成林："我们都是学生，没什么斗争经验，你是杀过日军最高司令官的英雄！你教教我们怎么做？"

学生们纷纷响应："是啊！请帮帮我们！"

英雄？叶鸿漪十分惭愧，他算什么英雄？时无英雄，使竖子成名罢了。

此刻学生们看叶鸿漪的眼神，仿佛是在看救世主，他们祈求的声音在礼堂中回荡，传到叶鸿漪耳中，有振聋发聩之感。

叶鸿漪抬手比了个噤声，他害怕这些声音惊动到教堂外，学生们很听话，立刻安静下来。

叶鸿漪还有大事要做，而现在面临学生们的请求，他很难推辞。城墙上挂着的不仅仅是他们的同学，还有自己的哥哥叶凤城和自己敬佩的名角儿程梨笙。他也想挫挫日本兵的锐气，告诉他们中国人不会屈服。

只是这群学生，没有任何实战经验，要如何带领这群生瓜蛋子打赢这一仗？他担心一旦失败，会把这群学生也给送上不归路。

叶鸿漪："可是城门一直有人驻守，你们打算怎么抢？"

李成林："声东击西？"

叶鸿漪："可以考虑。你们对城门那边有多少了解？他们每天是如何换防的，可有观察过？"

李成林："有的，每日四班，一班六个小时，在六点、十二点的时候换防。"

叶鸿漪："夜里呢？守备是更多还是更少些？"

李成林："少一些，半夜几乎没人进城了。"

一旁的学生补充道："半夜的时候偶尔会休息，只是时间不确定。"

叶鸿漪点点头。刚才他听李成林说起如何找到他时，就觉得此人颇有头脑，并不是个只知喊口号的书呆子。现在又听到他说起对城门的观察，叶鸿漪更加确定，李成林是个聪明人，观察细致，颇有运筹帷幄的军师样儿。念及此，叶鸿漪担忧的心也放下半分，和聪明人合作，胜算多了不少。

叶鸿漪继续道:"这不是件容易事,我们需要仔细筹划后再行动。"

学生们一听这话,知道叶鸿漪同意帮忙,欣喜不已。

叶鸿漪取来一杯水,用手指蘸着水在木桌上画:"城墙上一共七具尸体,左三右四……城墙上有三盏电灯……"

众人一番谋划后,李成林问道:"什么时候动手呢?"

叶鸿漪看向窗外,透过教堂的玻璃窗,看到天空上乌云密布:"暴风雨就要来了。"

八月八日夜,雨,晚上十一点半。临了要换班时,守门兵接了一批物资,是几架云梯、水泥、稻草和石砖,说是加固城防用。城墙附近并无仓库,只能将篷布搭在物资上防雨。

此日正值立秋,城里有资本家和大地主想讨好日本人,联手摆了酒席宴请,上到士官可入席享用,下到士兵能拿些肉菜,总之人人有份。当班的守卫们怕去晚了没了自己那份,正着急想走,也没多问,便将物资堆放在墙角下。

新换班的一队人刚刚酒足饭饱,有些犯困。入城这些天,他们每天瞪大了眼睛盯着,却连中国兵的影子都没见着,便渐渐有些懈怠。城墙上瞭望的三个士兵见没有长官看着,便靠在墙柱上打起盹来,他们的长官现在正在酒桌上呢。

突然,城墙这一片的电灯全灭了,只是眼下已过了零点,附近的居民大都睡了,并未引起太大动静。

"灯怎么熄了?"

"是城里停电了吧?下雨天电压总是不稳定。"

"何时能恢复?"

"等电工吧。"

忽然，离城墙不远处的街道上传来一连串爆炸声，在这夏夜显得格外清晰，驻守的日本兵和警察都被惊动了。

"那是什么声音？"

"像是有什么东西爆炸了。"

城墙上的瞭望兵听到了动静，也开始向远处张望。

"你们看到什么了？"城墙下的士官问道。

"那边冒烟了！"瞭望兵指了指方向。

"走，我们去看看！"守门兵和警察小队立刻赶往爆炸声发出的方向，只留下几个士兵守门。

雨夜，没了电灯，城门口一片漆黑，堆放物资的篷布下，钻出几个身影，轻步靠近城墙。

云梯架上城楼，叶鸿漪率先登上城楼，然而墙壁湿滑，豆大的雨点打在竹制的云梯上，叶鸿漪左脚踏空，险些滑落！他稳了稳身形，向上看，离墙头还有一半距离，向下一看，自己已经在半空中，他真切感受到了什么叫"骑虎难下"，看着下面等着的学生们，叶鸿漪知道自己必须上墙，否则没法接应其他人。

定了定心神，叶鸿漪抓稳了云梯，再次攀爬，眼看着就要到墙头，他一冒头，忽然看见了瞭望兵头上的钢帽，吓得他身子往回一缩，云梯一个不稳，差点离墙。叶鸿漪缩在墙头外听了听声，除了雨声没别的动静，他又缓缓抬头看，发现那日本鬼子正在瞭望塔里偷懒，闭目养神呢。

叶鸿漪双手扒上墙头砖，抬起一只脚挂住垛口，腰一使劲，便翻上了墙头。

躲在瞭望塔里避雨的日本兵们还没反应过来，就被匕首割了喉。

云梯越过城墙上方，架到了墙外，悬挂的尸首被悄悄放下，取而代之的，是一捆稻草。

城墙外，提前藏在稻草下的板车被推了出来，将尸首运走。

城门口守着的几人毫无察觉，因为这一切动静，都被雷雨声掩盖。

叶鸿漪是最后一个离开的人。突然，天空闪过一道惊雷，大半天空变成蓝紫色的碎瓷片，城墙被闪电照得通亮，叶鸿漪看到那队人马已经折返了！

电闪雷鸣，蓝紫色的电光时不时闪现，照亮那队人马，叶鸿漪仿佛看到了一队恐怖的骷髅兵，像鬼影武士一般逼近。

叶鸿漪取下瞭望兵的钢帽，摆在一个城下人能勉强看到的位置，翻身出城。

众人很有默契，全程没有交流过一句话，这是他们在教堂里排演了无数次的成果，叶鸿漪落地时，其他学生已经带着尸体离开了，只剩李成林在等他。二人交换了眼神，速速离去。

守门兵和警察回到城门时并未发现任何异样。然而翌日一早，进城的人却惊呆了，纷纷仰头观看城墙。守城的日本士官见此一幕很是疑惑，走出城门，顺着众人的目光抬头看向上方。

只见城楼上的七具尸体全变成了一捆稻草，稻草头上蒙着日本国旗，仿佛吊死的是日本鬼子，这是对日军的嘲弄。

"八嘎呀路！"士官怒吼声响彻城墙内外。

义庄，两口薄皮棺材装好了叶凤城和程梨笙的尸体。

叶鸿漪原本想等着哥哥回来后再给父亲下葬，没想到到头来是他给父兄安葬。他将叶茂才和母亲金氏合葬在一起，叶凤城的坟埋在左侧，右侧空着，或许，不知自己几时也会被埋进来。那是运气好的时候；若是运气不好，大概也是悬尸墙头，或者被扔去了乱葬岗，或者被挫骨扬灰了。

"哥,对不起,没敢告诉你父亲已经走了,若是人真的地下有知,你们仨现在应该已经在一块了吧?别太想我,我还有大事要做。"

义庄里还停着一口棺材,供盘上放着胭脂已经落了灰,叶鸿漪能认出,那是沈丹鹤的棺椁。

叶鸿漪掏出身上仅剩的银圆递给守灵人:"这两口棺材,没有后人,帮忙下葬吧。"

守灵人将一张纸、一支笔放到桌子上,示意叶鸿漪写下刻碑的字。

夫:程梨笙,妻:沈丹鹤。立碑人:叶二。

叶鸿漪回想起梨园戏台上程梨笙的风华绝代,一颦一笑已是尘烟,不由唏嘘,美好的人和物,都因日军的入侵毁于一旦。

料理完后事,叶鸿漪见李成林一直在义庄门口等他,便上前问道:"你在等我?"

李成林:"叶二哥,这次真的很感谢你,同学们都很感激你。"

叶鸿漪:"分内之事。我也感谢你们,有你们帮助,我才能将哥哥抢回来。"

李成林:"叶二哥,你接下来打算去哪儿?我们不能任由日本人蹂躏。"

叶鸿漪:"我要留在北平,跟日本人斗到底。你呢?"

李成林:"我也是,不过我不打算继续留在北平,我想去参军,大部队要去南京了,我想跟他们一起走。"

叶鸿漪:"那你多保重。"

李成林:"后会有期!"

李成林离开了,少年人英气的身影已然多了几分沧桑,叶鸿漪喃喃道："后会……还有期吗？"

八月九日，愤怒的日本军队又展开了全城搜索。昨夜，引走守门兵的爆炸声只是一串爆竹，守门兵怎么也没想到，悬挂的尸体会在这个时候被调包成盖着日本国旗的稻草人。

面对抗日分子的"挑衅"，日军展开了宁可抓错、不可放过的铁血手段。他们要让中国人看到，反抗会招来更多的杀戮。他们要用屠杀使中国人跪在地上，永远不要起来。

八月十一日，暴雨过后，北平再度迎来燥热的天气。

望月葵午休刚醒，还未起身，便听到外面士兵的通报声。

"大佐，青花姑娘来了，是否让她进来？"

望月葵有些犹豫，自从杀了程梨笙后，他就没再让青花来过自己的住处。

青花漂亮，泼辣，解风情，望月葵是真的很喜欢她，可仅限于情欲，不能更多了，因为他很清楚，烟花柳巷里的女人，对男人的爱意九分是假的。至于青花，望月葵只觉得青花似乎对程梨笙有几分情意，这让他很是吃醋。程梨笙死后，望月葵担心青花记恨他、报复他，便没有再约见，此番她主动找来，不知是何意。

"让她进来吧。"望月葵说道。

青花一袭茜粉色梅花暗纹织罗旗袍，施施然进了屋。她眼尾微红，楚楚可怜的模样勾得望月葵心痒痒。这个女人，明艳如白绢上的朱砂印，拂不去，忘不掉。

望月葵并未起身，问道："你怎么来了？"

青花在他床边轻轻坐下："我都好些日子没见到您了，您也不找我。"

她的声音酥软魅惑，带着几分嗔怪撒娇的意味。

望月葵一把握住青花的手，将她拽入怀中。

他知道，此刻自己怀里抱着的，是一朵带毒的花。她在故意色诱他，装作忘了那个惨死的程梨笙，在他面前献殷勤。

她想要什么？要他的命吗？

望月葵的手在青花身上摸索了一遍，看似调情，实则搜身，在确定这个女人身上没有携带任何武器后，才决定享用。

一番云雨过后，青花为他端来了一壶冷泡银针。

"今天热得很，喝些茶水降降火吧？"

青花将茶杯捧到他面前，她的眼神中罩了一层雾色，朦胧且迷人，让人想走入那片迷雾中，探究迷雾后藏着什么。

望月葵刚想接过茶杯，理智瞬间占了上风。

"我一会儿要去喝酒，你自己喝吧。"

望月葵盯着青花，是在明示她现在就喝下去。

没错，他在防备她，防着这个女人给自己茶水里下药。

青花莞尔一笑，将茶水一饮而尽。

"我才来，你就要走？都不肯多留一刻吗？"青花言语中有些不悦。

方才试探失败，见青花爽快地喝下茶水，望月葵竟生出一分愧意，那一瞬间，他都怀疑自己是不是错怪她了，或许，她对程梨笙也只是逢场作戏呢？或许，她对自己也有几分真心呢？即便只是想攀附权贵，既然她认准了自己能做靠山，那何不庇护她呢？

看着这个尽心侍奉的美丽女子，望月葵头脑一热，说道："那你同我一起去吧。"

居酒屋里亮着灯，却熄了门上的灯笼，以示今晚不接待外客。

如上杉重光所料，解宝被搜遍全身后才被放入居酒屋，解宝看到望月葵身边带着青花，顿时松了一口气。

只是接下来的安排让解宝有些不知所措。他原本以为就在大厅的木桌前坐，想着开席聊两句就想办法解决了望月葵；可是望月葵挑了一间雅室，屋内摆着长桌，把他和望月葵的距离拉开了很远，想近身用兵刃是没太可能了。

包间里还有几名艺伎在奏乐跳舞，咿咿呀呀的和风小调在解宝耳朵里如同腊月哭丧，瘆人。可解宝仔细一看，里面有个刷白面的，正是姜悦慈，她手里拿着一柄小扇，跟其他舞女一样跳着舞。

三人入座，青花陪在望月葵身边伺候酒水。

望月葵问青花："这位先生你认识吗？"

青花莞尔一笑："怎么不认得？詹勋的兄弟嘛。"

望月葵："我今天原本还请了银行的副行长胥恭岚先生，本想介绍二位认识一下，日后在北平的活动，我身边都少不了二位的助力。只不过不知为何，胥先生找不见人了。"

青花："莫不是已经跑出北平了？"

解宝："是需要我帮忙找人吗？"

望月葵："倒也不必，大不了，再物色个别的人选。"

解宝："我也没别的想法，就希望日后帮派的待遇，能和勋哥在的时候一样。"

望月葵："这是自然，只不过你的诉求，我现在无法完全答应。"

解宝一听这话，连忙装作着急的样子问道："大佐，您的意思是？"

望月葵："我许诺詹勋的，是未来的北平市公安局局长，以后你和你的兄弟们就是正规队伍，不是混迹街头的小人物了。可这件事也不是我一个人能说了算的。我其实是主张日中共同发展的，中国人骨子里倔强，激进的进攻只能换来猛烈的抗争，可是现任司令官香月清司十分激进，如果他继续当权，会将所有机关的掌权人都换成日本人，这不是我想看到的，我也不认可这种做法。日本人和中国人一起治理，是我觉得最合适的发展方式。"

解宝明白了，望月葵是想告诉他，若是继续由香月清司掌权，帮派入驻公安局的希望就会落空，这是在利用自己铲除异己呢。

解宝接着望月葵的话茬说道："我是个粗人，旁的我也不懂，我就希望您能上位啊。您就直接告诉我，有什么是我们帮派能做的吗？"

望月葵："这得从长计议，不急，先用餐，尝尝最新鲜的鱼吧。"

解宝一边吃着，一边盘算如何下手。其间，青花离席说去补妆，出房间前看了解宝一眼，解宝便心中明了。

待青花回来后，解宝又等了些时候，便以如厕为由离席，他穿过走廊，上杉重光准备上前与他接应，却被厨师长给叫走了。

解宝走进卫生间里，叶鸿漪已经在那儿等着他了。叶鸿漪送鱼的时候借故要上个厕所，便溜了进来，刚从青花那儿接过两支袖珍手枪和一把匕首。他自留了一支枪，将另一支枪和匕首转交给了解宝。解宝将武器藏入衣裤中，淡定地回到雅室。

解宝还没回到座位旁坐定，便掏出枪瞄准了望月葵！

砰一声枪响，不知是因为紧张还是激动，也可能是怕伤着一旁的青花，解宝这一枪竟然打偏了！望月葵在他抬手的那一刻也反应了过来，向身侧扑倒，躲过了这一枪！

青花见状连忙跳起身往外跑，却被闻声冲进来的日本兵堵在了屋内。解宝试图再次扣下扳机，手中的枪竟不巧卡了壳。解宝正想冲上去直接给望月葵一刀，却被日本兵从身后扑倒在地，将他压跪在望月葵面前。

一旁的艺伎们也都吓得不敢动弹，姜悦慈紧张地看着眼前的动静，她的手不由得捏紧了手中的扇子，扇骨中藏着一根尖刺，可是重重包围下，她根本无法靠近望月葵。

望月葵缓缓起身，他犀利的眸子审视着雅室内每一个人。

惊恐的艺伎，紧张的士兵，愤怒的解宝，惊恐的青花……望月葵的眸子像狼，试图从他们的表情中嗅出些信息，解宝怒瞪着他，青花则是惊恐不已，蜷缩在一旁瑟瑟发抖。

就在这一刻，望月葵捕捉到了青花眼神中的飘忽不定，那是与艺伎们不同的惊恐，她的惊恐中带着愤恨与不甘。

望月葵从怀里拔出枪，对准了青花。

"你让我很失望。"

青花今日突然来找他，望月葵本就觉得有蹊跷，刚才忆起青花和解宝是前后脚离席的，青花在他身边待了很久，身边士兵都认识她，知道自己喜欢她，便从来不搜她的身。想必这袖珍手枪就是这女人带进来的。

青花笑了，她如释重负，不用再伪装了。

可是望月葵的手迟迟没有扣下扳机。

他是真的舍不得，他在犹豫要不要饶恕这个女人，就当她是一时糊涂，从此之后将她禁锢在自己身边就好。

然而下一刻，青花的嘴边流出了血沫子，顺着修长白皙的脖颈流下，滴在了旗袍上，将衣料上梅花的暗纹映出了鲜红色。

她中毒了，毒药正是那杯茶水。

毒是致命的，但不会马上发作，她原本想用茶水毒死望月葵，还能给自己留下抽身离开的时间，却不料望月葵十分谨慎，不但不喝，还要拿她试毒。眼见一招不成，青花便要想办法入席，将武器悄悄带给解宝，于是青花喝下了那杯毒，换取了望月葵的一丝愧疚，从而得到了入席的机会。她只想用最后的时间，帮他们完成任务，为程梨笙报仇。

毒药从她喝下的那一刻开始，便在她体内蔓延，蚀骨剜心，她强忍着，直到刚才顺利将武器交给了叶鸿漪。

青花口中流出的血沫子越来越多，她再也撑不住了，痛苦地靠在身后的白墙上，看着望月葵的眼神是恨，是怨，唯独没有爱。

"茶水里有毒？"望月葵不甘心，他还是不愿相信这个主动献身的女人只是想杀他，他想听她亲口说。

"是，只恨没有毒死你。"

砰！

青花眉心中枪处流出一股浓血，后脑迸出的血液和脑浆喷射在白墙上，随即身子慢慢倒下了。

望月葵淡淡道："背叛我的人，都要付出代价，代价就是，不得好死。"

望月葵打了个手势，让日本兵把青花的尸体拖出去。

后厨，所有人都在议论包间里发生了什么，上杉重光和躲在后门不远处的叶鸿漪交换了眼神，二人端起食盒和酒盅，朝着包间的方向摸过去。那两声枪响让众人心惊胆战，根本没注意到混入了叶鸿漪这个外人。

雅室内，解宝不甘地瞪着望月葵，他已经被所有日本兵举枪指着头，只要他稍有出格动作，便会被立刻击毙。

望月葵："我自认待你们不薄，也同意将许给詹勋的好处给你，你能告诉我，你为何要恩将仇报吗？"

解宝啐了一口道："我的亲哥哥，被日本人杀了，你们这群狗日的，莫要装什么君子跟我谈恩情！老子只恨没有剁了你们所有人！"

望月葵："你和詹勋称兄道弟，竟然走了不同的道？不过你们最后的结局都是死。"

解宝："实话告诉你，是我杀了他。詹勋对我的救命之恩，我本当用命来报。可惜他变了，我不当汉奸，我也不能眼睁睁地看着我的兄弟当汉奸！当年跟他拜把子的时候就说过，不能同年同月同日生，但求同年同月同日死；如今，我先送他上路，等我杀了日本人，再追随他去！"

望月葵："你也算是个性情中人，我很欣赏你。这样吧，我可以给你个死法，让你死而无憾，你还有何愿望？"

解宝："我只想杀日本人，尤其是你——在背后搞事儿的搅屎棍子。若不是遇到你，或许勋哥他不会走上不归路。"

望月葵大笑，这一刻，他再次感受到了对手身上的无惧，那种令他害怕的无惧。望月葵脱下自己的羽织，扔到解宝面前。

"这便是我。"望月葵将自己的刀递过去，解宝被枪指着头，只能对着羽织一顿乱砍，将其砍得稀碎。

下一刻，他手中的刀被望月葵以迅雷之势夺走，穿入了他的胸膛。

解宝倒下了，望月葵将长刀从他胸口拔出，鲜血喷涌而出，很快，解宝的眼神便失了光，他嘴里喃喃地说着什么。

望月葵手里正擦着刀尖血，隐约听到了"叶鸿漪"三个字，连忙问道："你说什么？"

解宝嘴里依旧低喃，望月葵看了眼一旁的副官："他在说什么？"

副官趴到解宝身旁，耳朵贴着他的嘴听着，听得不太真切，懵懵懂懂说道："他说，上杉先生，那是谁？"

望月葵眼神变了，原本淡然自若的他此刻面如生铁！

上杉重光？望月葵连忙来到解宝跟前道："你是在说上杉重光？他在哪儿？他是不是来了？是不是他指使你的？"

突然，只见解宝眼神一变，方才已经涣散的眸子突然凝出精光，他从衣袖里拔出匕首朝着望月葵的脖颈划去，望月葵下意识抬手一挡，左手生生被匕首给切断！

望月葵惊得连连后退，惊慌失措的日本兵连忙朝着解宝开枪，噼噼啪啪一通枪响后，解宝已经被打成了筛子，倒在血泊中，死不瞑目。

房间中充满着血腥气，短短一刻，已经死了两个人，望月葵左手飙着血，一旁的副官试图上前为他包扎。可是望月葵怒吼着，不让他人近身。

房间里的艺伎们彻底吓到了，也不顾士兵手里的枪，惊声尖叫着疯狂向房间外逃窜。混在其中的姜悦慈不愿离开房间，她试图从扇柄中拔出尖刺扑向望月葵以做最后一搏，却被人一把拉出了房间，还没等她看清，一个身影便挡在了她身前。

屋内，望月葵几近癫狂："上杉重光！是不是你？解宝是你！叶鸿漪是你！藏本英明也是你！都是你策划的！是不是？"

"好久不见，望月葵。"一个清冷的声音穿透人群。

还不等一众日本兵反应过来，上杉重光便穿过人群捡起了地上的武士刀，士兵正要举枪射击，砰砰砰几声枪响，一旁的叶鸿漪射杀了为首的几个日本兵，紧接着，上杉重光的刀如迅电流光般斩杀了在场的其他日本兵。

所有人都倒下了，只剩叶鸿漪、上杉重光和望月葵还站着。

望月葵捂着断手道："麒麟少年，你隐藏得好深！拥有这样的刀法，为何在那个晚上不曾施展？你看看你现在这副模样，哪里还有当年的从容？与这班竖子混迹在一起，只为了给你父亲报仇？你太令我失望了。"

上杉重光："你错了，为父报仇并不是我的第一目的，我的首要目的，是阻止你们的侵略！你们的所作所为，正在把日本和人民带向地狱！"

望月葵哈哈大笑："我无意与你争辩对错，我只是觉得你们愚蠢至极！杀了田代皖一郎，杀了我，又能如何？蚍蜉撼树，你们阻止不了帝国的脚步！"

叶鸿漪："即便无法阻止，即便是万劫不复，我们也要让你们知道，侵略这片土地，你们将遭到无休无止的抵抗！你们要付出生命的代价。"

说着叶鸿漪举起了枪，上杉重光举起了武士刀，一起对准望月葵。

望月葵："很好，你们俩，打算谁来杀……"

砰！

还不等望月葵的话说完，叶鸿漪便扣动了扳机，子弹正中望月葵的鼻梁，在他身后的墙布上溅出一片猩红。

而上杉重光的刀才刚刚起势，还没出招。

叶鸿漪望着被击杀的恶魔，淡淡地说了句："枪，果然还是比刀快呀。"

上杉重光却没有理会，径自走到望月葵的尸体面前，迅猛地出刀，刺穿望月葵的胸口，并将刀停留在了尸体上。

上杉重光说道:"无论生死,这一刀,我都必须刺。这是替藏本君、替你我的父亲、替所有其他的因他而死去的人刺的。"

叶鸿漪不知为何,竟有些泫然。他知道,自己的这个夏天,终于也要结束了。

屋外传来阵阵脚步声,两支日本兵队伍将居酒屋团团包围,其中一队冲进屋内,将叶鸿漪和上杉重光扑倒在地。

姜悦慈在房间外绝望地看到叶鸿漪和上杉重光被士兵们押走,叶鸿漪看了一眼她,轻轻地摇了摇头,最后露出了一抹浅浅的微笑,那是在向她告别。

我若再次被抓,你就不要救我了,我不希望再有人为我牺牲。你们要保全自己,为了那个新时代,还有很长的路要走。

若是这次我死了,当新时代到来的那一天,请你一定要默念我的名字,让我知道。

"悦慈,请你务必保重。"

尾声　相逢一笑

八月十三日，淞沪会战拉开序幕，国民政府对日军展开了激烈反击，狠狠击碎了日军"三个月便可攻破中国"的妄想。

八月十四日，国民政府发表《国民政府自卫抗战声明书》，声明书中列数日本自九一八以来侵吞中国领土之罪行，并宣布："中国为日本无止境之侵略所逼迫，兹已不得不实行自卫，抵抗暴力。"

这一日，北平的阳光依旧刺目，刑场上，叶鸿漪和上杉重光并排而立，二人身上虽满身伤痕，可神情却淡然自若。

叶鸿漪："最终还是轮到了我自己站在这儿了，短短一月，仿佛过完了一生。"

上杉重光："叶君，你后悔吗？"

叶鸿漪："我只觉得欣慰。"

上杉重光："你已是中国的英雄。"

叶鸿漪笑道："我算什么英雄，我是竖子啊。"

上杉重光："一人可杀，但继之而起者，不可尽杀！中国人抵抗之心已被激起了，后来者终将明白，你是英雄。"

叶鸿漪："后来者……"

他的目光飘向了远方，那个做了约定的人，应该好好地活着吧？请一定，替我去好好看看那个新时代吧。

"上杉先生，"叶鸿漪收回目光，望向上杉重光，"时间不多了，送你两句诗，路上回味！"

上杉重光微笑地看着他。

"度尽劫波兄弟在，相逢一笑泯恩仇。"

叶鸿漪和上杉重光相视一笑。

枪声回荡……

阳光穿透云层，映照在叶鸿漪的眼中。他走向了一束光，走向了不朽。